변신 1

변신 1

초판1쇄 인쇄 | 2018년 2월 1일
초판1쇄 발행 | 2018년 2월 5일

지은이 | 이원호
펴낸이 | 박연
펴낸곳 | 한결미디어

등록일자 | 2006년 7월 24일
등록번호 | 제25100-2006-152호
주소 | 서울시 마포구 모래내로 83 한올빌딩 6층
전화번호 | 02 · 704 · 3331
팩스번호 | 02 · 704 · 3330

ISBN 979-11-5916-071-4 979-11-5916-070-7(set) 04810

* 잘못 만들어진 책은 구입처나 본사에서 교환해 드립니다.

변신

1 신인간

이원호 장편 환상무협소설

한결미디어
HANGYEOL
MEDIA

저자의 말

나는 인간이 언젠가는 시공(時空)을 넘나들 수 있을 것이라고 믿고 있다.

빅뱅(Big Bang) 이론에 의하면, 이 우주는 지금도 계속해서 팽창하는 과정이라고 한다. 내가 '에이취' 하고 재채기를 한 것이 수십억 년 동안 그 재채기 기운이 앞으로 뻗어나가고 있는 것과 같다.

뱅(Bang)!

이 작은 지구의 작은 먼지 같은 존재인 생물, 주인공은 우연히 그 기회를 얻게 되는 것이다. 그래서 현재의 불의(不義)와 싸우다가 과거의 시간으로 진입한다.

1밀리 안에 수억의 개체가 존재하는 미물에게도 시간이 존재하지 않겠는가?

그 미물의 한 시간이 우리 인간의 한 시간과 같겠는가?

먼지보다 작은 미물의 현재, 과거, 미래, 영속의 시간도 인간의 시간으로는 한순간의 꿈이다. 그와 같이 우리의 일생, 인류의 역사가 우주의 시간으로는 그저 찰나.

우리의 앞에 떠 있는 먼지 한 알, 그 먼지 한 알이 또 하나의 우주일 수도 있다. 그래서 인간은 끊임없이 거인 이야기를 만들어 내는지 모른다.

나는 주인공이 현실을 떠나 과거, 그것도 우리가 역사에서 배운 일본의 무사(武士) 시대로 떠내려 간 이야기를 썼다.
내가 즐겨 쓰는 소재로 '니토베 이나조'가 쓴 《사무라이》에 대한 대답이기도 하다.

만일 '조선'이 일본은 물론 중국을 침략, 만주국을 세우고 러시아와의 전쟁에서 이긴 후에 아시아를 병탄, 오만한 미국의 진주만을 때려 부쉈다면, 아마 《조선무사》 또는 《백제무사》라는 소설이 전 세계에 번역되어 팔렸겠지.

《변신》은 주인공의 '변신' 이야기와 함께 읽으시는 '독자'들의 '변신'을 기대하고 쓴 소설이다. 꿈은 꾸는 자의 몫이다.
읽으시면서 마음껏 변신하시라!

감사합니다.

2018. 1. 10. 이원호

목 차

1장 병신(病身)

익산의 군소 조폭 배차장파 사무실, 분위기가 또 살벌해졌다.

"병신 같은 놈, 또 너냐?"

행동대장 강태기가 손목에 찬 시계를 풀며 막내 박영준에게 소리쳤다.

"너 같은 놈이 우리 얼굴에 똥칠을 허는 거여."

"…죄송합니다."

주춤거리며 앞에 선 막내 박영준이 기어들어가는 목소리로 말했지만 자비는 없었다. 어깨를 부풀린 강태기가 한 발짝 다가서며 주먹으로 박영준의 배를 쳤다.

"퍽!"

정통으로 맞은 박영준이 허리를 굽히며 꼬꾸라졌다가 일어날 때 강태기의 오른쪽 무릎이 치솟았다.

"빡!"

뼈가 부딪치는 소리가 났다. 이마를 찍힌 박영준이 뒤로 넘어지면서 뒷머리까지 땅바닥에 부딪쳤다. 똑딱 똑딱 똑딱, 잠시 의식을 잃었던 박영준이 후다닥 몸을 일으키더니 두 손을 모아 빌었다.

"죄송합니다, 죄송합니다!"

"하, 이놈 봐라. 안 일어나?"

강태기의 발길질이 날아들었다.

"안 일어나, 이래도? 응? 너 이 새끼 맨날 사고만 치고."

"퍽! 퍽! 퍽!"

박영준이 옆으로 뒹굴어 박혔다. 뒤쪽에서 목소리가 들렸다.

"그만!"

윤덕규의 목소리다.

"시끄러 새꺄!"

강태기가 맞받아 소리치더니 비틀거리며 몸을 세우는 박영준의 등을 구둣발 끝으로 찍었다.

"쿵!"

박영준이 쿵 하고 이마를 바닥에 찧었다. 바닥으로 피가 붉게 흘러나왔다.

"너, 이 새끼 오늘 초상 치르고 만다."

박영준은 이제 죄송하단 말도 못 하고 몸만 웅크리기에 바빴다.

"그만 하라고!"

다시 윤덕규가 소리치자 강태기는 못 이기는 척 몸을 세웠다.

이것으로 오늘도 박영준에 대한 처벌(處罰)이 끝났다. 주위에 둘러선 7명의 배차장파 행동대는 모두 입을 다물고 있다.

"너 당분간 일 나오지 마. 글고 기물비는 네 수당에서 깐다."

강태기가 사무실 문을 쿵 하고 박차고 나가며 말했다. 박영준이 몸을 일으켰다. 비틀거렸지만 누구 하나 도와주는 사람이 없었다.

'저런 놈이 어떻게 이런 데 들어왔지?' 하는 경멸의 눈빛으로 서로 웃고 있을 뿐이었다.

박영준은 몸을 살폈다. 배나 옆구리, 등은 옷에 가려서 멍든 상처가 보이지 않겠지만 이마는 금방 부어오를 것 같았다.

윤덕규가 다가와 박영준에게 모자를 씌워주며 말했다.

"하, 진짜 병신 같은 놈. 어떻게 매번 일을 그렇게 하냐?"

"죄송합니다."

"넌 그 말밖에 할 줄 모르냐?"

"죄송합니다."

혼자 남았다. 골목 안에 선 박영준이 바지를 추켜올리고는 점퍼 지퍼를 목 끝까지 채웠다. 밤 10시 반, 이곳은 익산 시외버스 배차장 옆 골목 안이다.

강태기와 윤덕규가 이끄는 행동대는 건너편 상가 안 '순덕집'으로 가서 삼겹살로 회식을 하고 있을 것이다. 강태기는 서열이 가장 낮으면서 덩치가 큰 박영준을 혹독하게 다루는 것으로 주변 분위기를 잡으려는 의도가 있다. 성격도 잔인해서 사정을 봐주는 놈이 아니다. 물론 그럴 상황을 만드는 것은 조폭과 어울리지 않게 착하고 겁 많은 박영준에게 있었다.

박영준은 어깨를 흔들어 몸 상태를 체크했다. 옆구리와 등이 결린다.

'파스를 붙이면 되겠지.'

박영준은 쓴웃음을 지으며 턱을 주억거렸다. 하도 자주 맞아서 이젠 단련이 된 것 같았다. '몸 하나는 튼튼해서 다행이다.' 박영준은 실없이 웃었다.

그때 앞쪽에서 인기척이 들리더니 윤덕규가 나타났다. 회식하려고 가다가 중간에 슬쩍 빠져나온 것 같다.

"얀마, 너 괜찮아?"

다가선 윤덕규가 물었다. 170 정도의 키에 보통 체격이었지만 칼잡이다. 지금도 점퍼 안에 권총집처럼 가죽 벨트를 끼워 놓은 길이 30센티 가량의 회칼을 차고 있는데 빼 보면 흰 칼날이 섬뜩하다.

"예, 형님."

부동자세로 선 박영준이 대답하자 윤덕규가 혀를 찼다.

"넌 왜 그렇게 병신 짓을 하냐? 중앙로 애들이 유리창을 깼다면 한 놈이라도 잡았어야지, 니가 어디가 깨지더라도 말이다."

박영준이 숨을 들이켰다. 머리만 숙인 박영준의 귀에 윤덕규의 목소리가 때리는 것처럼 들렸다. 차라리 강태기한테 맞는 것이 나을 것 같다.

"얀마, 중앙로 애들이 우리를 얼마나 우습게 봤겠냐? 네가 기도를 서고 있는 가게로 들어가 유리창하고 거울을 깨고 나온 것도 다 계획적이야."

"형님, 제가 쫓아갔지만…."

겨우 입을 뗀 박영준이 어깨를 늘어뜨렸다. 골목 안까지 쫓아갔다가 놓쳤다고 했지만 실제는 아니다. 박영준의 눈앞에 두 시간 전의 장면이 떠올랐다.

"어? 이 새끼 봐라? 니가 어쩌겠다고?"

골목 안으로 뛰어 들어간 박영준의 앞을 두 놈이 가로막았다. 유리

창을 부수고 나간 중앙로파다. 기다리고 있었던 것 같다. 낯익은 한 놈이 다가와 박영준 앞에 섰다. 얼굴에 웃음이 떠올라 있다.

"얀마, 이 병신 새꺄, 붙어 보겠다고 쫓아온 거야?"

박영준이 어깨를 부풀렸지만 입이 떼어지지 않았다. 따라왔지만 막상 부딪치자 어떻게 해야 할지 몰랐다.

"넌 그냥 가만히 있어. 내가 처리할 테니까."

그때 사내 하나가 각목을 든 사내를 제지하며 한 발짝 앞으로 나섰다. 사내가 번들번들한 회칼을 품에서 꺼냈다. 회칼을 본 순간 덜컥 겁이 나며 사고가 정지했다.

"너 이 새끼 오늘이 제삿날이다!"

사내가 괴물처럼 눈을 번들거리며 달려들었다. 영준은 비명을 지르며 돌아 달아났다.

"퍽"

그러나 영준은 얼마 가지 못해 날아든 각목에 뒤통수를 맞고 쓰러졌다. 뒤이어 웃음소리가 이어졌다.

"뭐 저런 놈이 다 있어."

"거봐 내가 뭐랬어? 큭큭큭"

땅바닥으로 뒹굴어 엎어졌던 박영준은 일어나지 않았다. 일어나면 몇 대 더 맞을 것이 분명하기 때문이다. 그리고 이곳에서는 누가 보는 것도 아니다.

"이런 새끼가 어떻게 조폭이 됐지?"

둘은 캬악 퉤, 영준에게 가래침을 뱉고는 몸을 돌려서 떠났다.

박영준은 한참이 지나도 고개를 들지 않았다.

"네가 살려달라고 빌었다면서?"

윤덕규가 묻자 박영준이 생각에서 깨어났다. 눈이 크게 떠졌다. 강태기가 그 말을 듣고 다짜고짜 팬 것이다.

"아, 아뇨. 그런 일 없습니다요."

"없기는 인마, 그놈들이 옆쪽 파리살롱에 가서 다 불었단 말이다."

파리살롱은 중앙로파와 배차장파의 중립 지대다. 박영준이 기도를 섰던 진주클럽의 기물을 부수고 나온 놈들이 파리살롱에 가서 무용담을 떠벌린 것이다. 그것을 파리살롱에 심어놓은 정보원이 강태기에게 즉각 보고했다.

윤덕규의 얼굴에 쓴웃음이 번졌다.

박영준의 소원이 있다면 행동대에 들어가는 것이다. 그러면 기본급 70만 원에 교통비 30만 원까지 한 달 1백만 원이 보장되는 것이다. 지금처럼 클럽 기도 겸 주차 요원으로 견딘다면 한 달에 50만 원 정도다. 생활이 안 되는 것이다. 윤덕규가 입맛을 다시더니 박영준을 보았다.

"너 우리한테 온 지 얼마나 되었지?"

"7개월째 되었습니다, 형님."

팔짱을 끼고 선 윤덕규가 다시 물었다.

"너 성용이하고 같은 동네에 살았다면서?"

"예, 형님."

"성용이 면회는 가냐?"

"요즘 바빠서 못 갔습니다."

조성용은 지금 살인 미수로 교도소에 들어가 있다. 박영준의 눈앞에 조성용의 얼굴이 떠올랐다.

조성용은 박영준의 동네 선배다. 7살 연상으로 어렸을 때부터 친형처럼 따랐지만 깡패다. 그날도 당구장 앞에서 조성용을 만나 술을 한 잔 얻어먹고 따라 나온 참이었다.

동산동 주택가 안.

"너 여기 지켜 서 있어."

조성용이 말하더니 뒤쪽으로 들어서자 취기가 오른 박영준이 물었다.

"언제 나오는데요?"

"10분이면 돼."

밤 12시 반, 주위는 짙은 정적에 덮여 있다. 골목 안쪽 벽에 기대선 박영준이 추위에 어깨를 움츠렸다. 그때였다. 저택 안에서 비명소리와 외침이 번갈아 일어나더니 조성용이 골목 안에서 뛰어나왔다. 그러더니 박영준에게 배낭을 던지면서 소리쳤다.

"한 시간 후 당구장!"

엉겁결에 가방을 받아든 박영준이 조성용과 다른 방향으로 뛰었다. 그리고 뛰다가 경찰 검문에 걸려 잡혔다.

박영준은 강도 현행범이 되었다. 조성용이 복면을 써서 피해자들도 알아보지 못했기 때문이다. 그런데 박영준은 범인을 말하지 않고 다 뒤집어쓰고 형을 받았다.

21살에 강도 전과자로 8개월 징역을 살고 나온 박영준과 조성용이 호프집에서 만났다.

"내가 너한테 빚을 갚아야지."

"군대 안 가고 좋지 뭐."

박영준이 바보처럼 웃었다. 고주망태가 된 박영준에게 조성용이 제안했다. 납작한 얼굴을 든 조성용이 박영준을 보았다.

"내가 너하고 같이 다닐 수는 없고, 배차장파 고 회장을 내가 좀 아는데 거기 똘마니로 들어가라."

"배차장파요?"

"그래, 거기 가서 처음에는 주차장 일이나 홀 청소 같은 잡일을 할 거다. 하지만 능력에 따라서 한 달에 수천만 원을 만질 수도 있어."

박영준이 숨을 들이켰다. 교도소에서 나온 지 닷새째가 되는 날이다. 8개월간 교도소에서 공부하고 나왔지만 집으로 가지 못했다. 어머니한 테는 제주도로 일하러 간다고 거짓말을 했기 때문이다. 제주도에서 돌아왔다면 그동안 일한 월급이라도 보여줘야 할 것 아닌가? 그래서 이리저리 기웃거리다 조성용을 만난 것이다.

"어때? 갈래?"

조성용이 묻자 마침내 박영준이 머리를 끄덕였다.

"예, 갈게요."

이렇게 박영준의 조폭 생활이 시작되었다. 그게 빚을 갚은 건지 오히려 빚을 진 건지는 모르겠지만 말이다.

북일동 변두리의 연립주택 반지하방은 방 2개에 주방, 거실까지 포함해서 8평 규모다. 현관문을 연 박영준이 조심스럽게 문을 닫고는 현관 옆 문간방으로 들어섰다. 집 안은 항상 눅눅한 습기가 차 있었고 비만 오면 물이 차오르는 바람에 퍼내야 한다. 그러나 보증금 150만 원에 월세 7만 원짜리였으니 박영준의 세 식구는 이것도 감지덕지다.

방으로 들어선 박영준이 소리죽여 숨을 뱉고는 옷을 벗었다. 밤 12

시 40분이어서 집 안은 조용하다. 잠귀가 밝은 어머니가 깨어날 것이므로 씻는 것은 단념해야 한다. 옷을 벗은 박영준이 팬티 차림으로 거울에 몸을 비쳐보았다. 배와 옆구리에 주먹 크기만 한 멍 자국이 났고 이마는 조금 부었다. 내일 아침에 멍 자국이 생길 것 같다. 그러나 거울에 비친 체격은 건장하다. 1미터 85의 신장에 넓은 어깨, 길고 굵은 팔, 고등학교 때 복싱을 했지만 시합에 나가 본 적은 없다. 복싱도 돈이 든다. 소질이 있다는 소리는 들었지만 몇 달 도장비를 내지 못하니까 나오지 말라고 했다. 그러나 무엇보다 관장의 "너는 독기(毒氣)가 없어서 가망 없다."란 말이 치명적이었다. 좋은 말로 순둥이, 범생이었지만 뒤에서는 모두 병신, 쪼다라고 부르는 것이 세상인심이다.

어머니 이복남의 자나 깨나 걱정이 박영준의 '순한 성품'인 것이다. 부모만큼 자식을 잘 아는 사람이 없다. 그때 문에서 노크 소리가 들렸고 박영준이 숨을 들이켰다.

"오빠."

밖에서 동생 박유진의 목소리가 울렸다.

"응, 왜?"

서둘러 바지만 입었을 때 박유진이 들어섰다. 박유진은 고1, 17세다. 역시 착한 성품에 공부를 잘해서 어머니의 살아가는 희망이다. 방문 옆 벽에 등을 붙이고 선 박유진이 박영준을 보았다. 이 시간까지 공부를 하고 있었는지 둥근 얼굴에서 두 눈이 반짝였다.

"오빠, 나 다음 주에 수학여행 가는데…."

"응."

숨을 들이켠 박영준이 박유진을 보았다. 수학여행비다. 2박 3일의 제주도 여행인데 수학여행비가 18만 원이다. 이것저것 용돈까지 합하면

30만 원은 필요하다.

"언제까지 내야지?"

"월요일까지."

오늘이 목요일이니까 사흘 남았다. 박영준이 머리를 끄덕였다.

"알았다, 내가 월요일까지 줄게."

"오빠, 괜찮아?"

박유진이 조심스럽게 묻자 박영준은 서둘러 외면했다.

"응? 왜?"

"얼굴이 부은 것 같아."

"저녁을 많이 먹어서 그런가?"

"오빠, 힘들면 나 안 갈게."

"그게 무슨 소리야?"

눈을 치켜뜬 박영준이 박유진을 나무랐다.

"날 뭘로 보고, 걱정 말고 기다려."

"알았어."

어깨를 늘어뜨린 박유진이 웃음 띤 얼굴로 박영준을 보았다.

"고마워, 오빠."

박유진이 방을 나갔을 때 박영준은 벽에 등을 붙인 채 주르르 미끄러져 방바닥에 앉았다. 일주일쯤 전에 박유진이 수학여행 이야기를 꺼냈던 것이다. 식당에서 시간제 주방 일을 하는 어머니 이복남의 한 달 수입은 평균 60만 원쯤 된다. 박영준은 규칙적이지는 않지만 한 달에 20만 원 정도를 내놓았는데 가계에 큰 도움이 되었다. 그래서 유진은 어머니한테 말을 못하고 오빠한테 이야기를 했다.

"걱정 마. 내가 내줄게."

박영준은 듣자마자 호언장담을 했다. 그렇지만 차일피일 시간이 지나 오늘까지 온 것이다.

"제명시킵니다."

강태기가 말하자 방안이 조용해졌다. 오전 10시 반, 미동의 국제건설 사장실 안, 국제건설은 배차장파 회장 고철종이 간판 회사로 내세운 기업이다. 그래서 행동대장 강태기도 국제건설 부장 명함을 갖고 다닌다. 고철종의 시선이 둘러앉은 간부들을 훑었다. 넓은 어깨, 머리가 커서 가분수로 불리지만 그것이 오히려 무게를 느끼게 한다. 가는 눈, 큰 코, 두꺼운 입술이 꾹 닫혀 있다.

35세, 20세 때부터 배차장파 똘마니로 시작해서 15년 만에 정상으로 등극했다. 그동안 경쟁자인 선배, 동료, 후배를 가차없이 제거해온 덕분이다. 그때 반대쪽에 앉은 행동대 고문 격인 윤덕규가 입을 열었다.

"똘만이를 거창하게 제명시킬 필요가 있습니까? 그냥 놀게 하지요."

윤덕규가 말을 이었다.

"놀게 하면 그만두라는 것이나 마찬가지가 됩니다. 이런 일은 떠들썩하게 만들지 말고 조용히 끝내지요."

"아니, 우리가 조성용이 체면 세워줄 일 있습니까? 혼자 뛰는 놈 눈치 볼 것 없습니다."

강태기가 나섰을 때 고철종이 눈을 가늘게 떴다.

"야 이시키야, 내가 조성용이 눈치 본다는 겨?"

"아닙니다, 형님."

"형님?"

"아닙니다, 회장님."

"이게 요즘 겁대가리가 없어졌네."

고철종의 눈이 더 가늘어졌고 목소리도 낮아졌다. 지금 어젯밤 중앙로파한테 모욕을 당한 박영준의 재판이 열리고 있다. 그때 바로 진주클럽의 지배인 오복수가 나섰다. 박영준을 데리고 있던 직속상관이 된다.

"소문이 다 났습니다."

모두의 시선을 받은 오복수가 어깨를 부풀렸다가 내렸다.

"박영준이 무릎을 꿇고 살려달라고 빌었답니다, 그리고 그 동영상이 지금 퍼지고 있습니다."

"어디?"

고철종이 얼굴을 굳히고 묻자 오복수가 핸드폰을 꺼내더니 버튼을 눌렀다. 그러자 곧 영상이 드러났다. 골목 안, 어둠 속에서 한 사내가 무릎을 꿇고 앉아 있다. 그 앞쪽에 선 사내들을 향해 사내가 두 손을 비벼대고 있다. 어두워서 얼굴을 확대해 보았지만 윤곽이 분명하지 않다.

"이게 박영준입니다."

오복수가 단언하듯 말했다.

"체격이나 얼굴형이 같습니다."

"이런, 씨."

어깨를 부풀린 고철종의 두 눈이 번들거렸다.

"이 새끼 안 되겠다."

"뭐가 말씀입니까?"

재빠르게 강태기가 끼어들었다.

"박영준이, 이 병신 말씀입니까?"

고철종이 대답 대신 오복수를 보았다.

"이놈 몇 시에 출근이냐?"

"오후 3시면 나옵니다, 회장님."

그때 오복수의 핸드폰을 받아서 화면을 들여다보던 윤덕규가 말했다.

"회장님, 이놈 박영준이 같지 않습니다."

고철종의 시선을 받은 윤덕규가 말을 이었다.

"제가 어젯밤 박영준이하고 이야기를 해 보았거든요. 그렇다면 이 장면이 저하고 이야기하기 전 같은데요. 시간이….."

머리를 기울인 윤덕규가 말을 이었다.

"박영준은 이런 일을 당했다고 말하지 않았습니다, 그리고 그런 일 당한 분위기도 아니었고요."

찍힌 사진의 밑에 시간이 표시되어 있었기 때문이다. 그때 고철종이 말했다.

"분위기 좋아하네, 이 자식은."

눈을 치켜뜬 고철종이 말을 이었다.

"그래, 세상 사람들한테 저 자식 분위기가 박영준이 아니라고 해 봐라."

고철종의 목소리가 높아졌다.

"너 말 잘했다. 박영준이 분위기가 어떠냐?"

숨을 들이켠 윤덕규가 입을 다물었고 고철종이 이 사이로 말했다.

"저렇게 당할 놈이 아니란 말이냐?"

"아닙니다, 회장님."

"세상 사람들이 다 저놈이 박영준이라고 믿을 거다, 그렇지?"

"예, 회장님."

"지금까지 그렇게 병신 짓을 했으니까 말이다, 그렇지?"

"예, 회장님."

"가게가 부서지고 골목까지 따라갔지만 아무도 보지 않는 곳이라 털썩 무릎을 꿇고 살려달라고 빌었던 거야, 그렇지?"

"그런 것 같습니다."

"중앙로 놈들이 이 기회에 우리를 완전히 똥으로 만들려는 거야."

이제 방안이 조용해졌고 고철종의 목소리가 이어졌다.

"이렇게 일이 커진 이상 일 나오지 못하게 하고 끝낼 수는 없어."

"…."

"역습을 해야지."

혼잣소리처럼 말했지만 모두 들었다. 의자에 등을 붙인 고철종의 시선이 강태기에게로 옮겨졌다.

"행동대 모아."

"예, 회장님."

고철종이 이제는 윤덕규를 보았다.

"애들 풀어서 중앙로 애들 동향 파악해."

"예, 회장님."

방안에 전운(戰雲)이 감돌고 있다. 전쟁은 이렇게 사소한 일에서부터 시작된다.

"어떠냐 반응이?"

안국필이 묻자 장시우가 빙그레 웃었다.

"폭발적입니다. 조회 수가 하루 만에 5만을 돌파했습니다."

"그것 참."

안국필의 얼굴에도 웃음이 떠올랐다.

"영화로 찍었다면 떼돈 벌었겠다."

"요즘은 SNS 시대입니다, 회장님."

어깨를 부풀린 장시우가 말을 이었다.

"전쟁도 SNS로 대리전을 치르는 겁니다. 우린 이미 절반은 이긴 셈이죠."

의자에 등을 붙인 안국필이 머리를 끄덕이며 물었다.

"고철종이도 사진을 보았겠지?"

"당연하지요."

장시우가 이를 드러내며 웃었다.

"지금쯤 펄펄 뛰고 있을 겁니다."

"그 병신은 항상 한 발이 늦어. 그런 놈이 어떻게 배차장을 쥐었지?"

"운이 좋았습니다."

이곳은 중앙로파의 거점인 서진유통의 회장실이다. 중앙로파 회장 안국필은 배차장파 고철종과는 달리 지방대를 나왔지만 법학사 학위가 있고 10년 전에 전(前) 회장으로부터 조직을 인계받았다. 물론 그 전부터 제2인자로 기반을 굳혀온 때문이기도 하다. 안국필이 말을 이었다.

"좋아. 길게 끌면 사회 문제가 된다. 이 정도로 해두고 놈들이 반발할지 모르니까 단속을 철저히 해."

"예, 회장님."

"계획대로 기집애들 셋이 옮겨왔으니까 이번 작전은 성공이군."

"예, 진주클럽은 이제 별 볼 일 없어질 것입니다. 알짜배기를 빼왔으니까요."

"요즘 이 근방은 물건이 적어. 역시 서울에서 놀아야 물건도 좋은 걸

얻어."

"지당하신 말씀입니다."

"곧 소문이 날 테니 배차장 놈들이 길길이 뛰겠구먼."

"어쩔 수 없지요. 요즘 세상에 여자들을 납치할 수도 없으니까요."

"큰일 나지."

"SNS 효과가 컸습니다. 여자들도 그걸 보고 마음을 굳힌 것 같습니다."

"꿇어앉은 놈이 누구냐?"

"예, 학배라고 고등학교 때 연극했다는 놈입니다. 지금 유통 해산물 코너에서 일하고 있습니다."

"실감이 나더라니까."

"그, 진주클럽 기도 닮은 놈 찾다가 우연히 발견한 겁니다."

둘은 마주보고 다시 웃었다. 이번 진주클럽 기물을 부순 사건은 잘 나가는 아가씨 셋을 빼내려는 위협 작전이었던 것이다. 진주클럽은 평화동에서 2류 클럽이지만 아가씨 물이 좋았다. 그 아가씨들이 단골들을 형성하고 있었기 때문에 장사도 잘되었다. 배차장파가 직접 관리하는 가게 중의 하나로 방이 6개밖에 되지 않았기 때문에 종업원 인건비도 별로 들지 않는 알짜 가게였던 것이다. 안국필이 웃음 띤 목소리로 말했다.

"그 진주클럽 기도라는 놈, 신세 조졌겠구나."

"예, 병신이라고 소문이 났던 놈입니다. 할 수 없지요."

장시우가 건성으로 대답했다.

"형님, 가불 좀 했으면 좋겠는데요."

박영준이 말하자 홍기표가 이맛살부터 찌푸렸다. 입도 반쯤 벌린 것이 어이가 없다는 표정이다.

"이 새끼가 정말…."

혼잣소리로 투덜거린 홍기표가 박영준의 팔을 잡고 가게 안쪽 화장실 입구로 다가가 섰다. 오후 1시 반, 가게는 텅 비었다. 아직 출근 시간이 두 시간도 더 남아 있었기 때문이다. 홍기표가 박영준을 노려보았다.

"너 몰라?"

"뭘요?"

"너 핸드폰 있지?"

"예."

"내놔 봐."

박영준이 주머니에서 핸드폰을 꺼내주자 홍기표가 다시 내밀었다.

"비밀번호 풀고 유튜브 봐."

박영준이 유튜브로 들어서자 홍기표가 앞쪽에서 노려보았다.

"'조폭의 세계'라는 거 봐, 조회 수가 뜰 거다."

박영준이 바로 찾아냈다. 조회 수가 10만 가깝게 된다. 아래쪽 자막, '평화동 J클럽의 기도 P씨가 어젯밤 10시 반경에 경쟁 조직원에게 잡혀 살려달라고 비는 장면'으로 시선을 내린 박영준이 숨을 들이켰다.

"그게 너 아니냐?"

홍기표가 입술도 달싹이지 않고 물었는데 시선은 박영준에게 박혀 있다.

"나아, 참."

박영준이 입맛을 다셨지만 다시 한 번 클릭해서 화면을 보았다. 어둠 속이어서 윤곽이 흐리다. 그러나 체격은 자신과 비슷하다. 일어났을 때의 신장도 그렇고 머리 스타일도 비슷하다.

"내가 이러다니요? 난 이런 일 없어요."

"이 골목이 건너편 느티나무 길로 가는 골목이야, 맞지."

"골목은 맞는 것 같네요."

"네가 어젯밤 이쪽으로 그놈들 쫓아갔잖아, 그렇지?"

"그놈들 못 만났어요."

"그 말을 누가 믿겠냐?"

"…."

"지금 회사가 난리가 났어. 나도 전화를 100통도 더 받았단 말이다. 넌 안 받았어?"

"예."

당사자한테 확인 전화를 하지 않는다는 건 모두 그렇다고 믿기 때문인가? 그때 박영준이 다시 홍기표를 보았다. 홍기표는 조직원이지만 직장인에 가깝다. 진주클럽 경리 겸 총무이기 때문이다. 항상 출근도 가장 먼저 하고 퇴근도 가장 늦다. 그래서 홍기표를 만나려고 박영준도 일찍 온 것이다.

"형님, 30만 원만 가불해주십쇼."

"이 자식이 정말."

기가 막힌 홍기표가 어깨를 부풀렸다가 내렸다.

"얀마, 너 어제 태기 형님한테 이야기 못 들었어? 그놈들이 부수고 간 기물 값은 모두 네가 변상하라고 했지 않아?"

이제는 시선만 주는 박영준을 보자 홍기표가 한숨을 뱉었다.

"너 정신 차려라. 지금 가불 이야기 할 때가 아녀."

"의도가 있을 거다."

고철종이 차창 밖을 내다보면서 말을 이었다.

"그놈들 여섯이 평화동 한복판, 우리 구역 안으로 들어와 유리벽을 깨고 탁자 한 개를 때려 부수고 의자 다리 한 개를 빼놓고 돌아가? 5분 만에 말이야."

옆자리에 앉은 오경환은 입을 열지 않았다. 차는 지금 익산 북쪽의 골프 연습장을 향해 달려가고 있다.

"그리고 우리 조직원 한 놈을 잡아서 두 손을 비비게 만들고 그 장면을 유튜브에 올렸단 말이지?"

오경환은 앞쪽만 보았다. 오경환은 국제건설의 전무로 조직의 2인자 노릇을 한다. 그러나 실권이 없다. 오히려 강태기와 윤덕규 같은 직속 행동대장, 고문역보다 못하다. 휘하에 병력이 없기 때문이다. 고철종은 2인자, 3인자까지 병력을 주지 않는다. 운전사까지 고철종이 직접 심어 준다. 경호역도 마찬가지, 그것이 고철종의 조직 관리 방침이다.

"뭔가 있어."

고철종이 혼잣소리로 말했다.

"그래서 애들한테 주시하라고 했어."

"뭐? 가불해달라고 했어?"

버럭 소리친 강태기가 어금니를 물었다.

"이런 병신이⋯."

오후 3시 반, 강태기는 지금 진주클럽 지배인 오복수와 통화를 하고 있다. 그때 오복수가 말했다.

"홍기표가 너 정신 차리라고 하니까 멍하고 있다가 나간 모양입니다."

"어디로?"

"모르겠습니다. 어제 당분간 일 나오지 말라고 했잖습니까?"

그건 그렇다. 핸드폰을 고쳐 쥔 강태기가 말했다.

"그놈한테 연락해서 가게로 나오라고 해, 그리고 잡아놔."

"잡아 놓다니요?"

"어디 가지 못하게 하란 말이야."

"알았습니다."

오복수가 입맛 다시는 소리를 내더니 통화를 끝내자 강태기가 어이없다는 표정을 짓고 앞에 선 부하에게 말했다.

"참, 병신이 육갑하는군, 이 상황에서 가불해달라니."

"웬일이야?"

아직 머리를 다 말리지 못한 정미나가 문 앞에 서서 물었다. 이곳은 평화동 연립주택 단지의 끝 쪽, 2층 주택 앞에 선 박영준이 우물쭈물했다. 정미나의 시선을 받고 할 말을 잊은 것 같다. 정미나는 28세, 진주클럽의 왕고참이다. 박영준보다 7살이나 연상이다.

"엄마나, 너 이마가 웬일이니?"

눈을 크게 뜬 정미나가 놀라 묻자 박영준이 야구 모자를 더 눌러썼다. 이마가 퍼렇게 멍이 들어 있었기 때문이다. 어젯밤 강태기한테 무릎으로 찍힌 흔적이다. 박영준이 한 걸음 물러서며 말했다.

"누나, 나 30만 원만 빌려줘."

"웬 30만 원?"

박영준이 갑자기 목이 메었지만 말을 뱉었다.

28

"내 동생 수학여행비…."

"이번에 배차장 놈들이 대쪽을 팔린 셈이지."

장시우가 웃음 띤 얼굴로 최정규를 보았다. 영등동의 서진유통 건너편에 위치한 순댓국밥집 안이다. 오후 4시, 어중간한 시간이어서 식당 안에는 둘뿐이다.

"그놈들 분위기는 어떠냐?"

"뭐, 처음에는 떠들썩했지만 지금은…."

최정규가 시큰둥한 표정으로 장시우를 보았다. 어젯밤 진주클럽에 들어간 팀은 최정규의 기획실 팀인 것이다. 중앙로파는 많이 배운 회장 안국필의 영향을 받아 행동대 따위의 명칭을 안 쓴다. 여기서는 행동대가 기획실 팀이다. 장시우가 팀장이고 최정규는 조장쯤의 서열이다. 최정규가 말을 이었다.

"뭐, 이런 일이 어디 한두 번입니까? 한 달에도 서너 번씩 애들끼리 투닥거리다가 끝나지요."

"야, 그래도 이번에는 작품을 하나 만들었잖아. 이런 일은 처음 시도하는 거다."

"하긴 그렇습니다."

최정규의 검은 얼굴에 웃음이 떠올랐다.

"그것 희한하데요."

"영락없이 그놈이지?"

"맞습니다. 누구라도 믿겠던데요, 그런데…."

"그런데 뭐냐?"

"골목에서 그놈을 팬 진갑이 이야기를 들었더니 그놈을 패는 장면을 찍는 것이 더 나을 뻔했다는 겁니다."

최정규의 말이 이어졌다.

"그놈이 진짜 병신이라는 겁니다. 진갑이가 다가갔더니 얼어서 제대로 움직이지도 못 했다는군요. 그래서 몇 대 때리다가 재미없어서 놔두고 왔답니다."

"…."

"진갑이가 SNS를 보더니 그때 그 장면을 찍는 것이 더 실감났을 거라고 했습니다."

"그놈이 진짜로 병신인 모양이다."

입맛을 다신 장시우가 결론을 냈다.

"그러니까 다 그놈이라고 믿을 수밖에."

"그놈들이 우리가 이번에도 어영부영 끝낼 것으로 알 거다."

강태기가 손목시계를 보면서 말했다. 같은 시간, 강태기는 미동의 천지카페 대기실에서 회의 중이다.

"어젯밤 진주클럽에 온 것이 최정규 맞지?"

강태기가 묻자 백상만이 대답했다.

"예, 틀림없습니다. 유리창을 깬 건 똘마니 오갑기였고 윤진갑이가 박영준이를 골목에서 팼다고 합니다."

"그리고 기획실의 장시우가 총지휘를 하고 말이지?"

"그놈이 여우지요."

강태기의 심복 백상만이 대답했다. 둘러앉은 행동대는 모두 8명, 정예다. 고철종이 이번 작전을 강태기에게 일임했고 고문역인 윤덕규도 배제시켰다. 극비 작전이며 일사불란한 행동이 필요하다는 의미다. 머리를 든 강태기가 백상만을 보았다.

"지금 박영준이 어디에 있냐?"

"예, 진주클럽 근처에서 빈둥거리고 있습니다."

백상만의 얼굴에 쓴웃음이 번졌다.

"복수 형이 오라고 불렀더니 반가워하더랍니다. 다 끝났냐고 물어보더라는데요."

"그 병신이."

심호흡을 한 강태기가 다시 손목시계를 보았다.

"여기 있다."

정미나가 접힌 돈을 내밀었다. 5만 원권도 있고 1만 원권도 섞였다.

"30만 원."

"고마워, 누나."

"세 년한테서 모은 거야."

"고마워."

돈을 받은 박영준의 코끝에 시큼한 느낌이 왔다. 오후 4시 40분, 진주클럽 복도에 둘이 마주보고 서 있다. 박영준의 어깨가 늘어졌다. 겨우 유진의 수학여행비는 준비가 된 것이다. 이젠 죽어도 좋다. 정미나는 제 돈이 없으니까 가게에 나와 아가씨들한테 돈을 빌려서 준 것이다. 그때 정미나가 지그시 박영준을 보았다.

"영준아."

박영준의 시선을 받은 정미나가 주위부터 둘러보고 나서 물었다.

"너 유튜브 봤지?"

"응. 그거 나 아냐. 그놈들이 편집했어."

박영준이 서둘러 말을 이었다.

"아니, 완전 픽션이라고. 그놈은 내가 아냐."

"애들이 다 봤어."

어깨를 늘어뜨린 정미나가 목소리를 낮췄다.

"그리고 다 너라고 믿어."

정미나의 눈가에 주름살이 짙어졌다. 문득 박영준은 정미나의 나이가 30살도 훨씬 넘은 것 같다는 생각을 했다. 그때 정미나가 길게 숨을 뱉으며 말했다.

"영준아, 나 그 장면 보고 울었어. 네가 불쌍해서…."

"아냐, 누나. 그게…."

그때 뒤쪽에서 오복수가 소리쳤다.

"야, 이것들아, 뭐해! 바쁜데!"

밤 10시 반, 강태기가 오복수의 전화를 받는다. 강태기는 아지트로 삼고 있는 천지카페에 막 들어선 참이다.

"무슨 일이냐?"

강태기가 묻자 오복수가 한숨부터 뱉었다.

"병신이 돈 빌렸구먼요."

"뭐?"

"돈 말입니다."

"가불?"

"그렇습니다."

"홍기표가 가불해줬다고?"

"아니요."

"깝깝혀 죽겠네. 이자식, 야, 빨랑 말해!"

"병신이 정미나한테 부탁해서 정미나가 기집애들 돈을 걷어 줬답니다."

기가 막힌 강태기가 숨만 쉬었고 오복수의 말이 이어졌다.

"어떡합니까? 그 병신 여동생이 다음 주에 제주도 수학여행 간답니다. 그래서 30만 원이 있어야 된다는구먼요."

"…."

"이 와중에도 기를 쓰고 동생 수학여행비 챙기는 게 어이없기도 하고 불쌍허기도 하고…."

"…."

"할 수 없잖습니까, 지가 빌린 건. 애들이 다 유튜브 보고 불쌍허다고 울었답니다."

"그 병신이 집안 망신 다 시키고…."

"기집애들이야 다 그렇지요."

"누구한티 들었어? 돈 빌렸다는 이야기."

"선영이라고 압니까?"

"내가 다 어떻게 아냐? 우리가 데리고 있는 기집애만 사백 명인디."

"그, 선영이가 조 마담한테 이야기했고 조 마담이 나한테 말해준 겁니다."

"…."

"선영이가 정미나한테 10만 원 빌려줬다는군요, 그 병신한티 줄라고 정미나가 여기저기서 모아준 겁니다."

강태기가 심호흡을 했다.

"이 정도로 끝내."

안국필이 말하자 장시우가 머리를 숙였다.

"예, 회장님. 알겠습니다."

"과유불급이란 말 알지?"

"예, 지나치면 해롭다는 말입니다."

"그래, 적당한 선에서 그쳐야 된단 말이다. 배차장 애들은 이번에 약이 좀 올랐겠지만 대놓고 나설 수는 없을 테니까 은근히 다음에 한번 뒤통수를 치려고 할 거다."

"예, 대비하겠습니다."

"고철종이가 가만있는 성격은 아니니까."

현관을 나온 안국필이 대기하고 있는 벤츠에 오르자 장시우가 허리를 기역자로 꺾어 절을 했다. 검정색 벤츠가 소리 없이 출발했고 경호차 2대가 뒤를 따른다.

11시 반, 박영준이 다가가자 오복수가 탁자 위에 놓인 비닐 가방을 눈으로 가리켰다.

"야, 이거 궁전노래방 이동식이한테 갖다줘. 그놈 옷이다."

"예."

대기실에서 일도 안 시키고 다섯 시간 가깝게 대기 상태로 기다리던 박영준이다. 일을 시켜준 것만으로도 기쁜 박영준이 가방을 쥐었다. 그때 오복수가 말했다.

"갖다주고 나서 그냥 퇴근해도 돼."

"고맙습니다, 형님."

"고마울 건 없고."

어깨를 부풀린 오복수가 박영준을 보았다. 초점이 흐려져서 뒤쪽을 보는 것 같다.

"12시 반까지 갖다주도록 해."

"예, 형님."

몸을 돌린 오복수가 방을 나가자 박영준이 비닐 가방을 들었다. 가방 안에는 추리닝과 셔츠 몇 벌이 들어있어서 가볍다. 그때 박영준이 가방을 내려놓고 주머니에서 핸드폰을 꺼내 쥐었다. 곧 단축 번호를 누르고 귀에 붙이자 신호음 두 번 만에 박유진의 목소리가 울렸다.

"오빠?"

기대에 찬 목소리를 듣는 순간 박영준의 가슴이 먹먹해졌다.

"응, 나야. 근데 너 언제 자?"

"왜?"

"내가 1시 반쯤 집에 갈 텐데…."

"그때까지 안 잘게."

영리한 박유진의 목소리가 밝아졌다. 좀처럼 전화를 안 하는 박영준이었기 때문이다. 박영준이 참지 못하고 말했다.

"오빠가 수학여행비 가져갈게."

눈앞에 박유진의 밝은 얼굴이 떠올랐다.

노래방 골목으로 들어선 박영준이 손등으로 이마의 땀을 닦았다. 진주클럽에서 이곳까지는 사거리 3개, 골목 2개를 거쳐야 된다. 빨리 걸었기 때문에 숨이 찼다. 요즘은 장사가 잘 안 되어서 노래방 영업도 예전 같지가 않다. 천지, 나포리, 아담, 서울 노래방을 지나면서 손님을 하나도 만나지 못한 박영준이 어깨를 늘어뜨렸다.

장사가 안 되면 박영준한테도 그대로 영향이 오는 것이다. 이곳은 노래방 골목으로 노래방이 밀집된 지역이고 장사가 잘될 때에는 도우미로 나가는 여자들로 골목이 복작거렸다. 이윽고 박영준이 왼쪽 골목으로 꺾어졌다. 궁전노래방은 다음 골목이다. 그때다. 앞쪽에서 두 사내가 나타났다. 둘 다 검정색 작업복 차림인 데다 손에 회칼을 쥐었다. 강도다.

"얌마, 내놔."

불쑥 다가선 하나가 회칼 끝을 박영준의 턱 밑에 붙였다. 금속의 차가운 촉감이 박영준의 피부에 닿았다. 다른 하나가 재빠르게 박영준의 비닐가방을 낚아채더니 뒤에서 목덜미를 움켜쥐었다.

"이 새끼, 가만있어."

앞쪽 사내가 다시 말한 순간 박영준이 숨을 들이켰다. 그러나 움직이지는 않았다.

"이러지 마."

박영준이 겨우 말했지만 사내들은 듣지 못한 것 같다. 박영준 또한 자신의 말이 길게 늘어지는 느낌을 받았다. 그때 뒤쪽 사내가 박영준의 몸을 뒤지기 시작했다. 재빠른 동작이다.

"이, 이것 봐, 안 돼."

그 순간 박영준은 뒷머리에 격렬한 충격을 받고 앞으로 넘어졌다. 그러나 의식은 끊어지지 않았다. 앞쪽 사내의 칼끝이 떼어진 순간을 이용해서 넘어지는 순간 주먹을 휘둘렀다.

"퍽!"

맞았다. 넘어지면서 쳤기 때문에 주먹이 사내의 허벅지에 맞았다.

"아니, 이 새끼."

주춤했던 사내가 발길로 박영준의 머리를 찼고 옆머리에 다시 충격
이 왔다. 땅바닥에 뒹굴면서 박영준의 눈이 뒤집혔다.

"안 돼!"

박영준은 제 목소리가 골목 안에 퍼지는 것을 들었다.

박영준을 발견한 것은 궁전노래방의 종업원 양기신이다. 머리가 피
투성이가 된 박영준은 의식을 잃고 있어 병원에 옮겨졌다. 박영준이 깨
어났을 때는 오전 2시 반경이었는데 익산 동일병원의 응급실이다.

"저, 저기…."

눈을 뜬 박영준이 앞에 보이는 간호사를 불렀다.

"아, 깨어났다!"

놀란 간호사가 소리치자 의료진들이 모였다. 그 뒤쪽에 양기신의 머
리가 떠 있었다. 지금 모두 한창 바쁜 시간이어서 맨 쫄따구 양기신이
당번으로 지키는 모양이었다.

"잠깐 봅시다."

응급실 의사가 입술을 달싹거리는 박영준에게 말했다.

"뒷머리가 두 군데 깨어졌는데 이거 아슬아슬해요. 의식을 회복한
것만 해도 기적이에요. 그러니까 가만있어요."

"저, 저기…."

"글쎄, 입술도 움직이지 말라니까요!"

의사가 짜증을 냈지만 박영준이 고집을 피웠다.

"내 지갑…."

"강도 만나서 지갑 빼앗겼어요."

답답한 간호사 하나가 빽 소리쳤다.

"지갑도, 핸드폰도 다 빼앗겼다고요!"

그때 양기신이 간호사 틈 사이로 들어와 말했다.

"내가 너 발견하지 않았으면 넌 죽었어! 좀 가만히 있어라! 산 것만으로도 다행여!"

"큰, 큰일 났는데…."

머리를 온통 흰 붕대로 싸맨 박영준의 눈에 눈물이 고였다.

"유진이 수학여행…."

다음 순간 박영준의 의식이 다시 끊기면서 눈에 고였던 눈물이 눈가를 흘러내렸다.

"어떤 놈이야?"

익산경찰서 강력 4팀 유명환 경위가 배유성 형사에게 물었다. 둘이 팀장 안호전한테서 이 사건을 맡은 것이다.

"글쎄, 궁전노래방 사장은 중앙로파 애들이 한 짓이라는데요."

배유성이 주머니에서 핸드폰을 꺼내더니 익숙한 솜씨로 유튜브를 꺼내 사진을 펼쳤다.

"이것 보시죠."

배유성이 보여준 장면은 이제 조회 수가 20만이 된 '조폭의 세계'다.

"이놈이 바로 저기 누워 있는 놈이랍니다."

턱으로 응급실을 가리킨 배유성이 말을 이었다.

"어젯밤, 아니 그젯밤에 중앙로파 놈들한테 이렇게 당했답니다. 이거 중앙로파 놈들이 올린 거 맞습니다. 똘마니 한 놈이 올렸어요."

"지랄들."

40대 중반의 유명환은 진급이 늦어서 그렇지 베테랑이다. 주름진 얼굴을 더 찌푸린 유명환이 말을 이었다.

"상놈의 새끼들, 이젠 SNS로 영화를 찍는군. 이게 무슨 지랄여?"

화면에서 시선을 뗀 유명환이 눈썹을 모으고 배유성에게 물었다.

"그러니까 여기서 찍힌 저놈이 그젯밤에는 살려줬셔 했다가 어젯밤에는 골로 갈 뻔했다는 거야? 연속 당했다는 거잖아?"

"저놈이 분해서 중앙로파 놈들한테 덤볐다가 저렇게 된 거랍니다."

"그래서 복수하려고 회칼을 갖고 간 거야?"

"저기 바로 건너편이 중앙로파 구역이죠. 거기서 쌈 많이 일어납니다."

"저놈이 깨어났다가 또 자빠졌다니까 진술은 나중에 받아야지."

"의사말로는 하마터면 골로 갈 뻔했다는군요. 뒷머리 두 곳이 함몰되어서 47바늘이나 꿰맸어요."

"강도 전과가 있다면서?"

"예, 8개월 살고 나왔습니다."

"에이."

입맛을 다신 유명환이 손목시계를 보았다. 오전 6시 40분이다.

"해장이나 하러 가지."

유명환이 발을 떼면서 말했다. 시시한 사건이다.

오전 8시 10분, 해산물 시장 건너편의 단골 콩나물국밥 식당에서 밥을 먹으면서 안국필이 물었다.

"무슨 일이냐?"

"예, 저기."

장시우가 어깨를 부풀렸다가 내렸다. 보고할 것이 있다고 이곳으로 온 것이다. 안국필이 머리를 들자 장시우가 입을 열었다.

"어젯밤에 그 병신이, 저기, 유튜브에 뜬 그 배차장파 놈이 당했습니다."

젓가락으로 반찬을 집으려던 안국필의 이맛살이 찌푸려졌다.

"먼 말여?"

"예, 저기, 그젯밤에 유튜브에 찍힌 놈 있지 않습니까?"

"그래서?"

"그놈이 어젯밤에 노래방 골목에서 당해서 동일병원 응급실에 누워 있습니다."

안국필이 젓가락으로 오징어젓갈 한 점을 집어 입에 넣었다. 그때 장시우가 말을 이었다.

"머리를 맞아서 중태라고 합니다. 수술을 했지만 잠깐 깨어났다가 다시 의식을 잃었다는데요."

"그래서?"

안국필이 콩나물국밥을 가득 떠 입에 넣고 씹는 동안 장시우가 대답했다.

"예, 그런데 소문이 퍼지고 있습니다."

"…."

"그놈, 박영준이가 복수를 하겠다고 우리 구역으로 왔다는 겁니다. 경찰이 현장에서 박영준이가 떨어뜨린 칼도 발견했습니다."

"…."

"회칼인데 박영준의 지문도 확보했다는데요."

"…."

"박영준이하고 우리 애들이 싸우다가 그렇게 된 것으로 소문이 나고 있습니다, 회장님."

"정말이냐?"

"예?"

"우리 애들이 그렇게 한 것 아니고?"

"그, 그럴 리가 없습니다, 회장님."

"애들한테 물어봤어?"

"그쪽 구역에 있는 애들한테 물어봤지만 그 골목으로 들어간 애들은 없었습니다."

"…."

"강력4팀의 유명환 경위한테 배당되었다는데요."

"유명환이?"

수저를 그릇에 꽂았던 안국필이 빈 수저로 빼내었다.

"엄마."

유진의 목소리가 가라앉아 있었기에 이복남의 가슴이 덜컥 내려앉았다.

"응? 왜? 너 어디냐?"

급한 김에 두서없이 그렇게 묻고 나서 벽시계를 보았다. 오전 8시 45분, 일하는 식당으로 가려고 준비하는 중이다.

"응, 학교."

"다 갔어?"

"응, 학교 복도야."

"무슨 일 있어?"

"오빠한테 연락 왔어?"

이복남은 아니라고 말했다가 유진이 학교 가기 전에도 제 오빠를 찾았다는 것이 떠올랐다. 박영준이 안 들어오는 날도 많고 연락을 하면 싫어하는 터라 차츰 연락을 안 하게 되었던 것이다. 갑자기 심장 박동이 빨라졌고 이복남이 물었다.

"오빠한테 무슨 일 있어?"

"아니."

유진이 서두르듯 말했다.

"수업 시작해, 다시 연락할게."

"박유진, 너 안 갈 거야?"

선생님이 묻자 교실이 조용해졌다. 모두의 시선이 모였다.

"네, 엄마가 아파서 제가 옆에 있어야겠어요."

박유진이 또랑또랑한 목소리로 말했다.

"급성맹장으로 내일 수술을 받아야 된대요."

"저런."

안옥자 선생이 이맛살을 찌푸렸고 교실 분위기가 조금 어수선해졌다.

"당연히 엄마 보살펴 드려야지. 근데 함께 못 가서 서운하구나."

안옥자가 말하더니 시선을 돌렸다. 그러나 안옥자는 사정을 알지도 모른다. 박유진이 언제나 깔끔한 차림에 집안 형편을 전혀 내색하지 않았지만 교직에 20년 가깝게 있다 보면 아이들 머리 꼭대기에 올라 있게 된다. 이번 제주도 수학여행비가 학교에 내는 돈이 18만 원이지만 그것도 부담이 되어 낼 수 없는 환경의 학생이 박유진을 포함해서 셋이었다. 그런데 그중 하나는 어떻게 준비를 했고 하나는 빠졌다. 물론 잘사는 집안 아이들 중 넷이 사정이 생겨서 못 가는 건 제외다. 담임 안옥자가 맡은 3교시 수학 시간이 끝나자 교실이 떠들썩해졌다. 수학여행은 내일이어서 오늘은 4교시 수업으로 끝난다. 교실 안은 벌써 수학여행 분위기로 떠들썩하다.

"유진아, 너 엄마 아파서 어떻게 해?"

다가온 이소영이 슬픈 얼굴을 짓고 말했다. 박유진과는 단짝이어서 가장 충격이 클 것이다. 수학여행에서 단짝이 없어지면 외톨이나 마찬가지가 되는 것이다.

"나도 안 갈래."

이미 지난주에 수학여행비를 낸 이소영이 말했다.

"나도 네 엄마 병원에서 같이 있을래."

"미쳤냐?"

눈을 흘긴 박유진이 이소영의 어깨를 밀었다.

"서강미하고 놀아."

"싫어. 걘 조명화가 있잖아? 너하고 둘이 있을 땐 친한 척하지만 나혼자면 달라져. 미친년이야."

박유진이 소리 죽여 숨을 뱉었다. 어젯밤 오빠가 온다고 해놓고 안 오면서부터 꿈이 산산조각으로 깨어졌다. 그런데 오빠는 무슨 일이 났는가? 어머니한테는 수학여행 이야기도 하지 않아서 그냥 안 들어오는 줄로만 알 것이다. 어머니한테 부담을 줄까 봐 수학여행 이야기는 꺼내지도 않았다. 머리를 든 박유진이 이소영을 보았다.

"다른 애들도 있잖아. 진영이, 주연이, 동희, 걔들하고도 넌 친하잖아?"

"그게 친한 거냐? 너도 알잖아."

이제는 이소영이 화를 내자 박유진이 외면했다. 그래도 이소영은 어울리게 될 것이다. 들뜬 분위기에서는 쉽게 친해진다. 그것을 모르는 이소영도 아니다.

눈을 뜬 박영준이 곧 이맛살을 찌푸렸다. 불이 밝아서 눈이 부셨기 때문이다. 그때 머리 위에서 목소리가 울렸다.

"깨어났어요!"

여자 목소리다. 곧 초점이 잡힌 박영준의 눈에 머리 위로 떠오른 몇몇의 얼굴이 보였다. 사내 둘, 여자 셋.

"박영준 씨, 들립니까?"

사내 하나가 소리치듯 물었고 박영준의 얼굴에 쓴웃음이 떠올랐다.

"예, 들려요."

"머리는 어때요?"

의사가 심각한 표정으로 묻자 박영준은 그때서야 머리를 다쳤다는 것을 기억했다. 머리에 붕대가 감겨 있는 것도 느껴졌다. 그러나 통증은 없다.

"괜찮아요."

"그래요? 구역질이 나오려는 느낌 같은 거 없어요?"

"없어요."

그러자 사내 둘이 서로의 얼굴을 보았다. 의사다. 묻는 사내는 50대쯤으로 반 대머리, 옆쪽 사내는 안경을 썼고 40대쯤이다. 50대가 40대에게 말했다.

"시간마다 체크해."

"예, 과장님."

"갑자기 상태가 변할지 몰라."

"예, 과장님."

"저기요."

그때 박영준이 불렀다. 모두의 시선이 모였고 박영준이 물었다.

"저, 소변 마려운데 일어나서 소변보면 안 돼요?"

"안 돼요."

50대가 대번에 머리를 저었다. 눈까지 크게 뜨고 있다.

"당신은 뇌를 크게 다쳤어요. 이런 경우는 깨어나기 힘들고 움직이기는커녕 말도 못 하는 것이 정상인데 당신은…."

"일어날 수 있어요."

그러고는 박영준이 팔을 짚고는 벌떡 상반신을 일으키자 모두 기절초풍을 했다.

"엄마나!"

간호사 하나는 비명을 질렀고 또 다른 간호사는 뒤로 물러섰다가 탁자 위의 의료 도구함을 떨어뜨렸다. 요란한 소리가 났고 질색을 한 간호사들이 몰려들었다. 그때는 박영준이 침대에 상반신을 세우고 앉아서 의사들을 보는 중이다.

"봐요, 소변보고 와도 되지요?"

"아, 아니, 그건…."

40대가 손을 뻗어 박영준의 어깨를 잡았다.

"누워요, 누워!"

"아니, 잠깐만."

그때 50대가 말리더니 박영준에게 말했다.

"그럼 발을 딛고 서 봐요."

"예."

이제는 중환자실의 모든 시선이 모였다. 입에 호스를 꽂고 가쁜 숨을 몰아쉬며 사경을 헤매던 환자도 박영준을 본다. 그때 박영준이 땅바닥에 두발을 딛고 섰다. 머리에 잔뜩 번데기처럼 붕대를 감았지만 오히려 머릿속이 개운한 느낌이 든다.

"봐요."

박영준이 웃음 띤 얼굴로 주위 의사와 간호사들을 둘러보았다.

"소변보러 가도 되죠?"

그때 50대가 말했다.

"가 봐요."

박영준이 발을 떼었고 간호사들이 비켜섰다. 그 사이로 세 발짝을 떼었을 때 50대 의사 목소리가 뒤에서 울렸다.

"거, 희한하네. 이런 게 기적인가?"

점심시간, 급식판을 받아놓고 수저도 들지 않고 앉아 있던 박유진이 옆에 놓인 핸드폰이 진동으로 떠는 것을 보았다. 서둘러 핸드폰을 든 박유진이 머리를 기울였다. 모르는 전번이 떴다. 그러나 박유진이 곧 핸드폰을 귀에 붙였다.

"여보세요."

"유진아, 나야."

박영준이다. 숨을 들이켠 박유진이 자리에서 일어섰다.

"잠깐만."

그래 놓고 핸드폰을 들고 식당 구석으로 다가가 귀에 붙였다.

"오빠, 무슨 일 있어?"

구석으로 가는 동안 심호흡을 두 번이나 해서 박유진의 목소리는 조금 차분해졌다. 그러나 얼굴은 상기되었고 목소리는 떨렸다. 그때 박영준이 말했다.

"엄마한테는 말하지 마. 나 병원이야."

"응? 왜?"

놀란 박유진이 핸드폰을 귀에 딱 붙였다.

"다쳤어?"

"응, 조금. 핸드폰을 잃어버려서 전화도 못 했다."

"어디 병원인데?"

"그건 알 것 없고, 내가 병원에서 나올 테니. 근데…."

박영준이 조심스럽게 말을 이었다.

"너 수학여행비 말이야."

"오빠, 걱정 마. 나 안 간다고 했어."

"유진아, 근데"

"다 끝났어. 아까 선생님한테 엄마가 아파서 못 간다고 했어."

"언제까지 내야지?"

"다 끝났다니까 그러네."

갑자기 목이 메었다. 박유진이 숨을 들이켰다가 딸꾹질이 났다. 그때 박영준이 물었다.

"언제 출발이지?"

"내일 오후 6시야, 그건 알아서 뭐해?"

"그럼 언제까지 입금시키면 되니?"

"오빠."

다시 마음이 흔들린 박유진이 입안의 침을 삼키고 나서 물었다.

"돈 준비 되었어?"

"아니, 아직. 하지만⋯."

"오빠, 그만둬."

저도 모르게 목소리를 높인 박유진의 얼굴이 이번에는 하얗게 굳어졌다. 갑자기 화가 난 것이다.

"전화 끊어."

핸드폰을 귀에서 뗀 박유진이 전원을 끄고는 식탁으로 돌아왔다.

"누구야?"

옆에 앉아 있던 이소영이 묻자 박유진이 이맛살을 찌푸리며 말했다.

"엄마가 내일 수술인데 오빠는 자꾸 나한테 여행 가라고 하잖아."

이소영은 시선만 주었고 박유진이 말을 이었다.

"어떻게 내가 갈 수 있겠니? 안 그래?"

"그래, 맞아."

이소영이 머리를 끄덕이며 길게 숨까지 뱉었다.

"그래도 오빠는 네 생각을 해서 그래."

"병신 같은 자식."

이 사이로 말한 강태기가 손목시계를 보았다. 오후 1시 반이다. 미동의 국제건설 건물 옆쪽의 커피숍 안이다.

"이 병신아, 일을 어설프게 하는 바람에 귀찮게 됐잖아!"

눈을 치켜뜬 강태기가 앞에 앉은 백상만을 보았다.

"딱 죽였다면 일이 쉽게 되었는데."

"그놈이 명이 길었어요."

입맛을 다신 백상만이 투덜거렸다.

"필준이 그 자식이 제대로 쳤다고 했는데도 살았단 말입니다. 그것도 두 번이나 쳤단 말입니다."

"젠장."

"바가지 깨지는 소리가 엄청 크게 들렸다니까요."

당시 고필준은 손에 너클을 끼고 있었다. 손가락 네 개를 꽉 끼우는 쇠망치는 한 번 맞으면 돌덩이도 부서진다. 주위를 둘러본 백상만이 목소리를 낮췄다.

"어쨌든 경찰이 중앙로 애들을 수사하고 있으니까 잘된 것 아닙니까?"

"죽었어야 돼. 저 새끼가 살아났으니까 그냥 어영부영 끝날 거다."

강태기가 입맛을 다시더니 불쑥 물었다.

"너 어제 술 마셨냐?"

"예. 그 자식 지갑에 있던 30만 원으로 마셨지요."

백상만이 아직도 흐려진 눈으로 강태기를 보았다.

"10만 원은 고필준이 주고 20만 원으로 술 마셨습니다."

"핸드폰은?"

"부숴서 하수도 구멍에다 넣었으니까 세상 망하기 전까지는 못 찾습니다."

그러더니 덧붙였다.

"아, 물론 지갑도 찢어 버렸고요."

박영준을 습격한 괴한 둘은 강태기의 심복 백상만과 그의 똘마니 고필준인 것이다. 물론 박영준의 지문이 찍힌 회칼을 현장에 버린 것도 그들이다. 강태기가 앞에 놓인 커피 잔을 들고 식은 커피를 한 모금 삼켰다.

"명이 긴 놈이군."

마침내 강태기가 현실을 인정했다. 커피 잔을 내려놓은 강태기가 백상만을 보았다.

"어쨌든 중앙로파 놈들이 당분간 경찰에 시달리겠지."

"아, 그럼요. 벌써 세 놈인가 경찰서에 불려 들어갔습니다. 앞으로 줄줄이 들어가서 조사받을 겁니다."

"에이, 그 새끼가 죽었어야 했는데."

강태기가 투덜거렸을 때 커피숍 안으로 박철이 들어섰다. 행동대원이다.

"형님."

강태기 앞으로 다가선 박철이 호흡을 고르더니 말했다.

"병원에서 박영준이가 나갔다고 합니다."

"뭐? 나가?"

백상만이 물었고 강태기는 시선만 주었다. 그때 박철이 말을 이었다.

"화장실에 간다고 나갔다가 들어오지 않았답니다. 지금 병원에서 난리가 났다는데요."

"그 병원에 누가 있었어?"

백상만이 눈을 부릅뜨고 묻자 박철이 말을 더듬었다.

"저기, 영구가 있었는데 그때 밥을 먹으러 갔다가…."

"이런 개새끼."

그때 강태기가 나섰다.

"도망친 거냐?"

"화장실 간다면서 바지하고 셔츠, 신발은 숨겨 갖고 나갔다고 합니다."

강태기와 백상만이 서로의 얼굴을 보았고 박철이 말을 이었다.

"영구 말을 들으면 박영준이가 머리에 중상을 입었는데도 쌩쌩했다고 합니다. 의사들이 놀랬다는데요."

"…."

"영구도 나중에 간호사한테서 들었답니다."

"그것 참."

마침내 강태기가 어깨를 늘어뜨리며 말했다. 눈동자의 초점이 흐려져 있다.

"그놈이 어디로 갔단 말인가?"

"그, 글쎄요."

백상만이 머리를 한쪽으로 기울였다.

"그 병신이 정말 사람 놀라게 만드는데요, 형님."

"아이구머니!"

깜짝 놀란 정미나가 비명 같은 외침을 뱉었다. 오후 2시 반, 정미나는 문 앞에 선 박영준을 본 것이다. 박영준은 머리에 찢어진 야구 모자를 쓰고 있었는데 밑쪽으로 흰 붕대가 드러났다.

"너 병원 중환자실에 있다던데…."

정미나가 더듬대며 말했다가 주위를 둘러보더니 박영준의 팔을 끌었다.

"우선 들어와라."

박영준은 정미나의 집 안으로 들어섰다. 5평도 안 되는 집 안은 깔끔했다. 방 하나에 작은 거실 겸 주방, 그리고 샤워기만 있는 욕실 겸 화장실이 갖춰진 원룸식 구조다. 박영준은 병원에서 탈출하고 나서 바로 이곳으로 온 것이다. 핸드폰도 없는 터라 연락도 못 하고 왔으니 정미나가 놀라는 것은 당연했다. 더구나 박영준이 강도를 만나 의식불명 상태라고 들었으니 귀신을 본 것 같았을 것이다.

"웬일이냐?"

거실에는 소파가 없어 벽에 등을 붙이고 앉은 박영준에게 정미나가 앞쪽에 앉으면서 물었다. 눈동자가 흔들렸다. 겁이 난 표정이다. 박영준이 중앙로파에게 복수를 하겠다면서 회칼을 품고 갔다가 오히려 맞아서 중태라고 들었기 때문이다. 그때 박영준이 가라앉은 표정으로 정미나를 보았다.

"누나."

"왜?"

"나 돈 빼앗겼어."

"돈?"

"응, 지갑까지."

"아이구, 야!"

어깨를 들었다가 내린 정미나의 목소리가 높아졌다.

"지금 지갑 이야기할 때냐? 니가 살아난 것만으로도 다행이지. 지갑 따윈 잊어버려!"

"누나."

"왜?"

"지갑에 누나한테 빌린 30만 원이 들어 있었어."

"그까짓 30만 원 안 갚아도 돼! 내가 한 탕 뛰면 만들 수 있어!"

그때 박영준이 머리를 숙였고 정미나가 쏟아붓듯 말을 이었다.

"너 머리는 괜찮은 거야? 퇴원한 거야? 그런데 왜…."

52

"누나, 그 30만 원은 내 동생 수학여행비였어."

박영준이 머리를 숙인 채 말하자 정미나는 낡은 모자만 보았다. 숨을 죽인 정미나는 박영준의 말을 듣는다.

"오늘까지 내야 하는데, 내 동생은… 수학여행비 못 내면 못 가… 걔가 지금도 내 전화 기다리고 있을 텐데…"

"…."

"어젯밤에도 날 기다렸을 거야, 내가 돈 갖고 들어간다고 했거든."

"…."

"내가 꼭 만들어 준다고 약속했는데…."

"…."

"그놈들이 빼앗아 갔어."

그때 정미나가 물었다.

"수학여행비 언제까지 내야 되는데?"

"오, 오늘."

머리를 든 박영준의 두 눈이 번들거리고 있다. 물기가 가득 고여 있었기 때문이다. 박영준이 더듬거리며 말을 이었다.

"십, 십팔만 원을 오늘 오후 4시까지 입금시켜야 돼, 누나."

"내가 옆집에서 빌려서 줄게."

몸을 일으킨 정미나가 손등으로 눈가를 훔쳤다. 눈물이 흘러내렸기 때문이다.

"그래서 병원에서 나오자마자 나한테 온 거니?"

"…."

"바보같이 돈 빌릴 형이나 친구가 하나도 없어? 거지같은 깡패 새끼들, 의리도 없지."

정미나가 현관으로 나가면서 말했다.

"잠깐만 기다려!"

집에 돌아와 있던 박유진이 핸드폰의 벨소리를 듣고는 발신자를 보았다. 핸드폰을 손에 쥐고 있었던 것이다. 모르는 번호였지만 박유진은 핸드폰을 귀에 붙였다.

"여보세요."

"나다."

박영준의 목소리다. 지금까지 박영준의 전화를 기다리고 있었다. 오후 3시 10분, 학교에서 돌아온 후에 핸드폰을 쥐고 거의 움직이지도 않았다. 그때 박영준이 말했다.

"방금 학교 구좌로 수학여행비 보냈어. 네 담임선생님이 입금 확인도 했어."

박유진은 숨만 들이켰고 박영준이 말을 이었다.

"글고, 네 용돈 줄 테니까 지금 나올 수 있지?"

"응."

"배산공원 입구에 '우정 순댓국집'이라고 있어. 내가 그 집 앞에 서 있을 테니까 지금 와."

"알았어, 오빠."

"엄마는 아직 안 들어오셨지?"

"아까 전화 왔어."

"그럼 엄마한테 내일 수학여행 간다고 말해."

"알았어, 오빠.

"빨랑 와."

박유진은 전원을 끄기도 전에 발을 떼었다.

머리가 유난히 가볍다. 거짓말 조금 보태서 머리가 없는 것 같다. 박영준이 모자를 눌러쓴 머리 위를 가볍게 눌러 보았다. 함몰이란 머리가 푹 꺼졌다는 말이다. 쪼개지고 꺼져서 두 군데를 각각 47바늘, 42바늘을 꿰맸다는 것이 실감 나지 않는다. 그때 정미나가 커피 잔을 들고 다가왔다. 주방에서 주전자에 물을 끓여서 인스턴트커피를 탄 것이다.

"커피나 한 잔 마시고 가."

그 순간이다.

정미나의 발이 앞쪽으로 불쑥 튀어나오면서 상반신이 젖혀졌다. 그것을 본 박영준이 놀라 숨을 들이켰다. 미끄러진 것이다. 그런데 숨을 들이켠 순간이다.

정미나의 몸이 굳어졌다. 한쪽 발이 바닥에서 20센티쯤 떴고 상반신은 조금 뒤로 젖혀진 상태다. 그리고 보라, 손에 쥐고 있던 쟁반이 기울어지면서 쟁반 위에 놓인 커피 잔이 쟁반에서 2센티쯤 떠 있다. 조금 옆으로 기울어진 커피 잔, 잔에 담긴 커피가 기울어진 쪽 끝부분에 닿았다. 이제 곧 커피가 넘치면서 잔이 바닥으로 떨어진다. 그것이 지금 사진처럼 눈앞에 펼쳐져 있다.

그때 박영준이 몸을 일으켰다. 무의식중에 일어난 것이다. 그러고는 정미나에게 두 걸음 다가가 섰다. 그때 정미나의 눈이 감겼다가 조금 떠지는 것이 보였다. 커피 잔은 조금 더 기울어졌고 커피가 끝에서 조금 넘치려고 한다. 움직이는 것이다.

박영준이 손을 뻗어 커피 잔을 잡았다. 그러자 출렁거리던 커피가 양쪽으로 흔들리더니 한 줄기가 밖으로 흘러내렸다. 커피 잔은 안전하게 잡았다. 그 순간 마음이 놓인 박영준이 들이켰던 숨을 길게 뱉었다. 그때다.

"쿵.

소리와 함께 정미나가 방바닥에 엉덩방아를 찧고 주저앉았다.

"엄마나!"

놀란 정미나가 무의식중에 쟁반을 보더니 숨을 들이켰다. 커피 잔이 사라졌다. 머리를 든 정미나가 바로 앞에 선 박영준을 보고 이어서 손에 쥔 커피 잔을 보았다. 정미나가 숨을 들이켰다.

"네가 커피 잔 받았어?"

"으응."

박영준이 제 손에 쥔 커피 잔을 보면서 건성으로 대답했다. 이것이 도대체 무슨 일인가?

꿈속 같다.

"아니, 어떻게…."

정미나가 꾸물거리며 일어나면서 혼잣소리처럼 말했지만 이쪽도 건성이다. 커피 잔을 든 박영준이 벽시계를 보면서 말했다.

"누나, 나 지금 나갈게."

"왜? 여기서 배산공원까지는 택시로 10분도 안 걸려."

정미나가 손가방에서 1만 원권 한 장을 꺼내 내밀었다.

"여기, 택시비 줄게."

"누나, 그만."

박영준이 한 걸음 물러섰다. 오늘 정미나한테 다시 30만 원을 빌린 것이다. 18만 원은 텔레뱅킹으로 학교에 송금했고 현금 12만 원을 받았다. 12만 원은 박유진 용돈이다. 그러나 다가온 정미나가 박영준 주머니에 돈을 쑤셔 넣었다.

"이건 그냥 주는 거야, 받아."

"누나!"

"글고, 너 당분간은 가게 안 오는 것이 낫겠다."

박영준을 따라 현관으로 나온 정미나가 말을 이었다.

"병원에서 도망쳐 나왔으니 경찰도 찾을 것 아니냐?"

정미나쯤 되면 앞뒤를 다 재는 것이다.

"고마워, 누나."

"잘 가."

정미나가 박영준의 등을 툭 쳤고 등 뒤에서 문이 닫혔다. 그때 앞쪽에서 10살쯤 되는 사내아이와 강아지가 달려왔다. 강아지가 앞장섰고 뒤를 아이가 쫓는다. 그 순간 퍼뜩 시선을 들었던 박영준이 숨을 들이켰다. 이번에는 의도적으로 그리고 깊게.

그 순간이다. 박영준의 눈앞에 그림이 펼쳐졌다. 지금까지는 눈앞의 장면이 상영 중인 영화였다면 숨을 들이켠 순간에 그림이 된 것이다. 달려오던 아이가 한쪽 발을 든 채로 정지되었고 흰 말티즈는 네 다리가 허공에 떠 있다. 아까하고 똑같다. 그런데 이번은 의도적으로 깊게 숨을 들이마셨기 때문인지 더 굳어져 있다.

그들에게 다가간 박영준은 말티즈의 털이 희미하게 흔들리는 것을 보았다. 눈을 크게 뜬 아이의 속눈썹도 조금 움직였다. 둘 앞에 쪼그리고 앉은 박영준은 말티즈의 앞다리가 아주 천천히 땅바닥으로 내려오는 것을 보았다. 아이의 떠 있던 다리도 내려온다. 몸을 일으킨 박영준이 생각했다.

"내가 머리를 다쳐서 헛것이 보이는 건가?"

그랬다가 다시 생각을 바꾸었다.

"아니지, 아깐 떨어지는 커피 잔을 잡았어."

그때 박영준이 손을 뻗어 아이의 신발 한 짝을 벗기고는 뒤로 돌아갔다. 그러고는 참았던 숨을 길게 뱉어내자 다시 아이의 뛰는 발자국 소리가 들렸다.

"쿵, 쿵, 쿵."

그러다가 뚝 그치더니 아이의 외침이 들렸다.

"아, 내 신발!"

박영준이 들고 있던 신발을 아이 옆쪽 계단 밑으로 던지고는 발을 떼었다.

"머릿속 생각이 아냐."

박영준이 혼잣말을 했다.

"이건 꿈이 아냐."

어깨를 부풀린 박영준의 두 눈이 반짝였다.

"머리가 가벼워진 건 이것 때문인가?"

"엄마, 나 오빠 만나러 가."

서둘러 걸으면서 박유진이 핸드폰을 귀에 붙이고 말했다.

"배산공원 입구에서 오빠 만나기로 했어."

"왜?"

이복남이 무뚝뚝한 목소리로 묻자 박유진의 얼굴에 웃음이 떠올랐다.

"오빠가 내 수학여행비 내줬어."

"뭐? 수학여행?"

놀란 이복남이 목소리를 높였다.

"언제 가는데?"

"내일."

붉은 신호등에 걸린 박유진이 걸음을 멈췄다. 이제 배산공원까지는 사거리 두 개가 남았다. 그때 이복남이 다급하게 물었다.

"아니, 근데, 그 수학여행비를 네 오빠가 냈단 말이야?"

"응."

"왜 엄마한테 말 안 하고?"

"그냥."

"그냥이라니?"

"엄마한테 미안해서."

"아니, 이 기집애가. 그, 그렇다고…."

"오빠가 엄마한테 말하지 말랬어."

박유진이 거짓말을 했을 때 신호가 풀렸다. 행인들과 함께 다시 발을 떼면서 박유진이 말을 이었다.

"오늘 오빠가 학교에다 돈 냈어. 글고 나 지금 오빠한테 용돈 받으러 가."

"그, 그놈이 무슨 돈이 있다고…."

목 멘 목소리로 말한 이복남이 다시 물었다.

"수학여행비 얼마냐?"

"제주도 이박 삼일이야. 배 타고 가, 18만 원이야."

"…."

"오빠가 용돈 12만 원 준다고 했어."

"어이구!"

어머니가 신음하자 박유진이 이맛살을 찌푸렸다.

"엄마, 어디 아파?"

"그 새끼 어디로 간 거야?"

짜증이 난 유명환이 진주클럽을 나오면서 물었다. 오후 3시 40분, 병원에서 박영준이 탈출한 지 3시간이 되어가고 있다. 유명환은 박영준이 '탈출'했다고 표현한다.

"배 형사, 그놈이 돈 빌렸다는 기집애 이름이 뭐라고 했지?"

문득 생각이 났다는 얼굴로 유명환이 묻자 옆을 걷던 배유성이 주머니에서 수첩을 꺼내었다. 방금 진주클럽에 들어가 아가씨 둘, 경리 담당 홍기표를 만나 박영준에 대해서 묻고 온 것이다.

"정미나라고 했는데요."

수첩을 편 배유성이 대답했다.

"28세, 왕고참입니다."

"전화 한번 해봐."

배유성이 걸음을 늦추더니 핸드폰을 꺼내 들었고 유명환이 말을 이었다.

"이 자식이 뭐가 급하다고 탈출했지? 기어코 복수를 하려는 건가?"

"그 새끼 제대로 뛰기나 하겠습니까?"

"그럼 그 자식 뭐 죄 지은 거라도 있나? 지난번처럼 강도질이라도 한 거 아녀?"

그때 전화 연결이 되었는지 걸음을 멈춘 배유성이 핸드폰에 대고 말했다.

"아, 정미나 씨? 나 익산경찰서 강력계 배 형사요, 배유성 형사."

헛기침을 한 배유성이 말을 이었다.

"혹시 거기 병원에서 도망친 박영준이가 갔습니까?"

숨을 들이켠 정미나가 앞쪽을 보았다. 박영준한테 30만 원씩 두 번이나 빌려주기는 했다. 여동생 수학여행비 때문에 병원에서도 도망 나와 돈 구하러 다녔던 박영준이다. 어렸을 적의 자신을 떠올렸던 정미나는 옆집 아줌마한테 달려가 돈을 빌려 주었지만 경찰이 묻는데 거짓말까지 할 수는 없다.

"네, 조금 전에 왔다가 갔어요."

정미나가 어깨를 늘어뜨리며 말했다.

"그런데 무슨 일 있어요?"

모른 척 그렇게 묻는 게 낫다.

다 왔다. 배산공원이 보인다. 사거리만 건너면 배산공원 옆길이다. 옆길에서 모퉁이만 돌면 입구가 나오는 것이다. 숨을 고른 박유진이 손목시계를 보았다. 오후 3시 25분, 이곳까지 15분밖에 안 걸렸다. 교차로에 붉은 등이 켜졌다. 다가가던 박유진이 멈춰 섰다.

이곳은 차량통행이 뜸한 곳이다. 건너편에 서 있던 초등학생 둘이 붉은 등이 켜져 있는데도 도란거리면서 길을 건너왔다. 그 둘 뒤로 택시 한 대가 저속으로 지나갔다. 박유진 뒤에 서 있던 남녀가 다투고 있다. 20대쯤의 애인 사이 같은데 어딘가를 갔느니 안 갔느니 하고 다툰다.

짜증이 난 박유진은 발을 뗐다. 아직도 빨간불이었지만 오가는 차는 없다. 오른쪽 모퉁이에서 나오는 차만 조심하면 된다. 서둘러 발을 뗀 박유진이 도로를 절반쯤 건넜을 때다. 붉은 등이 노란색으로 바뀌면서 오른쪽 모퉁이에서 승용차 한 대가 튀어나왔다.

놀란 박유진이 주춤 길 복판에 멈춰 섰는데 승용차도 잠깐 주춤했다. 그러나 둘이 일제히 움직였다. 박유진은 길을 건너려고 뛰었고 승용차는 이왕 나온 김에 박유진이 주춤하는 것을 본 순간에 길을 건너버리려고 가속기를 밟았다. 박유진은 달려오는 차를 보았다. 그때 멈췄으면 승용차는 앞으로 지나갔다. 그러나 급한 마음이 자리 잡은 박유진은 더 빨리 뛰었다. 세 걸음만 뛰면 인도다. 박유진이 두 걸음을 뛰었을 때 승용차는 더 속력을 내었고 마지막 한 발을 내디딘 순간 요란한 충돌음이 일어났다.

"꽝!"

박유진의 몸이 허공으로 높게 떠올랐다.

"동생 만나러 갈 거예요."

문 앞에 선 정미나가 유명환과 배유성을 번갈아 보면서 말했다.

"그런데 걔가 무슨 죄를 지었어요?"

"죄는 무슨."

배유성이 정미나의 말을 자르더니 다시 물었다.

"어디서 만나는지 몰라?"

"내가 어떻게 알아요?"

"또 돈 빌려줬단 말이지?"

"그건 내 맘이죠."

정미나가 문에 등을 붙이더니 배유성을 쏘아보았다.

"아저씨도 내 입장이 돼 보세요. 걔 말을 들으면 눈물이 난다고요."

"무슨 사연인디?"

"걔가 자기 동생 수학여행비 빌렸다가 강도를 맞았다고요."

"어젯밤에 말이지?"

"그래서 제 여동생 수학여행비 때문에 병원을 탈출해서 나한테 온 거라고요."

"나는 눈물 안 나는디?"

그때 뒤쪽에서 담배만 피우고 있던 유명환이 물었다.

"그 지갑에 수학여행비가 들어 있었어?"

"30만 원요, 나한테 빌려간 돈."

"돈을 두 번이나 빌려주다니 대단혀."

"불쌍해서요."

"아가씨, 박영준과 무슨 관계여?"

배유성이 묻자 정미나가 눈이 찢어지라고 흘겼다.

"아저씬 여자만 보면 구멍 생각하죠?"

"뭐?"

"맞아."

유명환이 웃지도 않고 머리를 끄덕이더니 배유성의 팔을 끌고 발을 떼면서 말했다.

"혹시 박영준이한테서 연락이 오면 아까 배 형사가 준 명함으로 전화하라고 해."

그때 뒤쪽에서 문 닫는 소리가 났고 유명환이 배유성에게 말했다.

"박영준이가 칼질하려고 중앙로파 놈들을 찾아간 게 아닌 것 같은데."

"회칼에 지문이 박혀 있었다니까요?"

"그런 거야 누가 떨어뜨리면 되고…."

손목시계를 본 유명환이 계단을 내려가면서 말했다.

"그 자식 계속 당하기만 하는군."

"병신이라고 소문 난 놈입니다."

뒤를 따르던 배유성이 투덜거렸다.

둘이 탄 차가 시야에서 사라졌을 때 고필준이 핸드폰에 대고 말했다.

"짭새가 갔습니다."

"알았다."

수화구에서 백상만의 목소리가 울렸다.

"야, 그냥 와."

"정미나는 집에 있는디요?"

"니가 갸 만나서 머 할라고?"

퉁명스럽게 말한 백상만이 말을 이었다.

"박영준이가 거그 왔다가 갔다면 다시 오지는 않을 거다. 놔둬."

"알았습니다."

통화가 끝났을 때 고필준이 옆에 앉은 박철을 보았다.

"가자."

박철이 잠자코 차에 시동을 걸었다. 이곳은 정미나의 원룸식 주택이 올려다 보이는 아래쪽 골목 안이다. 조금 전 복도에서 정미나와 이야기를 나누던 형사 둘이 내려와 차를 타고 간 것이다.

"형님, 그놈이 왔다 갔을까요?"

차를 조심스럽게 몰면서 박철이 묻자 고필준이 머리를 기울였다.

"글쎄, 그놈이 정미나한테서 돈까지 빌렸으니까 또 왔을지도 모

64

르지."

"중앙로 놈들한테 가지 않았을까요?"

대로에 나온 박철이 물었지만 고필준은 대답하지 않았다. 박철은 고필준과 백상만이 박영준을 습격한 것을 모르는 것이다.

"솔직히 그 자식이 그런 깡이 있는 줄은 몰랐습니다."

박철이 혼잣소리처럼 말을 이었다.

"지가 무슨 통뼈라고 회칼을 들고 혼자 중앙로 애들한테 찾아갑니까?"

"…"

"중앙로 애들도 박영준이를 안다고요. 같은 동네서 어디 한두 번 겪었습니까?"

"…"

"SNS에 그 사진이 떴다고 복수를 하러 갔다고요? 그런 놈이면 아예 무릎 꿇고 빌지는 않았을 겁니다."

"얀마, 악에 받치면 없는 성질도 튀어 나오는 거다."

고필준이 외면한 채 말했다.

"얌전헌 놈이 갑자기 확 미쳐뻐지는 것이 더 무섭다고."

박철은 입을 다물었는데 생각이 다른 것 같다.

손목시계를 본 박영준이 이맛살을 찌푸렸다. 3시 45분이다. 핸드폰이 없어서 연락할 수가 없다. 서성대며 주위를 두리번거리던 박영준이 식당 안으로 들어갔다.

"어서 오셔."

손님인 줄 알고 맞는 식당 주인에게 박영준이 말했다.

"아줌마, 전화 좀 씁시다."

힐끗 시선을 주었던 아줌마가 눈으로 카운터 위의 전화기를 가리켰다. 서둘러 다가간 박영준이 박유진의 핸드폰 번호를 눌렀지만 전화를 받지 않는다. 신호음이 10번 울릴 때까지 기다렸다가 전화기를 내려놓은 박영준이 밖으로 뛰어나갔다.

밖에서 기다리려는 것이다.

"이상하네."

식당 앞을 서성대면서 박영준이 혼잣말을 했다.

"올 시간이 넘었는데."

박영준이 저도 모르게 숨을 들이켰다. 그때 눈앞 사물의 움직임이 정지되었다. 달려오던 자동차도, 걸음을 내딛는 행인도 제 각기 멈칫하더니 자동차는 조금 다가왔다. 속도가 빨라서 그런가 보다.

"현장에서 사망했어요."

119 구급대원 양명주가 박유진을 내려다보면서 말했다. 119 구급차 안이다. 구급차는 지금 익산병원을 향해 달려가고 있다. 앞쪽에는 박유진이 눕혀져 있었는데 옷에 피가 조금 묻었지만 말끔한 얼굴이다. 그러나 뒷머리는 참혹하게 부서졌다. 양명주가 핸드폰에 대고 말을 이었다.

"사고 차량 운전자는 순찰차에 실려 경찰서로 이송됐고 현장 조사도 다 마쳤습니다. 피해자는 학생 같은데 신분증도 없고 핸드폰도 보이지 않았어요."

그때 팀장 조한철의 목소리가 울렸다.

"그럼 시신 인도하고 돌아와. 곧 경찰이 신원조회를 할 테니까."

4시 10분, 택시를 타고 온 박영준이 서둘러 집으로 들어섰다. 비었다. 박유진의 방에 벗어 놓은 교복, 가방이 어수선하다. 서둘러 나간 흔적이 보인다.

"어디 간 거야?"

당황한 박영준의 목소리가 떨렸다.

"유진이 이 기집애⋯."

불길한 예감, 어머니와 세 식구, 여동생 유진이는 박영준의 희망이고 자랑이기도 했다. 나이 차가 네 살이나 나서 어렸을 때는 업고 다녔다. 어머니가 시장에서 좌판을 놓고 장사를 했기 때문이다. 어머니가 시장 나갔을 때는 업었다. 그래야 덜 귀찮았다. 놔두면 어디로 도망갈지 몰랐기 때문에 업고 있는 것이 편했다. 유진아! 박영준이 집 전화기로 어머니한테 연락을 한다. 4시 15분, 한 시간이 지났다.

"뭐셔?"

이복남이 소리쳤다.

"갸 안 만났어?"

"응, 나 만나러 온다고⋯."

박영준의 얼굴이 상기되었다가 굳어졌다.

"핸드폰도 안 돼."

"너 만나러 간다고 혔는디, 용돈 받는다고."

이복남의 목소리도 떠 있다.

"갸가 어디 갔다냐?"

"실종신고 있는지 찾아보고."

익산경찰서 교통계장 한정구 경감이 고선태 경사에게 지시했다.

“얼굴 사진을 중·고등학교에 보내.”

“예, 준비해놨습니다.”

이런 일이 한두 번이 아닌 터라 고선태가 시큰둥한 얼굴로 대답했다.

“사고 낸 놈 말을 들으면 피해자가 통화 중이었다니까 핸드폰 집어간 놈이 있을 겁니다.”

“현장 잘 찾아봤지?”

“없습니다. 어떤 놈이 집어갔습니다.”

“놈인지, 년인지.”

투덜거린 한정구가 혀를 찼다.

“이쁘장한 앤데 부모에겐 날벼락이다.”

“곧 찾을 겁니다.”

그것으로 위로를 해주겠다는 듯이 고선태가 서둘러 사무실을 나갔다.

“집 앞에 서 있습니다.”

오영구가 가쁜 숨을 몰아쉬며 말했다.

“어? 방금 집 안으로 들어갔어요.”

“야, 이 새꺄, 똑바로 말해!”

수화기에서 백상만의 외침이 울렸다. 오후 4시 25분, 오영구는 지금 박영준의 집을 비스듬히 바라보며 서 있다. 반지하방이어서 이쪽에서 보면 문 앞만 보인다. 박영준이 다시 집 안으로 들어가면서 문은 반쯤 열린 상태.

“아, 글쎄, 그 자식이 집에 있다니까 그러네.”

말단이면서도 성질이 더러운 오영구가 짜증을 냈다. 병원에서 박영준을 감시하다가 놓쳤다고 백상만한테 귀싸대기를 세 번이나 맞았다.

"집에 들어갔다고?"

백상만이 다시 확인하듯 물었다.

"나왔다가 들어갔다가 한다니깐요!"

골목에서 머리만 내밀고 반지하방을 본 오영구가 짜증을 냈다.

"몇 번 말혀야 됩니까!"

"일이 밀렸는데, 아줌마."

사장이 찌푸린 얼굴로 말했다.

"저녁 예약 손님이 오늘은 스무여 명이라 밑반찬도 맹글어야겠고."

이복남이 벽시계를 보았다. 오후 4시 반, 유진이 연락이 끊긴 것이 1시간이 조금 넘었나? 도대체 핸드폰도 안 되다니 이게 무슨 일인가? 그때 사장이 말을 이었다.

"그럼 밑반찬만 맹글어주고 가, 전주댁 손맛이 제일 낫응께."

"알았어요."

그렇게까지 말해주는데 지금 간다고 할 수는 없다. 그리고 지금 집에 간다고 해도 그 바보 같은 영준이 놈하고 둘이 우두커니 기다리는 수밖에 없다. 다시 주방으로 들어가는 이복남의 등에 대고 사장이 위로하듯 말했다.

"요즘 애들이 다 그렇지 뭐, 꼭 즈그 엄니한티 연락허고 댕기간디?"

유진이는 안 그렇다. 꼭 연락을 하는 착한 아이다. 그렇게 말해주고 싶었지만 이복남은 참았다. 기운이 떨어졌기도 했다.

69

백상만의 말을 들은 강태기의 눈썹 사이가 좁혀졌다. 생각할 때의 버릇이다. 이윽고 머리만 끄덕여 보인 강태기가 자리에서 일어섰다.

"영구한테 이번에 놓치면 안 된다고 해."

"예, 형님."

백상만의 대답을 등으로 들으면서 강태기가 서둘러 방을 나갔다. 이곳은 국제건설의 미동 사무실이다.

그 시간에 중앙로파 회장 안국필이 찌푸린 얼굴로 장시우에게 물었다.

"그 자식이 도망갔어?"

"예, 중환자실에서 도망갔다고 합니다."

"왜?"

"글, 글쎄요."

"그 자식이 회칼을 들고 있었다지?"

"예."

"복수를 하겠다고?"

"그런 것 같습니다."

어깨를 부풀렸다가 내린 안국필이 장시우를 보았다.

"노래방 골목에서 그놈 친 것이 우리 애들이 정말 아니냐?"

"아닙니다."

머리까지 저은 장시우가 안국필을 보았다.

"제가 여러 번 확인했습니다, 회장님."

"이런 빌어먹을."

어금니를 물었다가 푼 안국필이 외면했다. 경찰이 차례로 조직원 알리바이를 확인하고 있는 것이다. 벌써 12명이 불려갔다가 나왔다. 앞으로 계속 불려갈 것이다. 이윽고 안국필이 장시우를 보았다.

"그놈이 다시 회칼 들고 나타날지 모르잖아?"

장시우는 눈만 껌벅였다. 할 말이 없다.

같은 시간, 배차장파 회장 고철종이 강태기를 보았다. 이쪽은 쓴웃음을 띤 얼굴이다.

"그 새끼가 왜 집에 간 거지?"

"모르겠습니다."

"그거 진짜 병신이네."

"예, 좀 모자랍니다."

"돈 빌린 기집애한테 들렀다가 집으로 들어갔단 말이지? 숨을 곳도 없는가 보다."

"그런데, 회장님."

정색한 강태기가 한 걸음 다가가 섰다. 국제건설 회장실 안이다. 상석에는 고철종이 앉았고 옆쪽에 전무 오경환이 배석했다. 오늘도 오경환은 듣기만 한다. 강태기가 목소리를 낮추고 말했다.

"그 새끼를 잡는 것이 낫겠습니다."

고철종은 쳐다만 보았고 강태기가 말을 이었다.

"잡아서 장산리 창고에다 박아놓는 것입니다."

"…"

"그리고 오늘 밤에 중앙로파 한 놈을 요절을 내는 것입니다. 그럼 박영준이가 기어코 복수를 한 것이 되겠지요."

강태기의 두 눈이 번들거렸다.

"이 기회에 중앙로 놈들을 완전히 눌러야 합니다, 회장님. 우리는 박영준이 혼자서 날뛰는 것으로 되어 있지만 중앙로 놈들은 박영준이 살해 혐의를 뒤집어쓰게 될 것입니다."

그 순간 고철종이 숨을 들이켰다. 더 이상 말하지 않아도 된다. 어떤 각본인지 머릿속에 펼쳐졌기 때문이다.

이제는 숨을 들이켜는 것이 익숙해졌다. 버릇이 된 것이다. 숨을 깊게 들이켜면 정지된 시간이 길어진다는 것도 알게 되었다. 그 기간이 5분까지 간 적이 있다. 5분 가깝게 눈앞 사물이 정지된 상태가 되는 것이나 같다. 그 사이에 이쪽은 마음껏 움직인다. 물론 5분의 끝 1분쯤은 정지된 움직임이 눈앞에서 풀려나기 시작한다. 그러다가 5분의 끝부분에서 정상적인 움직임으로 돌아간다. 방구석에 쪼그리고 앉아 있던 박영준은 숨을 들이켰다가 조금씩 뱉어내면서 벽시계를 보고 있다. 싸구려 시계지만 시간은 정확하다. 4시 45분, 초침이 움직이지 않는다. 4시 45분 17초에 고정되어 있다. 인간은 호흡을 해야 한다. 그래서 폐 안의 공기를 다 뱉어내고서 다시 숨을 천천히 들이켰지만 초침은 움직이지 않는다. 조금 전에는 숨을 크게 들이켰다가 '잘게' 호흡하는 동안 초침이 움직이지 않았다. 그러다 갑자기 분침이 꿈틀하면서 4분이 올라갔고 초침은 휙, 휙, 휙, 돌더니 18초에서부터 천천히 움직였다. 그러다가 4분 57초에서 정상적으로 초침이 움직였던 것이다.

자, 이번에는 어디, 박영준은 유진이 생각을 잠깐 잊는다, 벽시계 초침이 꼼짝 않는다. 조금 전에 4분쯤 지났을 때부터 움직였었지? 4분간은 정지된 시간, 나만의 시간이고 그 이후부터 나머지 1분간은 정상으로 돌아가는 시간이다. 자, 그렇다면? 박영준은 분침이 꿈틀하기를 기다리며 동면하는 짐승처럼 낮고 약하게 호흡했다. 이윽고 그 순간이 왔다.

'꿈틀.'

분침이 움직인 순간 박영준은 크게 숨을 들이켰다. 그 순간이다. 분침이 다시 고정되었다. 박영준의 눈빛이 강해졌다. 그러면 4분을 더 벌었다. 8분 동안 나는 사물을 정지시킬 수 있다. 그 4분이 또 지나고 다시 호흡한다면? 아직 거기까지는 실험 못 하겠다. 유진이를 찾아야 한다. 그때 방문이 열렸다. 유진이가 왔나?

"여보세요."

수화구에서 응답 소리가 울리자 이복남이 침부터 삼켰다. 유진이 학교에 전화를 해서 담임선생님 전화번호를 알아낸 것이다. 지금 응답한 여자가 바로 담임선생이다. 안옥자라고 했던가?

"선생님, 지가 박유진이 엄마 되는데요."

이복남의 목소리는 미안함과 어려움, 다급함까지 겹쳐서 떨렸다.

"아, 네, 웬일이세요?"

오후 4시 55분, 교실에서 내일 여행 준비를 하던 안옥자가 물었다.

"저그, 우리 유진이가…."

"유진이 여행비 냈는데요. 별일 없지요, 어머님?"

"근디 갸가 지금 연락이 안 되어서요."

"네에?"

"두 시간이 다 되어 가는디 지가 갸 친구 전화번호도 모르고 그리서…."

"잠깐만 기다리세요. 제가 교무실에 올라가서 찾아봐 드릴게요."

교무실에 반 아이들 전화번호가 있다.

"신원조회가 왔는데."

학생주임 변한종이 컴퓨터를 들여다보면서 말했다.

"눈을 감은 사진이라 이걸 어떻게 알아보나? 교통사고로 두 시간 전에 죽었어."

"아, 내 컴퓨터에도 떴습니다."

옆쪽 1학년 담임 하나가 대답했다.

2장 변신(變身)

핸드폰이 울렸다. 주머니에서 핸드폰을 꺼내든 이복남이 그대로 귀에 붙였다. 모르는 번호였지만 가릴 상황이 아니다. 오후 5시 10분, 식당 주방 안이다.

"여보세요."

"저기, 박유진 학생 어머니 되시죠?"

사내의 굵은 목소리가 조심스럽게 느껴졌다. 웬일인지 가슴이 덜컥 내려앉는 이복남이 핸드폰을 고쳐 쥐었다.

"예, 근디요?"

"여기 익산경찰서 교통계 고 경사입니다, 고선태 경사입니다."

"…."

"저그, 따님이 지금…."

"어딨어요?"

이복남은 자신의 목소리가 남의 목소리처럼 느껴졌다. 그때 사내가 말했다.

"죄송합니다, 어머님."

"지금 어딨냐고!"

이복남이 날카롭게 외치자 주방이 조용해졌다. 주인도 막 나가려다가 멈췄다. 이복남은 수화기에서 울리는 사내의 목소리를 들었다.

"지금 익산병원 영안실에 있습니다. 교통사고를 당해서요."

"어쩐대."

손수건으로 눈물을 닦은 안옥자가 몸을 웅크리면서 울먹였다.

"우리 유진이 불쌍해서 어쩐대."

"안 선생, 진정해."

옆자리에 앉은 교감 이명준이 달랬다.

"마음 단단히 먹어. 유진이 부모님 앞에서 흐트러지면 안 돼."

"아이구, 유진아!"

안옥자가 두 손으로 얼굴을 가리고는 흐느껴 울었다.

"안 선생, 안 선생."

앞자리에 앉은 조연옥 선생이 손을 뻗어 안옥자의 어깨를 잡았지만 그도 눈물을 흘리고 있다. 조연옥은 옆 반인 1학년 4반 담임이다. 택시 안이다. 그들은 지금 익산병원으로 달려가고 있다.

문이 열렸을 때 박영준은 벌떡 일어났다.

"유진이냐?"

소리치듯 물으면서 거실로 나왔을 때다.

"아니."

놀란 박영준이 주춤 멈춰 섰다. 세 사내가 집 안으로 쏟아지듯 들어섰다. 좁은 집 안이 가득 찬 것 같다.

"얀마, 가자."

앞장선 백상만이 말했다.

"얼릉."

뒤에 붙어선 둘은 고필준과 박철이다.

"어, 어디루…."

박영준이 숨을 들이켜기도 전이다. 백상만이 성큼 한 걸음을 내딛었고 주먹이 날아와 박영준의 턱을 쳤다.

"털컥!"

턱뼈가 부딪치는 소리와 함께 박영준의 머리가 홀떡 뒤로 젖혀졌다. 이어서 백상만의 발길이 날아와 배를 찼다.

"퍽!"

배를 찍는 듯이 차는 바람에 박영준의 입이 저절로 딱 벌어졌고 앓는 소리가 터져 나왔다.

"끄응!"

다음 순간 고필준과 박철이 구겨지듯 넘어진 박영준의 몸 위로 덮쳤다. 그들 위쪽에서 백상만의 목소리가 울렸다.

"입에 테이프 붙이고 묶어."

이복남이 영안실로 달려 들어왔을 때는 5시 25분, 택시를 타고 왔는데 주방에서 같이 일하던 순천댁하고 같이 왔다. 내막을 안 사장이 정신이 없는 이복남 옆으로 딸려 보낸 것이다. 영안실 복도에는 먼저 와서 확인한 학교 교사들이 이복남을 맞았다.

"우리 유진이…."

이복남이 그들에게 표정 없는 얼굴로 물었는데 눈동자의 초점이 멀다.

안옥자가 무서운지 두 손으로 얼굴을 가리고 웅크렸을 때 교감 이명준이 손으로 영안실 문을 가리켰다.

"저기 안에…"

마치 저기서 공부하고 있다는 것 같다.

이복남이 달려 들어갔는데 다리에 힘이 빠져 허청거렸다. 순천댁이 이복남의 옆에 바짝 붙어서 따라 들어간다.

"어쩐대!"

안옥자가 외치더니 다시 소리 내어 울었다. 영안실로 들어선 이복남이 철제 침대 위에 누워있는 박유진을 보았다. 방금 교직원들에게 확인을 받은 후여서 박유진의 몸 위에는 아무것도 덮여 있지 않았다. 점퍼에 스커트 차림이다. 얼굴은 깨끗했고 피도 닦여졌다. 자는 것 같다.

"야가 왜 여그 누워 있대?"

다가선 이복남이 박유진에게 말했다. 이복남이 박유진의 얼굴을 손바닥으로 쓸었다.

"아이구, 차거라, 내 새끼. 왜 이렇게 차대야?"

이맛살을 찌푸린 이복남이 이제는 두 손으로 박유진의 얼굴을 감쌌다.

"이렇게 차가운 철판 위에다 눕혀 놓았응께 그렇지."

이복남이 나무라듯 말했을 때 순천댁이 소리 내어 울었다.

"아이고, 이걸 어쩐디야!"

순천댁은 식당에 찾아온 박유진을 본 적이 있다.

"아이고, 이것아! 엄니를 두고 니가 먼저 간단 말이냐!"

"아이고, 시끄러 죽것네."

이복남이 순천댁에게 눈을 흘겼다.

"애 깨겠고만."

그때 보호자 확인차 나왔던 교통계 고 경사가 주춤거리며 다가왔다.

"저기, 아주머니…."

"내 딸 데리고 나갈라는디."

이복남이 고선태에게 말했다.

"내일 수학여행 준비를 혀야 되는디요."

"예, 그런데…."

말문이 막힌 고선태가 주위를 둘러보았을 때 다시 영안실로 들어온 교직원들이 일제히 외면했다.

"아이고, 아이고!"

순척댁의 울음소리가 커져서 나중에 들어온 영안실 직원은 유진이 어머니로 생각했다. 영안실이 비좁게 사람들이 몰려 있어서 그 직원이 우두커니 서 있는 이복남에게 다가가 낮게 말했다.

"아줌마, 장례 수속을 혀야 됩니다."

이복남이 눈만 껌벅였고 직원이 말을 이었다.

"아줌마가 저분 대신 수속허시죠."

"어뜨케요?"

이복남이 묻자 직원이 턱으로 밖을 가리켰다.

"밖으로 나가십시다."

"내 딸을 여그다 두고요?"

놀란 직원이 숨을 들이켰을 때 그 말을 들은 고선태가 직원을 나무랐다.

"어이, 당신 좀 나가 있어!"

잠깐 주춤했던 순척댁이 다시 구성지게 울었고 안옥자가 따라 울었다. 이제는 지금까지 태연했던 교감도 눈물을 줄줄 쏟는다.

"내 시간은?"

트렁크에 웅크린 채 박영준이 생각하고 있다. 지금 코로 숨을 계속해서 들이마시는 중이다. 온몸이 묶여서 숨만 쉬는 상태, 차는 덜컹이면서 달려가고 있다. 팔은 뒤로 묶였고 발목도 테이프로 꽁꽁 묶인 데다 입에도 테이프가 붙여져서 오직 코로 숨만 쉴 수 있게 해놓았다. 머리는 이마에서부터 흰 붕대를 감은 터라 눈과 코만 나와 있는 기괴한 모습, 박영준의 눈에서 저절로 눈물이 흘러내렸다. 백상만, 고필준, 박철이 왜 이러는가?

백상만의 주먹에 턱뼈가 부서진 것 같다. 그런데 그 상처는 이제 아물었는가? 계속해서 숨을 들이켰던 박영준의 머릿속에서 갑자기 전등이 켜진 느낌을 받는다. 지금까지 시간을 생각하고 있었던 것이다. 내 시간, 밖에서는 시간과 사물이 제대로 움직였는데 나는 정지되었다. 숨을 들이켤 때마다 늘어나는 내 정지된 시간, 나는 변신(變身)한 것인가?

"아이구우!"

마침내 이복남이 외침을 터뜨렸다. 우는 것 같았는데 그 모습이 괴상했다. 눈을 부릅떴고 눈물도 흘리지 않았다.

"아이구, 아이구, 아이구!"

박유진의 관을 움켜쥐고 그냥 외치는 것이다. 이제 박유진은 관에 넣어졌다. 단정하게 수의로 갈아입혔고 관 뚜껑에도 못질을 했다. 이번에는 이복남이 관 끝을 쥐고 흔들었다. 일어나라고 하는 것 같다.

"아이구, 아이구, 아이구!"

목소리는 맑고 높고 크다. 영안실이 울린다.

"재 오빠가 있는디, 지금 어디 있능가 몰겄네."

이제 말짱한 얼굴이 된 순천댁이 영안실 구석에 앉아서 말했다. 영안실은 아직 준비가 덜 되었다. 박유진을 관에만 넣은 참이다. 오후 6시 10분, 순척댁은 박유진의 담임 안옥자에게 말하는 중이다. 안옥자 뒤에는 박유진의 단짝 이소영이 쪼그리고 앉아 있었는데 얼굴이 눈물로 범벅이다. 안옥자가 전화로 불러낸 것이다. 이소영은 박유진의 얼굴을 멀찍이서 한 번 보고 나서 관 근처에도 다가가지 않는다. 순척댁이 힐끗 이복남의 옆모습을 보면서 말을 이었다.

"큰일 났네, 실성할 것 같여."

"그냥 없애."

강태기가 짧게 말했다.

"거기에다 둘 필요 없다, 그래야 뒤가 깨끗해진다. 그냥 없애고 묻어."

"알겠습니다."

이런 대화는 짧게 끝내야 된다. 핸드폰을 귀에서 뗀 백상만이 앞을 보았다. 차는 덜컹대며 비포장도로를 달리고 있다. 거의 다 왔다.

"알겠다."

박영준은 깨달았다. 납치되어 끌려가는 트렁크 안에서 온몸이 테이프로 묶인 채 코로 숨만 들이켜고 뱉는 상태에서 깨달았다.

"아이고, 아이고!"

이복남이 울고 있다. 오후 6시 15분, 눈에서는 아직 눈물이 나오지 않는다. 그냥 곡(哭)소리만 내고 있다. 그래서 그것이 건성으로도 보이고 섬뜩하게도 들린다.

"저 아줌마 뭐 한대요?"

지나가던 조화업자가 이복남을 턱으로 가리키며 물었다가 흠칫하고 도망갔다. 이복남을 바라보는 사람들이 눈물 바람을 하고 있었기 때문이다. 기괴한 배치다. 이복남은 맑고 또렷하게, 그리고 몸도 꼿꼿하게 펴고 곡소리만 낸다. 그런데 그 주위의 교사, 박유진 친구들, 이복남 지인들은 그것이 안쓰러워서 몸부림을 치고 있다.

왜 눈물이 안 나올까?

6시 18분, 똑딱똑딱 시간이 간다. 박영준은 지금 트렁크 안에서 몸이 알파벳의 Z 자로 구부러진 채 옆으로 누워 있다. 박영준에게 시간 가는 소리가 그렇게 들리는 것이다. 박영준은 계속해서 숨을 들이켰기 때문에 시간을 벌고 있다. 심호흡을 1백 번도 더 했을 것이다. 꽁꽁 묶였으니 뭘 하겠는가? 숨만 들이켰다. 머리가 함몰된 후에 이상해진 시간을 잡으려고 그랬다, 잡으려고. 그러고 나서 생각해 본 결과다.

아무리 멍청해도 생각을 오래하면 머리가 트이는 법, 하물며 목숨이 경각에 달린 상황 아닌가? 그리고 박영준은 깨닫고 있다. 머리가 부서진 후에 머리가 이상해졌다. 더 영리해진 것 같다. 시간 '당겨먹는 것'을 제외하고도.

지난 사흘간을 생각한다, 사흘 전.

"병신 같은 놈."

강태기가 앞에서 말하고 있다.

"너 같은 놈이 우리 얼굴에 똥칠을 하는 거여."

어깨를 부풀리면서 강태기가 다가온다. 날아오는 왼쪽 주먹, 다시 박영준이 숨을 들이켰다. 그 후의 사건들, 마치 머릿속의 필름에 저장해 놓은 것처럼 재상영되고 있다. 다시 보니 놓친 부분이 있다. 눈앞 필름에는 다 찍혔지만 뇌에 기억되지는 않은 부분, 이제는 그 필름을 잠깐 정지시켜 놓고 볼 수도 있다.

박영준의 눈빛이 강해졌다. 노래방 골목에서 나타난 두 사내, 회칼, 그런데 그 눈, 어디서 본 것 같다.

"얀마, 내놔."

그 목소리, 누구인가?

"이 새끼, 가만있어."

앞쪽 사내의 목소리, 아, 백상만이다. 목소리를 깔고 있었지만 맞다. 그럼 뒤쪽 놈은? 박영준이 다시 필름을 돌렸다. 그러자 몸을 뒤지는 사내의 눈이 보였다. 정지, 필름이 정지되었다. 고필준이다. 이놈들이 나를 쳤다. 기다렸다가 날 친 것이다.

"영준아!"

갑자기 이복남이 버럭 소리쳤으므로 영안실의 모두가 놀랐다.

"영준아!"

이복남이 다시 소리쳤다. 관 앞에서 부른다, 앞쪽에 대고.

"영준아!"

"저그, 죽은 유진이 오빠여."

순천댁이 안옥자에게 말했다.

"갸가 지 동생 수학여행비 냈다고 자랑하더만 이렇게 되얏네."

안옥자가 숨을 들이켰다. 그렇구나. 오빠가 오후에 전화를 했다, 두 번이나. 입금 구좌를 묻고, 입금되었냐는 확인 전화, 18만 원.

"영준아! 어디 갔냐?"

이복남이 관을 어루만지며 앞쪽에 대고 소리친다.

"안 선생, 애들 데리고 가야지."

교감 이명준이 옆에서 말했다. 이소영이 전화를 해서 반 학생들이 10명 가깝게 몰려와 있었기 때문이다.

"내일 그래도 수학여행을 가야 되니까."

목소리를 낮춘 이명준이 길게 숨을 뱉는다.

"어쩔 수 없잖여?"

"영준아! 이놈아!"

다시 이복남의 목소리가 영안실을 울렸다.

긴 시간, 그렇다. 긴 시간이다. 박영준은 이제 현실을 파악한다. 나는 지금 긴 시간을 살고 있다. 그동안 얼마나 시간이 지났는지 모르겠다. 보라, 박영준이 등 뒤에 묶여 있던 팔을 앞으로 뻗었다. 그 순간 팔에 10여 겹 둘러졌던 테이프가 힘없이 늘어지면서 떼어졌다. 발을 흔들었더니 발목에 감겼던 테이프도 문드러지듯이 떨어졌다. 박영준은 입에 붙여진 테이프를 떼어 내었다. 한 겹으로 붙여진 테이프는 마치 물에 젖은 종이처럼 되어 있어서 뗄 것도 없다. 박영준이 사지를 움직여 굳어졌던 몸을 풀다가 문득 손으로 얼굴을 만졌다. 왠지 얼굴이 이상했기 때문이다. 그 순간 박영준의 얼굴에 쓴웃음이 떠올랐다. 수염이 5센티 가량이나 자라 있었기 때문이다. 머리도 길어져서 귀를 덮었다. 얼굴에 콧수염과 턱수염이 무성하다. 입까지 가려져 있다.

내가 원시인이 되었는가? 내가 빨아들인 시간이 과연 얼마나 되었는가? 차 트렁크에 갇혀 달린 시간은 20분쯤인가? 시계를 차지 않아서 모르겠다. 하지만 계속해서 심호흡을 하여 시간을 빨아들였더니 차 안에서 수백 시간이 지났을지도 모른다. 물론 내가 보낸 시간들이다. 이제 트렁크가 열리면 나는 현실로 돌아오겠지, 털보가 되어서.

"창고에 삽 있지?"

백상만이 묻자 핸들을 쥔 고필준이 대답했다.

"아, 그럼요, 연장이 많아요."

"어디다 묻는 게 낫겠냐?"

"뒷산 아무데나 묻지요."

건성으로 대답한 고필준이 조심스럽게 모퉁이를 꺾었다. 이곳은 농로(農路)여서 차 한 대만 다닐 수 있는 넓이다. 비포장도로였고 주위는 민가도 없다. 모퉁이를 꺾었을 때 어둠 속에서 앞쪽의 검은 산비탈이 드러났다. 산비탈 밑에 폐창고가 있다. 전(前)에 축사였던 건물이 다 헐리고 창고만 남아 있는 곳을 배차장파 은신처로 사용하는 중이다.

"근데 저놈을 어떻게 죽이지?"

입맛을 다신 백상만이 혼잣소리처럼 말하자 고필준이 어깨를 올렸다가 내렸다.

"그냥 땅을 깊게 파고 묻지요, 뭐."

"땅 파고 나오지 않을까?"

"묻기 전에 삽으로 머리나 한 번 치면 됩니다."

"저 새끼가 명이 길어. 머리를 그렇게 맞고도 수술 끝나자마자 병원을 도망쳐 나온 것 봐라."

"아, 그럼 이번에는 박살을 내면 됩니다."

고필준 옆자리에 앉은 박철이 짜증난 목소리로 말했다.

"나한테 맡겨 주십시오, 형님."

"근디 이 새끼가 조용허다."

백상만이 뒤쪽으로 머리를 돌리면서 쓴웃음을 지었다.

"아예 코까지 테이프로 막아 놓을 걸 그랬다. 그럼 벌써 갔을 텐데."

"그럼 내려서 그렇게 하지요."

고필준이 좋은 수를 알았다는 듯이 말했다.

"땅 팔 동안 테이프로 막아 놓으면 될 겁니다."

박영준은 누운 채 권법(拳法)을 보고 있다. 중국 무술 영화인데 집에서 비디오로 10번도 더 본 영화다. 그것을 머릿속 필름에서 끄집어내어 다시 상영 중이다.

"이런."

저도 모르게 이맛살을 찌푸린 박영준이 주인공 장윤발에게 말했다.

"인마, 다리를 그렇게 올리면 되나? 호흡이 맞지 않잖아? 필름을 편집했군."

장윤발의 움직임이 엉터리인 것이다. 지금까지 보면서 한 번도 알아채지 못했던 허점이다. 어떻게 저 순간에 다리가 올라갈 수 있단 말인가? 박영준의 머릿속에 장윤발의 권법이 정상적으로 주르르 입력되었다. 박영준이 개조한 권법이다. 그것을 의식한 박영준의 얼굴이 환해졌다. '시간을 빨아들일' 수 있을 뿐만 아니라 머릿속에 컴퓨터를 10개, 아니 1백 개쯤 장치한 느낌이다.

"어머님, 저 가봐야 할 것 같아요."

마침내 이복남에게 다가간 안옥자가 말했다. 목소리가 떨렸고 시선을 들지 못한다. 뒤쪽에 선 교감 이명준, 학생주임 변한종, 1학년 담임 3명, 교직원 4명도 모두 머리를 숙이고 있다.

"어머님, 기운 내셔야 돼요."

안옥자가 겨우 그렇게 말했을 때 이복남이 머리를 끄덕였다.

"나두 유진이하고 같이 수학여행 따라갈게요."

숨을 들이켠 안옥자를 향해 이복남이 말을 이었다.

"애들 데리고 잘 다녀오세요."

"네, 어머님."

다시 안옥자의 눈에서 눈물이 흘러내렸다. 눈물샘이 마르지도 않는다. 아마 국그릇으로 하나는 흘린 것 같다. 이복남이 식당 주방에서 일한다는 것을 여기 와서 처음 알았다. 그래서 지금 어디 갔는지 모르는 오빠가 겨우 수학여행비를 내주었다는 것도 여기서 들었다. 그 오빠하고 안옥자가 통화를 했던 것이다. 유진이는 그 오빠한테서 용돈을 받으려고 가다가 사고를 당했던 것이다. 유진이는 엄마한테 미안해서 수학여행 이야기를 꺼내지도 않았다는 것을 여기서 순천댁한테 들었다. 그래놓고 유진이는 어머니가 급성맹장 수술을 해야 해서 못 간다고 했던 것이다. 사실 하나가 밝혀질 때마다 울고, 또 울었다. 그때 이복남이 손을 뻗어 안옥자의 손을 잡았다. 손이 뜨겁다.

"아이구, 선생님, 우리 선생님."

안옥자는 다시 흐느껴 울었다. 이복남의 목소리가 유진이하고 비슷하게 들렸기 때문이다.

"자, 다 왔다."

차가 창고 마당으로 들어서자 백상만이 어깨를 부풀리며 말했다. 승용차가 정지하자 백상만이 먼저 차에서 내리면서 서둘렀다.

"트렁크 열어."

백상만이 차에서 내려 한 발을 땅에 딛고 나서 허리를 세우는 그 짧은 순간, 아마 1초쯤일 것이다. 그때 박영준에게는 시간이 많이 남았다. 그래서 바깥세상은 거의 정지된 상태가 되어 있다. 아무도 건드리지 않는다. 백상만은 그 자세 그대로 굳어진 것처럼 보였지만 아마 1분의 1 밀리미터쯤 움직이는 셈일까? 물론 이것은 박영준과 백상만의 관계에 있어서다. 앞좌석의 박철이 동시에 문을 열고 나오는 중이어서 그쪽은 '퍼뜩퍼뜩' 정상적으로 움직인다, 저희들끼리. 이쪽 박영준 세상은 시간을 빨아들인 터여서 그들이 굳어진 것처럼 보이는 것이다.

박영준이 생각한다. 유진이는 어디 갔나? 유진아, 너 어디 있는 거야? 왜 연락도 없어? 배산공원에 오다가 어디 들른 거냐? 왜 엄마한테도 연락이 없어? 무슨 사고가… 그 순간 박영준이 박유진의 모습을 떠올렸다.

어릴 적, 유진이가 5살 때인가? 4살 차이여서 9살짜리 박영준은 초등학교가 끝나면 집에 돌아와 박유진을 보살폈다. 어머니가 시장에 나갔기 때문이다. 가난해서 유치원은 구경도 못 한 유진이는 집에서 오빠가 오기만을 기다렸다. 유진이가 어디 나갈까 봐, 어머니가 지하 셋방의 문을 밖에서 잠가놓고 나갔기 때문이다. 박영준이 계단을 내려오는 소리가 나면 안에서 박유진이 소리쳐 불렀다.

"오빠! 오빠! 오빠아!"

박영준에게 지금 그 소리가 들린다, 아주 또렷하게. 갑자기 눈물이

낳다. 그래서 숨을 들이켰던 박영준이 숨구멍에 침이 들어갔는지 헛기침을 했다. 그때 차 트렁크가 열렸다. 아, 헛기침을 하면 빨아들인 시간이 정상으로 돌아가는구나. 그 와중에도 박영준이 깨달았다.

"어?"

놀란 외침은 박철이 뱉었다. 박철이 트렁크를 열었기 때문이다. 뒤쪽에 서 있던 백상만은 숨을 들이켰다. 어라, 트렁크에서 웬 놈이 나오고 있다. 뭔 일인가? 안에 박영준을 번데기처럼 묶어 놓았는데 머리의 붕대도 없어졌고, 멀쩡한, 아니 머리가 산발한 괴인이 내린다. 수염투성이의 괴인.

"아, 아니!"

백상만이 눈을 치켜떴다. 어둠 속에서 눈의 흰자위가 번들거리고 있다.

"너 누구야?"

"아니, 이것 봐?"

이제는 운전석에서 내린 고필준이 외마디 소리로 외쳤을 때다.

"이 자식, 병신 맞아요."

그때 다가선 박철이 소리쳤다.

"옷이 같아! 그, 그리고 얼굴도…."

"어, 어떻게 풀었지?"

당황한 고필준이 소리쳤다.

"이 수염, 머리는 뭐야? 왜 이렇게…."

백상만이 이어서 소리쳤다.

그때 박영준이 한 걸음을 떼었다. 박철과의 거리가 한 발짝 간격이 되었다. 박영준은 심장 박동이 빨라지는 것을 느끼고 있다. 머릿속이

부글부글 끓는 것 같기도 하다. 분노다. 이런 분노는 처음 느낀다. 눈이 튀어나올 것 같고 저절로 어금니가 물려졌다.

"나에게 왜 이러는 거야?"

"내가 무슨 죄가 있다고?"

"나를 왜 죽이려고 한단 말이냐?"

"내가 병신이냐?"

그 순간 살의(殺意)가 뿜어 오르고 있다. 그때 앞에 선 박철이 와락 달려들었다. 두 손을 뻗고 박영준의 어깨를 움켜쥐었다. 강한 악력이다. 지난번 노래방 골목에서 이렇게 뒤에서 꼼짝 못 하게 잡았다. 그 순간이다. 박영준이 몸을 비틀면서 가볍게 손을 올려 박철의 목울대를 찍었다.

"컥!"

박철의 입에서 괴이한 외침이 뱉어지더니 휘청 머리가 꺾어졌다. 장윤발의 엉터리 권법 영화에서 나왔던 권법이었지만 박영준이 고쳤다. 손바닥을 반듯이 펴서 목울대를 정통으로 찍은 것이다. 박영준의 손이 수도(手刀)가 되어 박철의 목을 깊게 찔렀다가 빠져 나오면서 피가 뿜어졌다. 그 순간 고필준이 덮쳤는데 이미 손에는 칼이 들렸다. 평소에 허리춤에 찬 길이 20센티 가량의 회칼이다.

"엣!"

짧은 기합과 함께 회칼이 박영준의 배를 쑤시고 들어왔는데 빠르다. 그때는 박철이 목을 두 손으로 움켜쥔 채 털썩 무릎을 꿇는 상황. 그 순간에는 박영준이 이미 몸을 반쯤 비튼 상태여서 회칼은 옆구리를 스치고 지나갔다.

"뻑!"

동시에 박영준의 팔꿈치가 고필준의 턱을 쳐 올렸다. 머리가 젖혀진 고필준이 휘청거렸을 때다. 이번에는 백상만이 번쩍하는 순간에 다가왔다. 빠르다. 그리고 정확하다. 특기인 어퍼컷이 날아왔는데 백발백중의 실력, 권투로 기본기를 다진 데다 실전 경력이 풍부해서 접근전에서는 당할 자가 없다는 소문, 백상만은 주먹을 뻗은 순간 맞힌다는 확신이 있었던 것 같다, 눈이 반짝였고 입 끝이 올라갔으니까. 그 순간이다. 박영준의 오른발이 날아가 백상만의 사타구니를 차 올렸다.

"퍽!"

쌍방울이 터지는 소리가 이렇다. 방울에 닿는 발끝이 10분의 1초쯤 빨랐기 때문에 백상만의 주먹이 박영준의 뺨을 1밀리미터 간격으로 스치고 올라갔다.

"어으!"

백상만의 비명이 울린 순간, 박영준의 수도가 다시 날아가 고필준의 두 눈을 찍었다. 이번에는 두 손가락.

"으악!"

처절한 비명이 어둠 속을 울렸다.

"어머니."

수화구에서 울리는 목소리에 순천댁이 와락 소리쳤다.

"누구여?"

그때 그쪽에서도 놀란 듯 되물었다.

"누구세요?"

"난 순천댁인디, 거긴 누구여?"

"그 전화, 우리 엄니 전화인데요."

"아이구, 영준이냐?"

순천댁이 이복남의 전화를 들고 있었던 것이다. 그때 옆쪽에 앉아 있던 이복남이 머리를 돌렸다. 목소리가 컸기 때문에 다 들었다. 오후 7시 15분, 이제 영안실은 자리가 잡혔다. 장례 도우미들이 손님이 오면 술상을 봐주고 한쪽에서는 울고 다른 쪽은 떠들썩하다.

신문사에서도 왔다 갔고 방송국에서도 찍고 갔다. 조금 전에는 교장이 왔다 갔다. 순천댁이 달려가 핸드폰을 넘겨주자 이복남이 받아 귀에 붙였다.

"여보세요."

주위의 시선이 모두 모여 조용해졌다.

"엄니, 나요."

"너 어디냐?"

"나, 여기 장산리요."

"거그서 뭐 혀?"

"일 때문에 여기 왔는데, 유진이 집에 왔어요?"

"유진이하고 같이 있다."

그때 박영준의 목소리가 밝아졌다.

"아유, 잘됐네."

"…"

"그 기집애 연락이 안 돼서 걱정 엄청 했는데, 내가 집에까정 가서 기다렸단 말이에요."

"…"

"용돈 줄라고 기다렸는디 어딜 가서 연락도 안 했대요?"

"글씨 말이다."

"엄니하고 같이 있다면서요?"

"같이 있어."

"물어봤어요?"

"응."

"뭐래요? 어디서 놀았대요?"

"응."

"에이, 그 가시내, 엄니 지금 집이죠?"

"아니."

"유진이하고 같이 있다면서요?"

"나왔어."

"지금 7시 반이 다 되었는데, 엄니, 그럼 유진이하고 식당에 같이 있어요?"

"아니, 식당에서 나왔어."

"에이, 짜증나. 그러면 지금 어디 있어요?"

"…."

"유진이는 지금도 전화 안 받고."

그때 이복남이 말했다.

"니 전화는 잊어버렸당께 좀 있다가 다시 전화혀라."

이복남의 얼굴은 말짱했다.

이젠 마음이 놓인다. 창고 안으로 들어선 박영준이 안쪽 세면장으로 들어가 거울 앞에 섰다. 세면장 천장에 매달린 30촉 전구가 안을 환하게 비추고 있다. 박영준이 거울에 비친 제 얼굴을 보았다. 머리칼이 자랐고 턱수염과 콧수염까지 무성해서 아랍인 같다.

쓴웃음을 지은 박영준이 창고 사무실에서 찾아낸 가위로 수염을 자르기 시작했다. 이제 '시간 빨아먹기' 요령은 알겠다. 그리고 시간을 정상으로 되돌리는 방법도 알게 되었다. 숨을 들이켤수록 계속해서 정지된 시간이 늘어나는 것이다 그리고 그 기간 동안에 뇌의 활동이 무섭게 증가된다. 지난 일을 끌어내어 펼쳐볼 수 있을 뿐만 아니라 그중 특정 부분을 마음만 먹으면 뇌에 저장, 신경세포에 연결시킬 수가 있는 것이다. 곧 단련된 몸으로 만들어 놓는다는 뜻이다.

장윤발의 엉터리 권법을 머릿속에서 재조정해서 정식 권법으로 만들어 몸으로 연결시켜 놓았다. 수염을 깎던 박영준이 손바닥으로 뒷머리를 쓸었다. 긴 머리칼에 덮인 뒷머리는 말짱했다. 하긴 트렁크 안에서 몇백 시간을 보냈으니 그동안 상처가 다 나았을 것이다. 그때 바깥 창고에서 신음 소리가 울렸다. 중상자 셋이 땅바닥에 묶여 있다. 처참한 모습의 중상자다. 입맛을 다신 박영준이 다시 수염을 깎기 시작했다.

저놈들만 요절낼 수는 없다. 나는 예전의 병신이 아니다. 변신(變身)했다.

"연락이 안 됩니다."

정수남이 이맛살을 모으고는 핸드폰을 귀에 바짝 붙였다.

"상만이허고 고필준이, 박철이 셋 다요."

"언제부터?"

수화기에서 울리는 강태기의 목소리도 굳어져 있다. 오후 8시, 지금 정수남은 모현동 클럽 안에서 전화를 받고 있다.

"제가 조금 전에, 그니까… 20분쯤 전에 해봤거든요. 그때도 전화를 안 받았습니다."

이제 강태기는 듣기만 했고 정수남이 말을 이었다.

"그때는 바쁜갑다 생각허고 놔뒀지요."

"…"

"근디 형님이 찾으신다고 해서 지가 10분쯤 전부터 다시 했습니다."

"…"

"셋한티 다 혔는디도 10분 동안 안 받는디요."

"전화가 꺼져 있어?"

"아니, 안 받습니다, 형님."

"…"

"차를 갖고 나갔다는디 어디서…."

그때 통화가 끊겼다.

"이런 지기미."

핸드폰을 귀에서 뗀 정수남이 투덜거렸다.

"이 시발놈들이 다 어디로 샌 거여?"

박영준이 창고 구석에 눕혀 놓은 셋을 바라보고 서 있다. 백상만, 고필준, 박철이다. 셋은 이미 시체다. 모두 처참한 모습으로 목숨이 끊어져 있다. 셋의 주머니에 든 핸드폰이 계속해서 울리다가 조금 전에 끊겼다.

이윽고 박영준이 손에 쥐고 있던 기름통을 셋의 몸 위에 뿌렸다. 차에서 빼낸 휘발유다. 주위에도 뿌리고 창고 벽에도 뿌린 후에 라이터 불을 켜 종이에 불을 붙였다. 박영준의 표정은 차분했다.

"네가 장산리에 갔다와."

강태기가 곽해수에게 말했다.

"애들 둘만 데려가라."

"예, 형님"

"무슨 일이 일어난 것 같은디."

눈을 가늘게 뜬 강태기가 목소리를 낮췄다.

"사고가 났다고 해도 셋이 연락이 뚝 끊길 리는 없어, 차가 뒤집어져서 셋이 디졌다고 혀도 말이다."

강태기의 두 눈이 번들거렸다.

"셋이 박영준이를 싣고 장산리 창고에 가다가 소식이 끊겼다."

그때서야 내막을 밝힌 강태기가 얼굴을 일그러뜨리며 웃었다.

"중앙로 놈들이 덮쳤을 리는 없어, 셋을 한꺼번에 말이다."

"제가 갔다 오지요."

자리에서 일어선 곽해수가 벽시계를 보았다. 8시 5분이다. 이곳에서 장산리까지는 차로 30분쯤 거리다.

"장산리에 도착혀서 연락드리지요."

몸을 돌린 박영준이 어둠 속에서 일어나는 불길을 보았다. 불길이 하늘로 치솟으면서 불꽃이 별똥처럼 떨어져 내리고 있다. 주위는 민가가 없어서 금방 신고가 들어가지는 않을 것 같다. 창고 안은 폐자재와 가구가 가득 쌓여 있어서 전소되었을 때 시체는 흔적도 찾지 못할 것이다. 타고 온 승용차도 창고 안으로 끌어다 놓아 같이 태우고 있다. 박영준이 다시 발을 떼었다. 전화가 없으니 어디 가서 먼저 어머니한테 전화부터 해야 한다.

"집에 아무도 없습니다."

배유성이 다가와 말했다.

"집 앞에 서 있는 걸 본 게 4시쯤이라는데요. 그때 나가서 아무도 안 들어온 겁니다."

"세 식구가 밖에서 만나나?"

경찰서 구내식당으로 들어와 앉으면서 유명환이 혀를 찼다. 배유성은 방금 박영준의 집을 감시하고 있는 형사로부터 연락을 받은 것이다. 유명환은 형사 둘을 박영준의 집으로 보냈지만 한 시간쯤 늦었다. 옆집 아줌마가 박영준을 한 시간쯤 전에 봤다고 한 것이다.

"밥이나 먹자."

다가온 종업원을 보고 유명환이 말했다.

"금방 디질 것 같았던 놈이 도망 나가는 바람에 일이 우습게 돼버렸다."

국밥을 시킨 유명환이 다시 투덜거렸다.

"몇 시간 지나면 박영준이 집 감시도 풀어. 다른 일 해야겠다."

차가 다가오고 있다. 어둠 속에서 전조등 2개의 불빛만 보인다. 이곳은 차 한 대만 다닐 수 있는 농로다. 박영준은 길 복판에 서서 다가오는 차를 응시했다. 이곳에서 국도까지는 3백여 미터, 창고는 뒤쪽으로 2킬로쯤 떨어져 있다. 산비탈에 가려져서 창고는 보이지 않는다. 이제 차와의 거리는 1백여 미터로 가까워졌다.

농로 좌우는 시멘트로 만들어진 수로(水路)다. 깊이가 3미터 정도에 폭이 4미터 정도로 지금은 물이 말랐고 지저분한 쓰레기만 있다. 차를 응시하던 박영준은 곧 마음을 정했다. 전조등이 낮은 것을 보니 승용차다. 그리고 저 차에 누가 탔는지는 뻔하다.

김덕구가 운전을 하고 그 옆자리에 천경만, 뒤쪽에 곽해수가 탔다. 미동 천지카페에서 이곳까지 딱 27분이 걸렸다. 김덕구가 운전 잘한다고 소문이 난 놈이라 유감없이 실력을 발휘했다. 차 안은 긴장한 상태, 곽해수가 성질이 더러운 터라 웃다가도 난데없이 귀싸대기를 치는 악질이기 때문이다. 김덕구와 천경만도 지금 장산리 창고로 달려가는 이유를 안다. 차에 타고 나서 곽해수가 알려 주었던 것이다. 백상만, 고필준, 박철의 '실종', 박영준을 '묻으려고' 장산리 창고로 데려갔다가 실종되었다고 했다.

좁은 농로여서 바퀴가 길 끝에 겨우 닿았지만 김덕구는 거침없이 달린다. 그러나 옆에 앉은 천경만은 아예 위쪽 손잡이를 쥐었고 곽해수도 천천히 달리라고는 못 하고 옆쪽 손잡이를 움켜쥐고 있다. 그때다. 앞쪽 김덕구와 천경만은 정면에서 희끗 물체가 어른거리는 것을 보았다.

"어?"

천경만이 낮게 외쳤고 김덕구는 숨을 들이켰다.

숨을 들이켠 순간 박영준은 앞쪽 20미터쯤 거리로 다가온 승용차가 뚝 멈춘 것을 보았다. 이젠 숨 쉬는 요령에 익숙해져서 깊고 길게 들이켰다. 이러면 빨아들이는 속도가 빠르며 길다. 그것은 곧 정지 상태가 길어지며 그와는 대조적으로 자신의 행동이 빨라지는 것이다. 빨아들인 다음 순간 박영준은 승용차로 달려갔다. 승용차는 빠른 속력으로 다가왔지만 지금은 정지된 상태, 그러나 실제로 정지된 것은 아니다. 이쪽이 빠른 것이다. 백상만 일당을 처치할 때 실습을 했고 이번이 두 번째, 상대가 정지한 만큼 이쪽은 빨라진다. 이것이 시간의 형평이다. 박영준은 그렇게 규정했다. 숨을 들이켜 목표의 시간을 빨아들임, 그때

내 움직임은 정상적으로 움직여도 목표가 정지한 비율만큼 상대적으로 빨라짐, 이것이 원리다.

정지된 차로 다가간 박영준이 문을 당겼지만 열리지 않았다. 달리는 승용차여서 안에서 잠긴 것이다. 차에서 떨어진 박영준이 이제는 앞바퀴 왼쪽 타이어를 두 손으로 힘껏 옆으로 밀었다. 바퀴가 조금 왼쪽으로 틀어졌다. 그때 다시 숨을 깊게 들이켠 박영준이 다시 한 번 타이어를 비틀었다. 앞쪽 타이어가 길 옆 수로 쪽으로 비틀렸다. 그 순간 박영준이 숨을 크게 뱉으면서 옆으로 비켜섰다. 다음 순간, 승용차가 수로 안으로 곤두박질을 치며 떨어졌다.

"꽝!"

앞부분이 시멘트 바닥에 부딪치면서 박살이 났고 이어서 차체가 훌떡 뒤집히더니 수로 벽에 다시 부딪쳤다.

"꽝!"

차체는 옆으로 두 번이나 더 뒹굴었다.

눈을 뜬 이복남이 순천댁에게 물었다.

"영준이한테서 전화 왔어?"

"아니."

순천댁이 이복남의 눈치를 보았다.

"곧 연락 오겠지 뭐."

밤 9시, 영안실은 문상객들로 북적거리고 있다. 식당 주인과 일하는 아줌마들이 와 있었고 김제에 사는 외삼촌 부부와 딸까지 조금 전에 도착했다. 이복남의 동생이다. 동생도 가난에서 벗어나지 못한 인생이어서 찌든 모습이다.

조금 전에 모여 있던 학교 친구, 선생님들도 다 돌아갔고 교감하고 학생주임 둘만 남아 있다. 순천댁이 조심스럽게 물었다.

"뭘 좀 먹어야지, 응?"

"아녀, 됐어."

순천댁은 이복남의 눈동자가 초점이 잡혀 있는 것을 보고는 기운을 내고 다시 말을 걸었다.

"정신을 차려야 되어, 유진 엄마, 아니⋯."

말을 그친 순천댁이 어금니를 물었다. 죽은 유진이 이름을 불러버린 것이다. 그때 이복남이 픽 웃었다.

"죽은 애 이름을 부르고 있네."

"아니, 내가⋯."

이복남의 정신이 왔다 갔다 하는 터라 순천댁이 당황했다.

"글쎄, 거시기⋯."

"내가 어뜨케 살지?"

"응?"

"숨이 막혀서 어뜨케 살아?"

"이, 이봐, 유⋯."

"유진이를 가슴에 묻고 못 살겄어."

"살어야지."

"왜?"

이복남의 시선을 받은 순천댁이 말을 더듬었다.

"그, 그려도 자식이 남었잖여."

"영준이한티 유진이 죽었다고 말 못 혔어."

숨만 들이켠 순천댁을 이복남이 똑바로 보았다.

"아까 영준이가 자꾸 나 어디 있냐고 물었는디 영안실에 있다는 소리를 못 혔어."

이복남이 길게 숨을 뱉었다.

"영준이가 수학여행비 냈는디, 갸 보기가 무서워."

"어머니."

이번에는 이복남이 바로 전화를 받았다.

"어."

이복남이 애매하게 그렇게만 대답한다. 밤 9시 10분, 박영준은 길가 식당의 전화기를 빌려서 전화를 한다.

"너 어디냐?"

"여그 길가인디, 엄니 지금 집에 왔어?"

박영준이 식당 안을 둘러보며 물었다. 술손님 둘이 앉아 있을 뿐이다.

"아녀, 집이 아녀."

이복남의 목소리가 느려졌다.

"영준아."

"엄니, 거그 유진이도 있어?"

"응, 그려."

"식당여?"

"아녀, 식당에서 나왔다."

"아, 그럼 어디여?"

마침내 박영준이 버럭 소리쳤다. 짜증이 난 것이다. 아까부터 어디 있는지를 말해주지 않으려는 눈치다.

"빨리 말혀, 나 거그 갈 테니까."

그때 통화가 끊겼다.

"끊었어?"

옆에서 듣고 있던 순천댁이 물었는데 눈을 한껏 크게 뜨고 있다. 박영준한테서 온 전화인지를 아는 것이다.

"응."

외면한 이복남이 핸드폰을 순천댁에게 넘겨주었다.

"나, 여그 있다고 말 못 허겄어."

"그려."

어깨를 늘어뜨린 순천댁이 핸드폰을 받아 들었다.

"내가 이야기헐게."

"아이구, 이걸 어뜨케 허나."

갑자기 이복남이 앉은 채로 발버둥을 쳤다. 떠들썩했던 영안실이 순식간에 조용해졌다. 다시 이복남의 목소리가 울렸다.

"인자 우리 영준이가 알게 생겼네!"

"누님, 누님."

동생 이정수가 다가와 엉거주춤 옆에 섰지만 어쩔 줄 모르는 표정이다.

"아이구, 영준아! 영준아! 이걸 어뜨케 헐그나!"

그때 이복남의 눈에서 처음으로 눈물이 흘러내렸다.

"아이구, 지 동생 수학여행비도 맹글어 줬는디! 용돈 준다고 기다리고 있었는디!"

눈물이 둑이 터진 것처럼 쏟아져 내리고 있다. 순천댁이 따라서 찔

끔거렸을 때 손에 쥐고 있던 핸드폰이 울렸다.

"여보세요."

응답 소리를 들은 박영준이 이맛살을 찌푸렸다. 어머니가 아니다.

"저기, 저 영준인데요, 우리 어머니 좀 바꿔주세요."

조금 화가 난 박영준의 목소리가 딱딱해졌다. 그때 그 아줌마가 말했다.

"영준아, 나, 식당의 순천 아줌마야."

"예, 안녕하세요."

"거시기, 밥은 먹었냐?"

박영준이 어금니를 물었다. 식당 안쪽의 30대쯤의 손님 둘이 말다툼을 시작했다. 주인 여자가 아까부터 안절부절못하면서 그들 주위를 서성대고 있다. 그것도 눈에 거슬렸다. 박영준이 대답하기 전에 숨부터 들이켰다. 그러고는 전화기를 내려놓고 나서 둘에게 다가가 그중 목소리 큰 사내가 막 입을 딱 벌렸을 때 입안에 수저를 깊숙하게 박았다. 수저가 입안으로 들어가 버린 것을 확인하고 나서 카운터로 돌아와 전화기를 귀에 붙였다. 그러고는 숨을 크게 뱉고 나서 아줌마한테 대답했다.

"예, 엄니 좀 바꿔주세요."

그 순간 안쪽에서 목소리가 컸던 사내가 돼지 멱따는 소리를 내며 펄펄 뛰었다.

"우웩!"

수저가 목구멍 안으로 들어가 버렸지만 뭔지 알 수가 없다. 수저는 지금 식도에 걸려 있는 것이다.

"우웨엑!"

"왜 그려?"

앞에 앉아서 목소리에 밀리는 사내가 어리둥절했고 주위를 왔다 갔다 하던 아줌마는 눈만 껌벅였다.

"우웨엑!"

사내가 이제는 뒤로 벌떡 넘어지더니 제 목을 움켜쥐었다. 그러나 코로 숨은 쉰다. 그때 수화구에서 아줌마의 목소리가 울렸다.

"여그로 와."

"거그가 어딘디요?"

"익산병원여."

그 순간 가슴이 철렁 내려앉는 영준이 전화기를 고쳐 쥐었다.

"거그는 왜요?"

영준은 제 목소리가 남의 것처럼 들렸다. 그때 아줌마도 다른 사람 목소리로 말했다.

"여그 3번 영안실여."

통화가 또 끊겼다.

"통화혔어."

순천댁이 외면한 채 말했다.

"여그 있다고 이야기혔어."

그때 이복남이 일어섰다.

"어디 갈라고?"

순천댁이 묻자 이복남이 눈으로 안쪽을 가리켰다.

"화장실."

이복남이 안쪽 문으로 나갔을 때 순천댁은 길게 숨을 뱉었다.

"아이고, 이걸 어쩐대야."

"아들이 온대요?"

옆자리의 식당 아줌마 하나가 묻자 순천댁의 시선이 이복남이 사라진 안쪽 문으로 향해졌다.

"아이고, 나도 갸 얼굴을 어뜨케 볼거나."

이복남은 왼쪽 시체 안치실로 다가갔다. 복도 끝에 앉아 있던 직원이 힐끗 이복남을 보더니 외면했다. 이복남이 조금 전에도 다녀갔기 때문이다. 시신은 부패하기 때문에 안치실에 보관해 놓는다. 안치실로 들어선 이복남이 박유진의 관이 들어 있는 알루미늄 박스 앞에 섰다. 조금 전에는 안에 든 관을 끌어내 쓰다듬었지만 지금은 하고 싶지 않다. 그래서 말만 했다.

"유진아, 니 오빠가 온단다."

이복남이 관이 든 박스를 향해 열심히 말했다.

"나는 니 오빠 얼굴을 못 보겄다."

박유진은 물론 대답이 없고 이복남의 말이 이어졌다.

"아이구, 불쌍헌 내 딸, 오빠한티 용돈 받을라고 뛰어가다가 죽었어?"

"…."

"아이구, 불쌍헌 내 딸! 이 엄니한티는 수학여행 간다고 말도 못 허고…."

"…."

"아이구, 내 딸! 그 좋아허는 얼굴을 내가 봤어야 허는디, 수학여행비 내고."

다시 이복남의 눈에서 눈물이 흘러내렸다.

"용돈 타려고 뛰어가는 니 얼굴을…."

"…."

"아이구, 내 딸!"

"…."

"아이구, 불쌍헌 내 아들!"

"…."

"영준아, 미안허다, 잉?"

이복남이 두 손으로 얼굴을 움켜쥐고 흐느껴 울었다. 세상에서 가장 슬픈 울음소리다. 그러고는 기를 쓰듯이 내놓는다.

"영준아, 영준아, 미안허다, 잉?"

"영안실에는 왜?"

박영준이 눈을 부릅뜨고 앞쪽을 보았다. 택시는 사거리 신호등에 걸려 멈춰 서 있다. 이제 사거리 두 개만 건너면 익산병원이다. 불길한 예감이 또 들었고 박영준은 세차게 머리를 저어 생각부터 지웠다. 어디냐고 자꾸 물어도 어머니가 대답을 안 해준 이유가 그것인가? 그때 신호가 풀렸고 다시 택시가 출발했다. 익산병원 3번 영안실, 아줌마의 목소리가 다시 귀를 울리고 있다.

"여그, 3번 영안실여."

"왜 이렇게 안 온대야."

구시렁대던 순천댁이 옆쪽의 젊은 식당 아줌마한테 말했다.

"거그, 애옥이 엄마, 화장실에 가서 유진이…."

말을 그쳤던 순천댁이 제풀에 화를 냈다.

"그려, 유진이 엄마 좀 데리고 와."

젊은 아줌마라고 해도 40대 후반이다. 아줌마가 고분고분 일어나 안쪽 문으로 사라졌다. 박영준이 곧 올 시간이 된 것이다. 순천댁도 조바심이 일어나고 있다.

택시에서 내린 박영준이 물끄러미 영안실 입구를 바라보았다. 불을 환하게 밝힌 영안실 앞에서 검정 양복을 입은 사내들 서너 명이 담배를 피우고 있다. 어금니를 문 박영준이 발을 떼었다. 심장 박동이 빨라졌다. 유진이한테 무슨 일이 생겼는가? 유진이가 배산공원에 오지 못한 이유가 바로… 아니다. 박영준이 세차게 머리를 저었다. 하느님이 불쌍한 우리 가족에게, 우리 유진이한테 그러실 리가 없다.

여자 화장실은 세 칸이었는데 맨 앞쪽 칸에 들어가 있던 여자가 물 내리는 소리를 내면서 나왔다. 애옥이 엄마는 두 번째 칸 문을 열었다. 비었다. 마지막 칸 문을 열었더니 안에서 잠겨 있었기 때문에 놀라 말했다.

"미안합니다."

안에서는 대답이 없다. 그래서 애옥이 엄마가 조심스럽게 물었다.

"저기, 아주머니세요?"

유진이 엄마라고 불렀다가 순천댁이 혼나는 것을 보았던 것이다. 다시 대답이 없자 애옥이 엄마는 덜컥 겁이 났다. 영안실 화장실은 좀 으스스하다.

"저기, 순천 아줌마가 빨리 오시래요."

다시 대답이 없었기 때문에 몸을 돌린 애옥이 엄마가 도망치듯 화장실을 나왔다.

3번 영안실로 들어선 박영준이 안쪽에 걸린 사진을 보았다. 아, 유진아! 유진이가 웃고 있다. 박영준이 저도 모르게 숨을 들이켰다. 그 순간 눈앞의 모든 생명체가 정지했다.

'그렇구나. 유진아, 네가 죽었구나. 네가 죽어서 못 왔구나. 네가 죽어서 엄마가 그렇게 짜증나게 말했구나.'

또 숨을 들이마신 박영준이 조각상처럼 굳어져 있는 문상객들을 지나 박유진의 사진 앞에 섰다. 학생증 사진을 확대한 것 같다, 명찰까지 붙어 있었으니까. 학교에서 가져 왔나? 집엔 없었는데. 유진이가 어색하게 웃고 있다.

'오빠 왔어? 고마워. 수학여행 못 가게 되서 미안해, 오빠.'

또 숨을 들이마신 박영준이 물었다.

"너 어쩌다 죽었어?"

유진이는 대답이 없고 박영준이 주위를 둘러보았다. 어머니는 어디 갔지? 박영준이 숨을 길게 내뿜었다, 크게.

"아이구, 왔어?"

두 손을 앞으로 모은 순천댁이 달려왔다. 영안실의 모든 시선이 모였다. 고스톱을 치던 아저씨들도 이쪽을 본다.

"아이구, 이걸 어쩌나."

달려온 순천댁이 박영준의 두 손을 잡더니 눈물을 흘렸다. 그런데 말을 못한다.

"어쩌다 죽었어요?"

박영준의 첫말, 그 목소리를 모두가 들었다. 목이 멘 순천댁이 주춤

108

거렸을 때 다가온 외삼촌 이정수가 말했다.

"글씨, 차에 치였단다."

박영준의 시선을 받은 이정수가 서두르듯 말을 이었다.

"그놈은 지금 경찰서에 잡혀 있단다."

"엄니는요?"

그때 뒷전에 서 있던 애옥이 엄마가 소리치듯 말했다.

"화장실에 계신 것 같은데 안 나와요."

박영준이 숨을 들이켰고 주위는 굳어졌다.

화장실로 달려온 박영준이 문을 열었다. 하나, 둘, 그리고 마지막 문, 잠겼다. 박영준이 문을 주먹으로 두드렸다.

"엄니! 엄니!"

대답이 없다. 박영준이 발길로 문을 찼다.

"우직!"

문이 부서지면서 안으로 열렸다. 그 순간 박영준이 다시 숨을 들이켰다. 어머니가 서 있다. 서서 머리를 숙이고 바닥을 내려다본다. 그런데 어머니가 조금 무릎을 굽히고 있다. 저러고도 서 있을 수가 있네? 그때 박영준은 어머니의 목 뒤에 걸린 흰 줄을 보았다. 나일론 줄, 그 줄이 뒤쪽 물통의 파이프에 매여 있다. 이복남이 목을 매었다. 박영준이 소리쳤다.

"어머니!"

잠시 후에 화장실로 사람들이 쏟아져 들어왔다. 대부분이 외침, 비명을 질러대는 바람에 사람들이 더 모였다. 박영준은 이복남의 다리만 끌어안고 있었기 때문에 사람들이 나서서 끈을 끊고 시신을 밖으로 안고 나갔다. 그동안 부르고 답하고 소리치고 울고불고 소동이 일어나서 현장은 수라장이 되어 있었다. 곧 경찰도 달려왔다. 병원 영안실이라 의사도, 영안실 직원도, 장례업자도 금세 모여들었다.

"아이고, 아이고!"

아까부터 화장실 밖 복도에 주저앉아 발버둥을 치면서 울던 순천댁이 문득 머리를 들었다. 그러고는 말짱한 목소리로 물었다.

"영준이는?"

숨을 10번도 더 들이마시면서 박영준이 정지된 세상을 헤매고 있다. 정지되어 있는 것처럼 보일 뿐이지 실제로는 분주하게 움직이는 세상이다. 다만 박영준은 그 시간을 빨아들여 제 눈에는 느리게 만들어 놓고 그 사이를 움직이는 꼴이다.

영안실은 지하 2, 3층이고 병원 본관은 1층부터 7층까지다. 지금 박영준은 5층의 자료실에 들어와 있다. 온갖 의학 서적들이 진열된 자료실은 텅 비었다. 박영준이 서둘러 책을 꺼내 자료를 찾기 시작했다. '외과' '자살' '교살' '치료법' '치료 자료' '사후 상태', 책을 펼치고 숨을 들이켜면서 읽는 동안 시간이 간다. 배가 고프면 2층 식당으로 내려가 아무것이나 집어먹고 돌아왔다. 책을 보면서 또 하나의 사실을 발견했다.

책장을 넘기기만 해도 사진이 찍힌 것처럼 양쪽 페이지가 머릿속에 입력되었고 그것이 순식간에 해석까지 되는 것이다. 따라서 책 한 권을 모조리 흡수한 시간은 숨 한 번 들이켠 한 호흡밖에 되지 않았다. 책 1백여 권을 독파했을 때 2층 식당을 3번 다녀왔고 머리털과 수염이 다시 2센티쯤 자랐다. 백상만의 차에 갇혀 있었던 때보다 뇌의 활용 속도가 더 빨라진 것 같다.

110

관련 서적을 다 읽고 난 박영준이 충혈된 눈을 들었다. 그러고는 벽쪽에 놓인 컴퓨터로 다가갔다. 컴퓨터는 이제 수만 권, 수십만 권의 자료를 보관한 지식 창고가 되어 있다. 컴퓨터 앞에 앉은 박영준이 이 사이로 말했다.

"엄마, 유진아, 기다려, 내가 살려 낼 테니까."

똑딱, 1초가 움직이는 시간이다. 그 똑딱하는 시간에 인간은 한 발짝, 두 발짝까지를 뗀다. 보폭이 다르지만 대개 그 두 발짝은 1미터 정도, 100센티. 그런데 개미는 그 1미터를 가려고 한 걸음에 2밀리미터짜리 걸음을 5천 보 떼어야 된다. 그렇다면 개미는 인간 시계를 차고 있을까? 똑딱 하면 5천 걸음을 떼는 시계를? 말도 안 돼. 개미는 개미 시간, 개미 시계로 개미 세상을 산다. 개미보다 1천 배 작은 생물은 그에 맞는 시계를 차고, 지금 박영준이 그렇다.

박영준은 시간을 빨아들여 박테리아의 시간 속에서 움직이는 것 같다. 저 위쪽의 순천댁과 외삼촌 이정수가 눈 한 번 깜박하는 시간에 박영준은 한 달을 살고 왔다. 한 달 동안 자란 수염까지 깎고 옷도 의사 탈의실에서 맞는 옷을 고른 다음 샤워실에서 목욕까지 하고 나타났다. 순천댁이 찾을 때다.

"영안실에 있어요."

애옥이 엄마가 알려주었다.

"지금 경찰하고 같이 확인하고 있어요."

그렇다. 박영준은 경찰과 함께 시신을 확인하고 이복남을 영안실 철제 박스에 담은 다음에 밀어 넣었다. 공교롭게도 관에 담겨 박스에 들어가 있는 박유진 박스의 아래쪽이다.

"안됐네."

나이든 경찰이 안쓰러운 표정으로 박영준에게 말했다.

"자네라도 기운을 내야 하네."

그때 다른 경찰이 말했다.

"밖에 기자들이 와 있어, 자네를 취재하려는 거야. 어느새 냄새를 맡았군."

박영준이 입을 열지 않자 의사 하나가 말했다.

"힘들면 저쪽 문으로 나가요. 수술실을 지나면 왼쪽에 밖으로 빠지는 통로가 있어요."

의사 하나는 아까부터 박영준이 입은 옷만 보고 있다. 제 옷하고 바지, 재킷, 티셔츠까지 똑같았기 때문이다.

어머니를 살릴 방법은 없다. 컴퓨터에 저장된 온갖 지식까지 빨아들였고 자메이카 원주민들의 '부활' 의식도 입력했지만 불가능하다. 의학적으로는 이미 사망 선고를 받은 상태, 둘 다. 그동안 유진의 시체도 두 번이나 관 뚜껑을 열고 확인했다. 응급실에 눕혀진 어머니를 살리려고 온갖 심폐 소생술을 시도해보았다. 물론 눈 깜박하는 인간 시간대 안에서 미생물의 시간으로 움직인 때문이다. 목례를 한 박영준이 의사가 알려준 뒷문으로 나왔다.

와중에 소심한 외삼촌 이정수가 얼굴을 찡그리고 있는 것이 보였다. 절반은 돈 때문일 것이다. 장례도 돈이 있어야 치를 수 있다. 식당에서 번 돈으로 그야말로 '하루 벌어서 하루 먹고 살았던' 어머니에게 박영준이 가끔 몇십만 원을 내놓으면 그렇게 고마워했던 그 돈 때문이다.

머리가 조금 모자란 외숙모는 지금 뭐가 뭔지 모를 것이다. 아까부터 떡만 먹고 있는 걸 보니 와중에도 가슴이 미어졌다. 어머니가 외숙모를 떡보라고 놀리던 것이 생각났다.

'어머니까지 돌아가셨으니 떡은 원 없이 드시겠네요.'

박영준이 덧없이 웃었다.

"변호사가 내일 아침에 올 거다."

유치장 밖에서 삼촌 유병진이 말하자 유정일이 이맛살을 찌푸렸다.

"음주도 아니고 CCTV에도 찍혔잖아요, 걔도 신호위반을 한 거라고요. 내가 왜 구속되어야 합니까?"

"얀마, 걔 어머니가 자살했다고 했잖아? 지금 TV에서 난리다."

이맛살을 찌푸린 유병진이 힐끗 입회 경찰에게 시선을 주었다. 경찰은 옆에서 신문만 보고 있다.

"어쨌든 내일 변호사 만나 이야기 들어, 어머니가 자살해서 오빠 하나가 남았는데 빨리 합의를 볼 테니까."

"내일 나갈 수 있는 거죠?"

"힘써볼 테니까 기다려."

"그 어머니가 자살한 것하고 나하고는 관계가 없잖아요."

그때 경찰이 신문에서 시선을 떼고 유정일을 보았다. 그러나 입을 열지는 않았다. 오후 10시 반, 익산경찰서 유치장 안이다. 특별 면회여서 면회실 안은 경찰까지 셋뿐이다. 테이블에 유정일이 좋아하는 떡볶이와 통닭, 순대에다 마실 것까지 쌓여 있다.

경찰서장이 직접 연락을 해서 특별 면회를 하고 있다. 유정일의 아버지 유춘상이 군산의 갑부인 때문이다. 군산의 '제일양조' 사장인 유춘상은 주류 회사와 10여 채의 빌딩을 소유한 전라도 재벌에 속한다.

대를 이은 갑부 집안인 것이다. 유정일은 유춘상의 차남으로 25세, 미국에서 4년간 유학 생활을 하다가 작년에 귀국했다.

"아이씨, 재수가 없으려니까."

통닭을 집어 들면서 유정일이 투덜거렸다.

그 말을 면회실 밖 쇠창살 옆, CCTV가 비치지 않는 사각지대에서 숨을 내뿜었던 박영준이 들었다. 누구한테 대고 한 말이겠는가? 죽은 동생 유진이한테 대고 한 말이다. 경찰서에 온 것은 유진이를 친 가해자 얼굴이라도 볼 의도였다. 그래서 이곳까지 숨어왔다가 정체를 드러냈을 때 그 말을 듣게 되었다.

인간의 운명은 우연히 결정이 되는가 보다, 유진이가 유정일의 차에 부딪힌 것도, 박영준이 숨을 내뿜었을 때 저 소리를 들은 것도. 들이켰을 때는 말 자체가 들리지 않는다.

"오늘은 1,600만 원이 조금 넘습니다."

강태기가 핸드폰에 대고 말했다.

"지금 출발시키겠습니다, 회장님."

"알았다."

보고를 받은 고철종과 통화를 끝내자 강태기가 앞에 선 공천수에게 가방을 건네주었다.

"잽싸게 갔다 와."

"예, 형님."

가방을 받아든 공천수가 윤형규, 박만호와 함께 방을 나갔을 때 엇갈려서 오복수가 들어섰다.

114

"다녀왔습니다."

강태기는 시선만 주었고 오복수가 서두르듯 말을 이었다.

"성모병원부터 보고 드릴까요?"

"말해."

"도무지 무슨 말을 하는지 그놈들이 머리가 어떻게 된 것 같습니다."

"야, 나도 머리가 어떻게 된 것 같다."

버럭 소리친 강태기가 오복수를 노려보았다. 방안에는 넷이 더 있다. 간부급인 황길동과 전대영, 서경태다.

"빨랑 말해!"

"예, 뒷좌석에 탄 곽해수는 그냥 차가 수로 안으로 박힌 줄만 알고 있는데 앞쪽에 탔던 김덕구하고 천경만이는 귀신을 보았다는 겁니다."

"뭐? 귀신?"

"예, 어둠 속에서 뭐가 희뜩 나타나서 차 문을 열려고 했다는 겁니다."

"그래서?"

"문이 안 열리니까 어디로 사라졌는데, 그때 차가 바로 도랑으로…."

"아이 씨."

어깨를 부풀린 강태기가 손을 들어 말을 막았다.

"그 미친놈들은 됐고, 저쪽 익산병원."

"박영준이는 제 어머니 시신까지 보고 나갔습니다."

"어디로?"

"기자들이 찾고 있으니까 어디로 숨은 모양입니다."

"그놈이 숨는 건 도사가 됐군."

서경태가 혼잣소리로 말했을 때 핸드폰이 울렸다. 핸드폰을 집어든 강태기가 힐끗 벽시계를 보았다. 이곳은 아지트인 미동의 천지카페 안쪽 사무실이다.

"형님, 접니다."

장산리 사고 화재 현장에 나가 있던 김재철이다. 김재철이 소방차를 바라보며 말을 이었는데 두 눈을 치켜뜨고 있다.

"형님, 큰일 났습니다."

"뭐가?"

"소방관들이 창고 안에서 시신 3구를 발견했습니다. 지금 경찰을 불렀습니다."

"뭐?"

놀란 강태기의 외마디 외침이 수화기를 울렸다.

"시신 3구?"

"예, 그것이 아무래도 상만 형하고…."

"너 지, 지금 어딨어?"

"창고 뒤쪽의 산에 있는데요."

"애들은?"

"형규, 영일이를 데려 왔습니다."

"어, 어떻게 진행되는지 수시로 보고해!"

"예, 형님."

핸드폰을 귀에서 뗀 김재철이 어깨를 늘어뜨렸다.

"시발, 호떡집 불났구먼."

"형, 그렇다면 누가 저렇게 했을까?"

옆에 서 있던 송영일이 묻자 김재철이 입맛을 다셨다.

"내가 아냐? 상만이 형이 여기 왜 왔는지도 모르는데."

116

차로 다가간 공천수가 뒤쪽 문을 열었을 때다. 갑자기 공천수의 몸이 조각상이 된 것처럼 그대로 정지되었다. 이곳은 천지 카페 앞, 그때 다가간 박영준이 손에 든 가방의 지퍼를 열고 안에 든 돈뭉치를 꺼내었다. 비닐봉지에 싼 돈뭉치는 두툼했다. 돈뭉치를 꺼낸 박영준이 안에 벽돌 하나를 대신 넣고는 지퍼를 채웠다. 차분한 동작이다.

그동안 공천수는 물론이고 옆쪽 윤형규, 운전석으로 들어서던 박만호의 몸도 그대로 굳어져 있다. 돈뭉치를 든 박영준이 몸을 돌려 골목으로 들어섰을 때다. 정지했던 모든 것들이 움직였다. 영화 필름을 '일시 정지'로 만들어 놓았다가 해제시킨 것 같다.

"지금 몇 시냐?"

배유성이 전화를 받자마자 유명환이 소리쳤다. 손목시계가 오후 11시 30분을 가리키고 있다. 이곳은 아파트 주차장 앞, 막 아파트 현관으로 들어가려는 참이다.

"선배, 큰일 났습니다."

"또 누가 죽었어?"

익산병원에 가서 박영준의 얼굴을 이번에도 못 보고 지친 김에 집에서 자고 오겠다면서 헤어진 참이었다.

"선배, 장산리 창고에서 불에 탄 시체 3구가 발견되었단 말입니다."

"뭐?"

유명환은 어둠 속에서 제 외침 소리가 비명처럼 느껴졌다. 장산리 창고는 배차장파의 아지트다. 누구란 말인가? 그때 배유성의 말이 이어졌다.

"지금 창고가 전소되었는데 소방관이 발견해서 신고했어요. 차와 함께 불탔는데…"

"내가 갈게."

유명환이 말을 잘랐다. 마누라한테 집에 들어간다고 말 안 한 것이
천만다행이다.

"으앗!"

유치장 당직 진용선 순경이 놀란 외침을 뱉자 복도 밖 의자에 앉아
TV를 보던 오만갑 경사가 이맛살을 찌푸렸다. 좋아하는 연속극 재방을
보고 있던 중이다.

"뭐여?"

"큰, 큰일 났습니다!"

목소리가 다급해서 오만갑이 몸을 일으켰다. 그때 진용선이 달려왔
다. 두 눈을 치켜떴는데 초점이 없다.

"이런 병신."

짜증이 난 오만갑이 철창문을 열었다.

"어디여?"

"4호실."

오만갑이 숨을 들이켰다. 4호실은 VIP 손님이다, 제일양조 청복주 사
장 아들. 청복주는 오만갑이 즐겨 마시는 술이다. 뭐라고 물을 것도 없
다. 여섯 발짝만 떼면 4호실이다. 한숨에 달려간 오만갑의 입에서도 저
절로 외침이 터졌다.

"아앗!"

보라, 청복주 사장 아들 유정일이 목을 매었다. 머리가 축 늘어진 것
이 죽은 지 이미 오래되었다.

118

"1,620만 원입니다, 회장님."

가방과 함께 강태기가 사인한 내역서를 탁자 위에 내려놓은 공천수가 한 걸음 뒤로 물러섰다. 오후 11시 45분, 보통 사람들은 잘 시간이지만 이 세계는 지금이 가장 활발하게 활동하는 시간이다. 미동의 국제건설 회장실 안, 1,620만 원은 대부업체 국제금융의 오늘 수익금이다.

수익금은 적립하는 터라 고철종이 가방을 끌어당겼다. 좌우에는 건설의 전무이며 명목상의 2인자 오경환, 고문 문성홍, 경호실장 채갑근까지 셋이 둘러앉아 있었는데 경직된 분위기다.

고철종은 방금 강태기로부터 장산리 창고에서 시체 3구가 발견되었다는 보고를 받았기 때문이다. 거기에다 성모병원에 세 놈이 들어가 있다. 장산리 창고로 가다가 차가 수로에 빠졌다지만 불길하다.

이런 상황에다 그 병신이며 이번 사건의 발단이 된 박영준의 여동생, 어머니가 차례로 죽은 사건이 일어났다. 뒤숭숭하지 않을 수가 없다. 가방 지퍼를 내린 고철종이 안에 손을 넣고 벽돌 한 장을 꺼냈다. 그러고는 안을 들여다보았지만 비었다.

"이게 뭐냐?"

고철종이 손에 든 벽돌을 이리저리 살펴보며 물었다. '혹시 1,620만 원짜리 금덩이인가' 하는 표정이다. 그것을 본 공천수가 '지금 뭐하는 거야' 하는 표정을 짓는 바람에 방안에 정적이 덮였다. 주위에 앉은 간부들은 입을 다물고 있다.

"이게 뭐냐고?"

다시 고철종이 물었을 때 다가간 공천수가 가방을 벌려 보았다. 비었다.

"글쎄요, 저는…."

"이거 벽돌 맞지?"

"예? 예…."

"이게 왜 여기 들어 있어?"

"예? 저는 잘…."

"돈은 어디 있고?"

"안에 없습니까?"

"니가 봤잖아."

"예."

"돈이 어디 있냐고?"

"저는 잘…."

그때 고철종이 들고 있던 벽돌을 던졌다. 거리가 2미터도 안 되어서 벽돌이 날아가 공천수의 이마를 깨뜨리면서 바가지 깨지는 소리가 났다.

"어? 자살을?"

유명환은 장산리 현장에 도착하자마자 당직 소 형사의 연락을 받았다. 소 형사는 목매달고 죽은 유정일이 박영준 사건하고 연관이 있다고 생각한 것이다. 그리고 피의자라고 해도 경찰서 영창에서 목매달고 죽으면 문제가 된다. 서장이 보직 해임되거나 징계다. 그런데 청복주 사장 아들이라면 옷을 벗게 될 가능성이 많다.

"그 자식 왜 목을 맨 거야?"

차에서 내린 유명환이 짜증스럽게 묻자 소 형사가 차분하게 대답했다.

"글쎄, 그게 미스터리라는 겁니다, 좀 웃겨요."

"뭐가 웃겨?"

"목을 맨 끈 말이죠."

"그래서?"

"서장님 이름이 적혀 있어요."

"그기 무신 개뼉다구 같은 소리여?"

"글쎄 서장님 유도복 끈으로 목을 맨 겁니다. 검정 띠에 이름이 자수로 떡 박혀 있다고요."

"…."

"서장실에 들어가서 훔쳐갔을 리는 없고 서장이 줬을 리도 없는데 말입니다. 그게 왜 거기 있었죠?"

"삼촌, 말씀드릴 것이 있어요."

다가간 박영준이 말하자 놀란 이정수가 일어서다가 비틀거렸다. 붙임성도 없고 아는 사람도 없어서 구석에서 혼자 술을 마시고 있었다. 상주인 박영준이 도깨비처럼 나타났다가 사라졌다가 하는 바람에 꼼짝 못 하고 상주 자리를 지키고 있는 참이었다.

중졸 학력에 땅 한 평 없어서 평생 일용직 노동자로 보낸 이정수다. 좀 덜된 숙모를 만나 냉수 한 그릇 떠놓고 둘이 살게 되었지만 착해서 부부간 사이는 좋았다. 딸 둘을 낳았는데 큰딸은 어려서 잃고 작은딸이 18살, 고등학교 2학년인데 얼굴은 못생겼지만 착하다. 지금 이 딸이 영안실을 다 지휘하고 있다. 어머니의 단 하나밖에 없는 친척, 그것도 배다른 동생이다.

이정수를 안쪽 상주가 쉬는 골방으로 데려갔더니 딸 선옥이가 따라 들어왔다. 선옥이는 가끔 유진이를 보러 왔는데 둘이 친했다. 그래서 선옥의 두 눈이 퉁퉁 부었다. 선옥을 본 박영준이 머리를 끄덕이며 말했다.

"그래, 선옥이 너도 들어."

선옥이 시선만 주었고 이정수는 벽에 기대고 앉아 한숨부터 쉬었다. 그때 박영준이 둘을 번갈아 보면서 말했다.

"삼촌, 저기 어머니, 유진이는 삼례에 있는 공원묘지에 묻어요."

둘은 숨을 죽였고 박영준이 핏발 선 눈으로 둘을 보았다.

"장례식 비용은 3백만 원쯤 들 것 같다네요. 글고 공원묘지에 알아보니까 묘지 비용이 둘 합쳐서 450만 원, 인부 비용까지 합하면 5백만 원쯤 들겠네요. 그래서 예약했어요."

"아이구!"

마침내 이정수가 어깨를 늘어뜨리며 말했다.

"그 돈이 어딨다냐? 내, 내가 쫌 전에 내가 사는 집 쥔한티 부탁혀 봤는디 2백만 원은 융통해준다는디, 그것도 석 달간 3부 이자로…."

"삼촌!"

박영준이 이정수를 부르고 옆쪽에 선 선옥을 보았다.

"선옥아, 너도 잘 들어."

그러고는 박영준이 주머니에서 종이에 싼 돈뭉치를 꺼내 방바닥에 놓았다.

"1,500만 원입니다."

종이를 풀자 5만 원권 뭉치 3개가 드러났다. 숨을 들이켠 둘을 향해 박영준이 말을 이었다.

"이것으로 장지 사고, 장례 치르시고 나머지는 삼촌이 선옥이하고 쓰세요."

박영준이 돈뭉치를 다시 종이에 싸서 선옥이에게 내밀었다.

"선옥아, 네가 똑똑하니까 돈 관리해."

"오빠!"

선옥의 얼굴이 빨개지며 건넨 돈을 받았다.

"잘 간수해."

그러고는 박영준이 일어서자 둘이 동시에 물었다.

"어디 가냐?"

"오빠, 어디 가?"

"제가 없더라도 잘 부탁해요, 삼촌."

박영준이 이정수의 손을 두 손으로 감싸 쥐었다.

"저, 둘이 묻히는 거 못 보겠어요."

"오냐, 오냐."

이정수가 정신없이 박영준의 어깨를 감싸 안았고, 뒤에서 선옥이 돈뭉치를 감싸 안고 흐느껴 울었다.

"말도 안 되는 소리입니다."

경찰서장 배성철이 눈을 부릅뜨고 말했지만 얼굴은 나무토막처럼 굳어 있다. 배성철은 지금 검찰청 앞에서 기자들의 질문을 받고 있다. 그때 기자 하나가 물었다.

"어젯밤에 유정일 씨를 특별 면회시켜 주셨을 때 허리끈이 들어간 것 아닙니까?"

"아닙니다."

배성철의 얼굴은 이제 울상이 되어 있다. 오전 10시 반이다.

그 시간에 익산경찰서 강력4팀의 유명환 경위는 테이블 앞에 앉은 강태기를 지그시 바라보고 있다. 옆쪽 테이블에는 팀장 안호전까지 와 있었는데 그만큼 분위기가 심각하다는 증거다. 이윽고 유명환이 물었다.

"장산리에서 발견된 시신은 곧 DNA가 나오겠지만 전혀 짐작이 안 간단 말이죠?"

"예, 전혀."

강태기가 머리를 저었다.

"도대체 영문을 알 수 없는 일이어서."

"곧 영장 나오면 핸드폰 통화 내역까지 다 떠요."

유명환이 웃음 띤 얼굴로 강태기를 보았다.

"어디 장사 한두 번 하나? 모른다고 버티다가 들통이 나면 덮어쓰게 돼."

유명환이 슬슬 말을 놓았다.

"장산리로 가는 농로에서 차 한 대가 옆쪽 수로에 처박혀서 또 셋이 병원에 들어가 있더구먼. 내 생각에는 창고로 가다가 그 지랄을 한 것인데."

유명환이 눈을 가늘게 떴다.

"지금 병원에 누워 있는 세 놈도 모르는 놈이라고 하지는 않겠지?"

"…."

"글고 거기 천지카페 영업부장인가 하는 놈은 얼굴이 부서지는 중상을 입고 중앙병원에 입원했더군. 의사 이야기는 얼굴에서 벽돌 조각이 나왔다는 거야. 자, 이건 또 무슨 일이지?"

"모릅니다."

124

그때 안호전이 말했다.

"너희들 클났어."

"그 새끼들 큰일 났군."

중앙로파 회장 안국필이 웃음 띤 얼굴로 장시우를 보았다. 서진유통의 회장실 안, 안국필은 방금 장시우로부터 어젯밤 상황을 보고받은 것이다.

"고철종이가 덕이 없어서 그래. 그 새끼는 바닥에서부터 기어올라서 머릿속에 든 것이 제 밥통 빼앗기지 않는다는 것뿐이다."

"오늘 중으로 경찰에 불려갈 것 같습니다."

장시우가 안국필이 좋아할 이야기만 계속했다.

"어젯밤에는 대부업체에서 수금한 돈을 빼앗겼다는 소문도 났습니다."

"뭐? 누가?"

"갖고 가다가 가방을 털렸답니다."

"허, 별꼴 다 보겠네, 얼마나?"

"한 3천 되는 것 같습니다."

"빈대 고철종이가 펄펄 뛰었겠구나."

"그래서 책임자 한 놈을 벽돌로 찍어서 지금 중앙병원 중환자실에 누워 있다고 합니다."

"이 기회에 기반을 굳혀야겠다."

마침내 안국필이 정색하고 말했다.

"평화동 부지 매입 건 이번에 끝내자."

박영준이 한 걸음씩 발을 떼어 도서관의 장서를 보았다. 이곳은 전주의 대학 도서관, 산처럼 쌓인 책들은 각 장르별로 구분되어 있어서 찾기가 편리했다. 며칠 전 어머니와 유진을 구하려고 병원의 책들과 컴퓨터까지 섭렵한 후에 박영준은 깨달았던 것이다.

세상에는 수많은 지식이 있다. 그때는 인체와 회생술에 대해서 알아보았는데 비록 둘은 살리지 못했지만 눈앞이 환해지는 것 같았다.

눈을 크게 뜬 박영준이 서가를 지날 때 옆을 지나던 여학생이 힐끗 시선을 주었다. 눈동자가 검고 눈이 맑은 여학생이다. 그 순간 박영준이 그 여학생의 표정을 머릿속에 떠올렸다. 그리고 여학생의 머릿속 생각을 알고 싶어졌다. 그것을 알 수 있는 방법이 없을까? 멈춰 선 박영준이 수만 권이 쌓인 서가를 둘러보며 머리를 끄덕였다.

"공부하자, 하나씩. 조물주는 내 가족을 떠나보냈지만 나에게 변신(變身) 능력을 주셨다."

대학교 옆에 오피스텔을 하나 얻었다. 전세금으로 거금 5천만 원이 들었지만 전주 대부업체 사무실에 가서 돈뭉치를 들고 나왔다. 5만 원권 뭉치 12개를 빼내왔으니 6천만 원, 그냥 숨 한 번 들이켜고 들어가서 들고 나왔을 뿐이다. 돈뭉치가 없어진 대부업체가 CCTV를 1백 번도 더 보았지만 화면에 빛이 들어간 부분만 있을 뿐 증거가 남지 않았다. 박영준이 그 빛이었다.

공부 일정표를 짰다. 체계적으로 공부하는 것이 중요하다. 그날 밤 병원 자료실에서 유진이와 어머니를 살리려고 책과 자료를 뒤진 경험이 참고가 되었다.

밤에 도서관에 들어가 공부와 수련을 하고 낮에는 그것을 복습하기로 했다. 도서관의 하룻밤은 한 달로 한정했다. 얼마든지 숨을 들이켜면 하룻밤에 다섯 달 기간을 빨아들일 수 있겠지만 그동안의 식사와 몸 관리가 문제다. 그리고 무조건 빨아들여 지식을 머릿속에 넣기만 하면 안 된다. 빨아들인 지식을 운용해 보아야 한다.

그리고 맨 처음에는 나 자신의 능력과 한계부터 점검해야만 한다. 내 변신의 능력은 어디까지인가? 시간을 빨아들이기만 하면 내 노화(老化) 상태는? 다시 원상회복 과정까지를 연구해 놓아야 한다.

계획까지 다 세우고 난 박영준이 삼례의 공원묘지에 묻힌 어머니와 유진의 묘소를 찾아갔다. 둘은 사흘 전에 안장되었고 잘 단장된 묘 앞에는 꽃병에 싱싱한 꽃까지 꽂혀 있다. 선옥이가 놓은 줄 알았더니 수학여행을 다녀온 반 친구들이 다녀갔다. 주변에 수많은 발자국과 뒤쪽에 10여 장의 편지까지 꽂혀 있었기 때문이다.

"유진아!"

편지를 본 박영준의 입에서 처음으로 외침과 함께 울음이 터졌다.

"엄니!"

오후 4시, 공원묘지에 나온 10여 명의 참배객들이 놀라 이쪽을 보았다.

"유진아! 내 동생!"

박영준의 외침이 허공으로 울려 퍼졌다. 눈물이 둑이 터진 것처럼 쏟아졌고 땅바닥에 주저앉은 박영준이 주먹으로 바닥을 내려쳤다.

"엄니! 우리 불쌍한 엄니!"

박영준이 이제는 묘비를 끌어안고 몸부림을 쳤다.

"엄니! 유진아! 내가 어떻게 살아!"

흐느낌이 애절해서 옆쪽의 참배객들도 얼굴을 가리고 운다.

"유진아! 내 불쌍한 동생!"

박영준이 잔디에 덮인 무덤을 보았다.

"수학여행이나 가고 죽지!"

외침 소리가 허공으로 퍼졌다. 그때 박영준이 자리에서 일어섰다. 두 손으로 얼굴을 닦은 박영준이 혼자서 말했다.

"공부해서 만날 거야."

"나는 왜 이렇게 되었는가?"

공부(工夫)의 첫 번째 과제다.

백상만 일당의 습격을 받고 머리를 다친 후에 이렇게 되었다는 것은 안다. 그러면 머리 어느 부분을 어떻게 건드렸기 때문인가? 그 머리 부분은 어떤 역할을 했으며 왜 이렇게 되었는가? 지금은 말짱해져서 상처 흔적도 없어진 상태다. 그 이유, 그리고 내 능력이 어디까지인지도 알아야겠다. 현존(現存)하는 모든 자료를 다 봐야겠다. 이렇게 박영준의 공부가 시작되었다.

대학 도서관 5층의 시설물 창고 안, 불을 환하게 밝힌 창고 안에서 박영준이 책상에 앉아 공부를 하고 있다. 책상 주변에는 수백 권의 책과 자료가 쌓여 있었는데 모두 읽고 머릿속에 저장된 것들이다. 아직 읽지 않은 책 10여 권만 책상 오른쪽에 가지런히 쌓여 있다. 오늘까지 3일째 밤, 오늘 독파한 자료는 무려 서적 2백 권 분량, 머릿속에 입력되었고 이미 들어간 지식들과 혼합되면서 새로운 지식으로 정리되고 있다.

박테리아가 상온에서 저절로 번식하는 것 같다. 지식이라는 정보가 뇌세포 안에 주입된 순간에 핵분열을 일으키듯이 폭발적으로 번식하는 것이다. 손목에 찬 시계는 박영준의 몸과 별개다. 제대로 시간을 알려주고 있다.

시계가 오전 6시 10분을 가리켰을 때 박영준이 머리를 들었다. 깨우쳤다. 사흘 밤, 8백여 권의 책과 컴퓨터 자료를 독파했다. 이 사흘 밤이 인간의 시간으로는 90일, 하룻밤이 한 달의 기간이었다. 엄청나게 활성화된 뇌가 시간이 지날수록 핵분열 속도가 가속되어 보통 인간의 지능으로 해독할 수 있는 능력의 수천 배 이상을 내었다. 책 1권의 독파, 이해의 속도가 인간이 1백 시간이라면 박영준은 1분이다.

알았다!

내 머리는 두 번에 걸쳐 함몰되어 뇌가 파손되었다. 대뇌의 전두엽, 두정엽이 겹치는 부분까지 터졌고 두 부분이 합쳐진 것이다. 뇌가 부서지며 섞였다, 그것도 두 번에 걸쳐서. 전두엽은 인간의 사고, 집중력, 창조력을 생성시키며 두정엽은 감각과 공간 기술을 창조해낸다. 아, 인간의 뇌란 이토록 신비하고 거대하며 무한한 가능성을 갖춘 창조물이었단 말인가?

박영준은 자신의 뇌를 심안(心眼)으로 볼 수 있었다. 수천 대의 컴퓨터를 모아 놓은 것 같은 엄청난 기능이다. 그 기능을 숫자로 표현할 수가 없다. 수천억 개의 세포가 터져 나오고 있는 것이 마치 지구 탄생의 빅뱅(Big Bang) 이론을 뇌 속에서 보는 것 같다. 이것이 내 뇌에서 이루어지는 것이다.

능력은 아직 미지수다, 지금도 변화가 끊임없이 이루어지는 중이니까. 지금 현재까지의 능력은 첫째, 시간 빨아들이는 기능, 이제 한 번 호흡으로 2시간의 정지 상태를 만들 수 있게 되었다. 그 이상은 불필요해서 하룻밤을 5번의 '숨 들이켬'으로 지낸다. 5번 숨 들이켬으로 10시간을 운용하지만 그 10시간의 시간을 빨아들인 박영준에게는 인간의 한 달이 된다. 둘째, 자신의 인체를 연구한 결과 뼈와 근육을 늘리고 변형시킬 수 있게 되었다. 염색체를 변형시켜 피부와 머리칼의 변색도 가능해졌다. 사진에서 본 인물로 그대로 변신이 가능하다. 목소리도 마찬가지다. 셋째, 후두엽을 개선시켜 기록된 모든 무술, 생존법, 전설로만 떠돌던 고대(古代) 기공까지 머릿속에 주입시켰다. 이제 박영준의 몸은 가공할 무기가 되었다.

아직도 남았다. 그러나 박영준은 나흘째 되는 날 오전 말끔하게 씻고 새 옷을 갈아입은 다음 외출한다. 낮시간인 데다 마치지 못한 일이 있기 때문이다. 유진이와 어머니가 죽은 것으로 모든 사건이 일단락되면 안 된다. 그 원인을 제공한 인간들이 거리를 활보하게 할 수는 없다.

1,620만 원에 대한 문제는 아직도 해결책을 찾지 못했다. 고철종과 강태기한테는 그야말로 귀신이 곡할 노릇이었다. 특히 강태기는 그날 이후로 밥이 제대로 넘어가지 않았다. 그렇다고 지금도 얼굴이 부서져 중환자실에 누워 있는 공천수에게 다그칠 수도 없는 노릇이다. 같이 간 윤형규와 박만호를 추궁했지만 아무것도 알아내지 못했다.

"귀신이란 말이냐?"

강태기가 눈을 치켜뜨고 물었다. 오후 1시 반, 강태기의 아지트인 미동 천지카페의 사무실 안이다. 앞에는 윤형규와 박만호가 서 있고 좌우에 서너 명의 부하가 둘러서 있다.

"도대체 어디서 돈이 샜단 말이냐?"

하도 이 말을 되풀이해서 강태기는 말이 끝나기도 전에 진저리를 내는 시늉을 했다. 홧김에 윤형규와 박만호를 수없이 두들겼기 때문에 때리기에도 지쳤다. 그야말로 귀신이 곡할 노릇이다.

"시발, 박영준이 그 새끼가 일 일으키고 나서 회사 일이 제대로 풀리지가 않아."

강태기가 이 사이로 말했을 때다.

"철썩!"

소리와 함께 강태기의 머리가 옆으로 홀떡 젖혀졌다.

귀뺨을 치고 방을 나온 박영준이 계단을 올라가 천지카페의 현관을 나왔다. 그러고는 옆쪽 골목으로 들어서고 나서 길게 숨을 뱉었다. 그동안 모든 생물(生物)은 정지된 상태였다. 심지어 도로를 내달리는 차량도 정지 버튼을 누른 것처럼 움직이지 않았다. 숨을 뱉은 순간 해제 버튼이 눌린 물체들이 움직이기 시작했다.

"아이구!"

그때서야 강태기의 외침이 터졌다. 저절로 터진 외침이다. 그만큼 귀싸대기를 옹골지게 맞았기 때문이다.

"아이구!"

다시 한 번 신음을 뱉은 강태기가 제 뺨을 손바닥으로 덮고는 눈을 부릅떴다.

"뭐야?"

누구야가 아니라 뭐야다. 앞에 섰거나 주위에 모인 부하들이 모두 시야에 들어왔고 아무도 움직이지 않았기 때문이다. 그래서 그들도 강태기가 철썩하는 소리와 함께 머리가 홀떡 젖혀졌고 이어서 "아이구" 하더니 제 뺨을 감싸 안은 것을 보았을 뿐이다. 강태기가 뺨을 감싸 안은 채 천장을 올려다보았다. 멀쩡하다.

"아이구!"

다시 이 사이로 말하던 강태기가 입을 오물거리더니 손바닥에 뭔가를 뱉었다. 그것을 둘러선 부하들이 보았다. 핏덩이에 섞인 누런 이빨, 크다. 그것이 네 개나 되었다. 이빨 네 대가 빠진 것이다.

"아이구!"

그것을 본 강태기가 눈을 치켜떴는데 목소리가 떨렸다.

"내 이빨!"

그러고는 다시 천장을 보았다. 그때 옆에 서 있던 곽준상이 말했다. 말과 입이 빨라서 별명이 촉새다. 만날 '지지배배' 한다고 해서 '지지배'라고도 부른다.

"형, 형님, 뺨에 손자국이….."

그때 모두 강태기의 뺨을 보았다. 뺨은 이미 벌겋게 부풀어 오르는 중이다. 그런데 그 뺨에 손가락 5개 자국이 선명했다. 안중근 의사의 손자국 같다. 물론 네 번째 손가락은 다르다. 눈을 치켜뜬 강태기가 소리쳤다.

"거울!"

하나가 정신없이 달려 나가 대기실에 걸려 있던 대형 거울을 떼어 들고 들어왔다. 강태기가 거울에 비친 제 얼굴을 보았다.

"으악!"

이것도 저절로 터진 비명이다. 뺨은 더 부풀었고 붉은 손자국이 페인트로 칠한 것처럼 선명하게 드러났다.

"귀, 귀신이여!"

강태기가 제 뺨에 손을 대지도 못 하고 소리쳤다. 부하들도 몸을 굳힌 채 숨도 안 쉬고 있다.

그럴 수밖에. 길을 걷는 박영준은 이미 강태기의 얼굴이 어떻게 될 것인지 알고 있다. 예사 귀싸대기가 아닌 것이다. 그것은 1,750년 전 중국 중원의 구방 거사가 개발한 발랑권법 중의 하나인 '오독중산기친찬법'이다. 컴퓨터에서 고대 무술편을 섭렵하다가 그냥 제목만 읽고 머릿속에 담아 놓았더니 몇백만 개의 뇌세포가 그것을 찾아내었다. 그래서 그 권법을 1,750년 만에 익산의 미동 지하실에서 써먹었다. 권법에는 오른쪽 치아가 다 나간다고 했는데 강태기는 어떻게 되었는지 모르겠다.

벨이 울리고 있다. 두 번째다. 마침내 침대에서 일어난 정미나가 치마만 걸치고는 문에 대고 소리쳤다.

"누구야!"

"정미나 씨 계시죠?"

굵고 맑은 목소리, 정미나의 반감(反感)은 순식간에 절반이 사라졌다.

"누구세요?"

다가간 정미나가 이번에는 부드럽게 물었다.

목소리 한 번에 이렇게 반응이 달라지다니, 정미나 자신은 아직 깨닫지 못하고 있다.

"저기, 부탁을 받고 왔는데요."

목소리에 홀린 듯이 정미나는 문을 열었다. 그 순간 정미나는 숨을 들이켰다. 장신의 사내가 서 있다. 정미나가 끔찍하게 좋아하는 홍콩 배우 윤덕화와 피레드 브트를 섞어놓은 것 같은 미남, 넓은 어깨, 거기에다 웃음까지 띠고 있다.

"누, 누구신데요?"

얼굴이 빨개진 정미나가 그것을 의식하자 더 빨개졌다. 얼굴이 빨개진 적이 몇 년 만인가? 10년도 더 된 것 같다. 그런데 이렇게 되다니, 그때 사내가 웃음 띤 얼굴로 말했다.

"역시 예상대로 성품이 착하신 분 같네요."

"네에?"

"얼굴도 고우시고."

"농담하지 마세요."

정미나가 저도 모르게 눈을 흘겼고 몸을 꼬았다. 교태다. 개로 비교하면 수캐 앞에서 꼬리를 흔들면서 엉덩이를 내민 꼴이다. 그때 사내가 말했다.

"저, 박영준이 저한테 정미나 씨 찾아가 뵈라고 해서요. 이걸 전해 주라고 하더군요."

순간 숨을 들이켠 정미나를 향해 사내가 주머니에서 5만 원권 뭉치 2개를 꺼냈다. 1천만 원이다. 사내가 얼이 빠져 있는 정미나의 손에 돈뭉치를 쥐어 주면서 말했다.

"빚 갚는 것이라고 했어요, 나머지는 용돈 쓰시라고."

정미나와 헤어진 박영준이 복도를 걸어 계단을 내려가면서 몸을 바꾸었다. 한 발짝을 내려갔을 때 얼굴이 강병헌과 이정민을 섞은 것처럼 변했다. 이것은 마술이 아니다. 카멜레온은 색이 바뀐다. 그런데 카멜레온보다 1백 배는 더 고등 동물인 인간, 그중에서도 뇌 활동을 수십만 배 늘리고 있는 박영준이다. 주택 현관을 나왔을 때는 이민식과 서주현의 얼굴을 짬뽕한 사내가 되어 있다. 계단을 내려오면서 마음을 정하지 못했기 때문에 10번쯤 다른 인간이 되었던 것이다.

"뭐야? 이빨이 11개나 나갔어?"

버럭 소리친 고철종이 전화기를 고쳐 쥐었다.

"아니, 왜? 어쩌다가?"

"글쎄, 그것이요…."

지금 보고를 하는 것은 황길동이다. 황길동은 현장에 없었기 때문에 듣고 나서 말하고 있다.

"갑자기 맞았답니다, 애들이 6명이나 둘러서 있는 데서 말입니다."

"글쎄, 누구한테? 이 새끼야!"

"그것을 모릅니다."

"뭐라고 하는겨? 이 병신이."

"글쎄, 다 보고 있었는데 갑자기 철썩 소리가 나더니 머리가 한쪽으로 돌아가고…."

"…."

"뺨에 손가락 자국이 그대로 났답니다. 제가 방금 보고 나왔습니다."

"웃기네, 이 병신들이…."

"한쪽 이가 다 나갔습니다. 지금 말도 못 하고 누워 있습니다."

"어디서 자빠진 거 아냐?"

"아니, 그게, 6명이 다 봤다고 해서…."

"술 먹은 거 아니지?"

"아닙니다."

"별 조…."

어깨를 부풀렸던 고철종이 뱉듯이 말했다.

"전화 끊어!"

식당 앞을 지나갈 때 여자 목소리가 들렸다.

"아줌마! 그릇 치워요!"

대답 소리는 들리지 않았다. 그 순간 박영준의 눈에서 눈물이 흘러내렸다. 영화배우 이민식의 얼굴이 운다. 지나던 여자가 힐끗 박영준을 보더니 나중에는 몸을 돌려서까지 뒷모습을 본다. 박영준은 그릇을 치우는 어머니를 떠올렸던 것이다. 대답 소리가 울리지 않아서 더욱 심란했다.

"아니, 자네가."

화들짝 놀란 임 씨가 박영준을 보더니 벌린 입을 다물지 못했다. 오후 5시 반, 박영준은 월세 집 주인 임 씨를 찾아간 것이다. 이곳은 임 씨의 집 앞, 놀란 임 씨가 호흡을 가누고 물었다.

"이, 이 사람아, 난 장지까지 따라 갔었어. 그, 그런데 어디 갔다 지금 오나?"

"아파서 좀 쉬고 있었어요."

"아이고, 그렇구나."

60대 중반의 임 씨는 퇴직 공무원으로 사람이 좋았다. 집에서 안 쓰는 가구도 갖다 주었고 월세가 몇 달 밀려도 아무 말 안 했다. 눈물이 글썽해진 눈으로 박영준을 보던 임 씨가 생각난 것처럼 소매를 끌었다.

"아이구, 내 정신 좀 봐, 안에 들어가자."

"아뇨, 아저씨."

소매를 뺀 박영준이 주머니에서 봉투를 꺼내 내밀었다.

"아저씨, 밀린 월세요."

"아, 아니, 괜찮아."

질색을 한 임 씨가 손을 저었지만 박영준은 임 씨의 주머니에 집어 넣었다.

"글고 내일 오전에 차 가져와서 집 비울게요, 아저씨."

"응? 아니, 어, 어디로 가려고?"

놀란 임 씨의 충혈된 눈이 더 커졌다.

"그냥 여기서 살지 왜…."

"아뇨, 여기선 못 있겠어요. 어머니, 동생 생각이 나서요."

"아이구!"

마침내 임 씨의 눈에서 눈물이 흘러내렸다. 착한 아저씨다. 그때 박영준이 생각난 얼굴로 말했다.

"아저씨, 아주머니 집에 계시죠?"

"응, 그래. 누워 있어."

"영안실에서 잠깐 뵈었는데…."

"그래. 기어코 간다고 해서 내가 업고 갔어."

임 씨 부인 대전 아줌마도 착해서 가끔 유진이를 보면 예뻐해 주었다. 그런데 관절염이 심해서 거의 거동을 못 한다.

"저, 잠깐 아줌마 뵙고 갈게요."

박영준이 이제는 집 안으로 들어가겠다고 한다.

"아니, 이게 뭐야?"

잠이 들어 있던 대전 아줌마가 눈을 뜨고 놀라 물었다. 그때 임 씨가 말했다.

"가만있어. 영준이가 당신 무릎하고 허리 손봐준다네."

"아이고, 놔둬."

아줌마가 말하는 사이 아줌마 무릎 위는 이미 뜨거운 수건으로 덮여 있다.

"조금만 기다리세요, 아줌마."

박영준이 한 손으로 아줌마의 이마를 짚으면서 말했다.

"아저씨는 뜨거운 물 좀 가득 가져오세요."

"어, 그래."

갑자기 관절염을 치료해준다니 미쳤냐고 묻지도 못 하고 그저 하는 대로 잠시 놔두었다가 보낼 요량이다. 제 가족을 잃고 머리가 어떻게 된 것 같다는 생각도 들었지만 표정을 보니 진지했고 눈빛도 맑다. 그래서 임 씨는 제 마누라 치료는 어떻게 되건 간에 박영준이 안쓰러워서 이쪽만 본다. 임 씨가 방을 나가자 박영준이 머리를 짚은 손에 힘을 주었고 아줌마는 곧 잠이 들었다.

뜨거운 물에 수건을 적셔 무릎과 허리를 감싸게 한 후에 박영준이 일어섰다.

"10분만 그렇게 놔두었다가 일어나세요. 그럼 다 나으실 겁니다."

"어, 어."

임 씨는 건성으로 대답했고 누워 있던 아줌마가 눈물이 가득 고인 눈으로 박영준을 보았다.

"아이구, 안쓰러라. 난 괜찮으니까 너나 몸 챙기고, 밥 잘 먹고…."

"안녕히 계세요."

둘에게 머리를 숙여 보인 박영준이 방을 나왔다.

의학 지식을 대량 입력시킨 뇌에서 관절염에 대한 치료법을 개발해 냈다. 그것은 뜨거운 물과 함께 박영준의 몸에서 생성된 염색체가 아줌

138

마의 피부를 통해 배어들어 몸 안에서 폭발을 일으키는 것이다. 세포의 핵폭발이다. 관절염을 일으키는 인자를 순식간에 핵분열로 몰사시킨 후에 건강한 인자로 대체한다.

"내가 왜 이러지?"

아줌마의 첫 반응이다.

"내 다리가, 아니 내 허리."

발로 방바닥을 짚었던 아줌마가 누운 채 몸을 비틀었다.

"아이구, 허리가 안 아파."

"응?"

임 씨가 옆에 앉아서 눈만 껌벅였다.

"아니, 이게."

아줌마가 이제는 팔로 방바닥을 짚더니 일어나 앉았다. 임 씨가 외침을 뱉었다.

"어, 어, 앉았네?"

혼자 일어나 앉는 것은 5년 만에 처음이다.

"아이구머니!"

제가 해놓고서 제가 놀랐다.

"나 일어나볼래."

놀란 김에 아줌마가 두 발을 딛고 휘청거리다가 섰다.

"아이구, 하나님!"

아줌마의 외침이 터졌다.

도서관으로 돌아와 시설물 창고 안에서 박영준이 생각에 잠겨 있다.

그러나 뇌는 맹렬하게 빅뱅을 거듭하는 중이다. 그렇다. 머릿속의 우주가 수없이 빅뱅(Big Bang)을 거듭하고 있다. 터지고 또 터진다. 수천억의 뇌세포가 다시 수천억 개로 터지면서 핵분열을 한다. 그 중심에 박영준이 서 있다.

"엄니!"

박영준이 불렀다.

"유진아!"

박영준의 눈앞에 유진의 얼굴이 떠올랐다.

"난 세상을 바꿀 거야."

창고 안에서 박영준의 목소리가 울렸다.

"그럼 사례금으로 5억을 내놓지요."

안국필이 은근한 표정으로 전수동을 보았다. 오후 8시 반, 모현동의 룸살롱 '아진'에서 둘은 밀담을 나누고 있다. 전수동은 시의회 의장 겸 토지개발위원장이기도 하다. 건설업자에게는 하느님 같은 존재다. 더구나 정관계에 막강한 영향력을 갖추고 있다. 안국필은 전수동을 대부(代父)로 모시고 있지만 전수동은 안국필을 룸살롱 지배인쯤으로 취급하고 있다. 전수동이 두터운 눈시울을 들고 안국필을 보았다.

"어이, 안 회장."

"예, 위원장님."

앉은 채로 두 손을 모은 안국필에게 전수동이 주름진 얼굴을 펴고 웃었다.

"내가 거지인가?"

"예?"

"자넨 깡패 두목에서 한 걸음도 벗어나지 못했어. 지금 세상에 주먹 갖고 안 되는 거 알지?"

"예, 위원장님."

얼굴이 하얗게 굳어졌지만 안국필이 고분고분 대답했다. 작년, 그리고 3년 전에 안국필이 구속될 뻔한 것을 구해준 것이 전수동이다. 전수동이 소파에 등을 붙였다.

"그 5억, 갖다가 애들 껌 값으로 주게."

"죄송합니다."

안국필의 이마와 콧등에 땀방울이 돋아났다.

처음에 진주클럽으로 쳐들어 와서 박영준을 팬 것이 중앙로파의 윤진갑과 오갑기다. 둘이 근무하는 곳이 바로 이곳 룸살롱 아진인 것이다. 둘을 만나러 왔던 박영준이 방안 화장실 안에서 안국필과 전수동의 이야기를 듣는다. 안국필은 그야말로 뱀 앞의 쥐새끼다.

변기 뚜껑 위에 앉은 박영준이 천천히 머리를 끄덕였다. 앞으로 할 일의 윤곽이 조금씩 잡히고 있다. 세상이 참 넓구나. 악인(惡人)을 벌하려면 내가 대악질(大惡質)이 될 수밖에 없다.

3장 새 조직

"옵니다."

현관으로 뛰어 들어온 유팔수가 조남기에게 헐떡이며 말했다.

"김 소장하고 같이 옵니다."

"얀마, 진정혀! 이 새꺄!"

낮게 소리친 조남기가 어깨를 폈다. 이게 성사되면 회장이 금일봉을 내줄지도 모른다. 아니 시내 클럽 하나를 맡겨줄 가능성이 있다.

그때 현관으로 김 소장하고 사내 하나가 들어섰다. 그런데 젊은 놈이다. 큰 키, 멀끔한 얼굴, 30대 중반쯤 되었나? 조남기가 소리 죽여 숨을 뱉었다. 조금 실망했기 때문이다. 저런 놈이 과연 1억 3천이란 거금을 낼까? 이런 좁은 익산 바닥에, 더구나 이곳은 익산 변두리인 데다 주택가가 1백 미터도 안 되어서 1년 반 전에 신장개업한 후에 주인이 3번이나 바뀌었다.

업소 전세도 2억에서 1억 8천, 1억 5천, 지금은 1억 3천으로 내려갔다. 그런데도 석 달 동안 누구 하나 구경하러 오지도 않았다. 이것이 모현동의 룸살롱 '유진'의 내력이다.

"여기 계시구먼."

'승리부동산' 김석길은 48세, 김 소장이라 불리지만 조남기하고 호형호제 사이다. 전과 5범, 물론 부동산 자격증은 없고 남의 자격증으로 대신 영업을 한다.

"이 사장님이 여길 보시자고 해서요."

둘이 있을 때는 형님, 동생 하다가 쌍욕도 하는 사이지만 김석길이 점잔을 빼었다. 그동안 온갖 거짓말을 다했을 것이다. 사기꾼은 일단 잡는 데는 도사다.

"인사하시죠, 여기 사장님이십니다."

김석길이 조남기를 소개했다.

"잘나가는 사장님이시죠."

그때 사내가 웃음 띤 얼굴로 머리를 숙였다.

"이복남입니다."

이복남은 어머니 이름이다. 박영준은 어머니 이름을 내놓기로 했다. 얼굴이 달라져서 박영준이라고 해도 동명이인인 줄 알겠지만 주의를 끌 필요는 없다. 이곳 모현동의 룸살롱 유진은 중앙로파가 투자한 업소인데 실패작이었다. 시작하자마자 주민들의 항의에 시달렸고 근처에 들어설 예정이던 상가가 도시계획이 바뀌는 바람에 보류되어 지금까지 공터가 되어 있다. 유진을 기획했던 중앙로파 회장 안국필의 보좌역 황남수가 질책을 받고 지금은 은퇴 상태다.

박영준이 유진을 고른 것은 우연이다. 돌아다니다가 매물로 나온 유진이란 이름이 눈에 띈 것이다. 죽은 여동생의 이름을 따지는 않았겠지만 우연이다. 그렇다면 나는 어머니의 이름으로 시작한다.

"1억 3천에서 100원도 깎을 수 없어요. 대신 집기와 그릇, 가구 일체는 거저 드리지."

어깨를 부풀린 조남기가 말했다. 32세, 중앙로파 경력 9년, 그동안 교도소에서 4년을 살았기 때문에 5년 일한 셈이다. 박영준이 잠자코 있었더니 덧붙였다.

"아가씨 7명이 남았는데 그것도…."

박영준의 시선을 받은 조남기가 말을 이었다.

"종업원이 영업부장까지 넷이오. 걔들 쓴다면 빌려 드리지."

"…."

"말이 별로 없으신 분이네."

조남기가 눈을 가늘게 뜨고 박영준을 보았다. 조금 기분이 상한 표정이다. 지금 박영준은 30대 중반쯤의 전우성을 닮은 사내가 되어 있다. 큰 키, 넓은 어깨, 반짝이는 눈, 제법 위엄까지 풍겼기 때문에 조남기가 함부로는 못 한다. 그때 옆에서 김석길이 거들었다.

"계약하시면 당장 내일부터라도 영업을 시작할 수 있지요."

그때 박영준이 주머니에서 핸드폰을 꺼내 쥐었다.

그로부터 2시간 후인 오후 4시경에 중앙로파 회장 안국필이 조남기의 전화를 받는다. 보통 때는 직통 연락은 못 하지만 지금은 비상사태다. 경호실장 채갑근의 허락을 받고 직통전화를 한 것이다.

"회장님, 1억 3천에서 한 푼도 안 깎고 계약 끝냈습니다."

조남기의 목소리는 들떠 있다.

"어, 그래?"

의자에 등을 붙인 안국필이 앞에 앉은 채갑근을 향해 웃어보였다.

이미 보고를 받은 것이다. 그때 조남기가 말을 이었다.

"더구나 영업부장 천동기를 포함한 종업원 넷까지 그대로 일하도록 했습니다, 회장님."

"잘했다."

안국필이 웃음 띤 목소리로 말했다.

"네가 수고했다."

통화를 끝낸 안국필이 채갑근을 보았다.

"어디 놈이야?"

유진 인수자를 묻는 것이다.

"외지인 같습니다."

채갑근이 말을 이었다.

"주민증이 목포로 되어 있어요."

"목포?"

"예, 조직하고는 상관이 없는 인물입니다."

"뭣하던 놈인데?"

"부동산업자 이야기에 의하면 슈퍼를 물려받았다가 처분하고 익산으로 왔다는군요."

"그쪽이 개발이 안 됐지만 터지면 명당자리인데."

"2년 계약이니까요."

"변호사 끼고 공증까지 받았다면서?"

"예, 그자가 계약은 확실하게 했습니다."

"어쨌든 잘됐다."

아픈 이가 빠진 느낌이 든 안국필이 머리를 끄덕였다. 공돈 1억 3천이 생긴 것 같다.

"천둥기라고 합니다."

사내가 인사를 했지만 입만 달싹이고 있다. 머리도 숙이지 않고 시선을 똑바로 준다. 유진의 대기실 안, 오후 5시 반, 영업이 시작될 시간이지만 가게는 썰렁하다.

박영준이 대기실 안쪽 의자에 앉아 천둥기를 보았다. 170 정도의 키, 그러나 다부진 몸이다. 20대 후반, 눈동자가 흔들리지 않는다. 지금 박영준은 유진의 새 사장으로 종업원 면접을 보는 중이다. 박영준이 물었다.

"너 몇 살이냐?"

박영준이 묻자 천둥기가 숨을 들이켰다. 어깨가 뒤로 젖혀졌고 작은 눈이 더 가늘어 졌다. 4각형 얼굴, 거친 피부, 두꺼운 입술이 꾹 닫혀 있다. 박영준의 얼굴에 쓴웃음이 번졌다. 지난 일들이 스쳐 지나갔기 때문이다.

꿈을 꾼 것 같다. 어머니, 유진이가 죽은 지 15일밖에 지나지 않았다. 나는 15일 동안 다른 인간이 되었다. 박영준이 웃음 띤 얼굴로 다시 물었다.

"대답 안 할래?"

"왜 물으쇼?"

천둥기가 어깨를 부풀리며 되물었을 때다. 박영준이 머리를 끄덕이며 말했다.

"됐어."

"뭐가 됐다는 거요?"

이제 천둥기가 시비를 걸었다. 박영준이 사장인 줄 뻔히 알면서도 시비를 건 것이다. 네가 사장이지만 이 가게는 중앙로파의 영역이며 우리가 지배하고 있다는 시위다. 그때 박영준이 말했다.

"나가서 일해."

"일은 내가 알아서 할 것이고"

어깨를 부풀린 천동기의 목소리가 커졌다.

"가게의 경리도 나한테 맡기쇼."

"그러지."

기가 팍 죽은 시늉을 하고 박영준이 머리를 끄덕였다.

"또 할 말 있냐?"

"영업이 안 되더라도 나하고 동생들 월급은 받아야겠소. 난 월급이 500, 경리하고 동생 셋은 200씩이오."

"알았어."

천동기의 가슴이 개구리가 숨을 들이켠 것처럼 빵빵해졌다. 그러더니 말했다.

"또 있소."

"뭐냐?"

"나한테 활동비로 월 500씩 주시오."

"그러지."

그 순간 천동기의 개구리 배가 슬슬 꺼지면서 눈이 다시 가늘어졌다.

"정말이오?"

"뭐가?"

"거시기, 활동비 말이오."

"응."

"500이라고 했소."

"응."

"준다는 말이오?"

"응."

이제 개구리 가슴이 다 꺼진 천동기가 눈도 깜박이지 않고 박영준을 보았다.

"영업이 안 돼도 준다는 말이오?"

"응."

"좀 미친놈 같은디."

대기실에서 나온 천동기가 부하 셋을 주차장 사무실로 데려가서 말했다.

"분명히 제 정신이 아녀."

"형님, 뭔디요?"

영문을 알 수 없는 부하 하나가 물었지만 천동기는 대답하지 않았다. 대기실의 대화를 다 이야기했다가 성사가 안 되었을 때는 자신이 미친놈 대접을 받을 것이기 때문이다. 그러니 안 하는 게 낫다.

"어머나!"

문을 연 정미나가 눈을 크게 뜨고 웃었다. 이게 누군가? 꿈에 그리던 사내, 바로 박영준의 심부름을 왔던 사내 아닌가? 그때 사내가 빙그레 웃었고 그것을 본 정미나의 다리 사이가 뜨거워졌다.

'내가 왜 이래?' 놀란 정미나의 얼굴이 붉어졌다. 오줌을 지린 것이다. 오후 6시 반, 정미나는 막 진주클럽으로 출근하려던 참이다.

"웬일이세요?"

148

정미나가 겨우 그렇게 물었을 때 사내가 바짝 다가와 섰다. 사내한 테서 정미나가 가장 좋아하는 '가리불' 향수 냄새가 났다.

"정미나 씨, 내가 가게 하나를 인수했는데 거기 마담이 돼 주시죠."

사내가 정색하고 말을 이었다.

"영업이 안 되더라도 월 1천씩 드리겠습니다."

"어유, 여길 인수했어요?"

정미나가 현관 앞에 서서 물었다. 오후 7시, 택시를 타고 온 정미나 와 박영준이 유진 앞에 서 있다. 정미나가 박영준을 보았다.

"얼마에 인수했는데요?"

"1억 3천."

"아유 미쳐."

정미나가 발을 굴렀다.

"여긴 나도 소문을 들었다고요."

그때 천동기가 밖으로 나왔다. 천동기의 시선이 정미나의 위아래를 훑었다. 불량한 시선이다. 손에는 열쇠 꾸러미를 쥐고 있다.

"뉘셔?"

천동기가 정미나에게 물었다.

"누구예요?"

천동기에게는 대답을 않고 정미나가 박영준에게 물었다.

"여기 영업부장인데…."

박영준이 웃음 띤 얼굴로 말했을 때다.

"내가 물었잖여?"

천동기가 눈을 부릅뜨고 정미나를 노려본 순간이다. '잖여?' 하고 입이 조금 벌어졌을 때 숨을 들이켠 박영준이 천동기에게 다가가 열쇠 꾸러미를 손에서 빼앗고는 그것을 입안에 처넣었다. 입이 덜 벌어져서 두 손으로 입을 벌리고 열쇠 뭉치를 입안에 넣은 다음 손으로 목구멍까지 밀어 넣고는 뒤로 물러나 정미나 옆에 섰다.

박영준에게는 여러 가지 동작이 계속된 작업이었는데 그동안 정미나와 당사자인 천동기는 움직이지 않았다. 돌아온 박영준이 숨을 뱉었다.

"어욱!"

천동기가 목을 움켜쥐고 사지를 비틀었다. 놀란 정미나가 눈을 크게 떴고 천동기는 이제 땅바닥에 주저앉아 두 손으로 목을 비틀었다.

"어어억!"

목소리가 나오는 걸 보면 숨은 쉬는 것 같다.

"왜 저래요?"

놀란 정미나가 물었을 때 박영준이 현관으로 앞장서 들어서면서 말했다.

"지병이 있는가 보지, 들어갑시다."

"뭐라구? 진주클럽?"

서진유통 기획실 팀장 장시우가 조남기에게 물었다. 오후 8시 반, 장시우는 영등동 사무실에서 조남기의 전화를 받고 있다.

"진주클럽에 나가던 애를 마담으로 앉혔단 말이지?"

"예, 그랬답니다."

조남기는 유진을 전세로 넘긴 대공(大功)을 세웠다. 그런 데다 부하들을 유진에 그대로 박아 놓은 터라 연속 안타다. 조남기가 말을 이었다.

"정미나라고 하는데 나이도 30 가깝게 되고 별로입니다, 단골도 없고요."

"그런데 그년을 마담으로 데려왔어?"

"예, 진주클럽에 마에킹(선금)이 없는가 봅니다."

"재주는 좋네. 어떻게 알았지?"

"그거야 상관없는데 그런데…."

입맛을 다신 조남기가 말을 이었다.

"천동기, 그 병신이 갑자기 제 열쇠 뭉치를 삼켜서 병원에 갔습니다."

"그게 무슨 말여?"

"아, 쥐고 있던 열쇠 뭉치를 먹었답니다."

"뭐?"

"아, 글쎄, 잘 모르겠습니다. 목구멍에 열쇠 뭉치가 걸려서 수술을 해야 된다니까요."

"거, 별 미친놈이 다 있네."

"어쨌든 유진이 오늘부터 영업을 시작합니다, 그대로요."

조남기가 보고를 마치고는 제가 먼저 전화를 끊었다.

"복남 씨, 돈 많아요?"

대기실에 둘이 앉았을 때 정미나가 물었다. 유진을 구석구석 다 살펴보고 탈의실에 모여 있는 아가씨 셋까지 만나보고 온 참이다. 박영준이 웃음 띤 얼굴로 머리를 끄덕였다.

"좀 있어요."

"아이구, 복남 씨는 사장이니까 나한테 반말 좀 해요."

"예, 아니 응, 그러지."

그때 정미나가 길게 숨을 뱉었다.

"이왕 유진을 인수했다니까 할 수 없지만 내가 알았다면 말렸을 텐데."

"이 가게를 키울 방법이 없겠어?"

박영준이 얼굴을 굳히면서 물었다.

"미나 씨한테 여기 관리를 맡길 테니까 말이야."

"돈이 들어요, 이런 곳에는 두 배쯤. 다른 곳을 인수했다면 덜 들었을 텐데."

정미나가 다시 숨을 뱉었다.

"근데 영준이하고는 어떻게 돼요?"

"그건 나중에 말해줄게."

"문제는 아가씨예요. 아가씨만 예쁘면 대전에서, 목포에서도 원정을 오니까요."

"그건 나도 알아."

"아가씨를 끌어오면 돼, 근데 돈이 든다니까. 최소한 다섯 명은 있어야 하는데 수준급으로."

"끌어와 봐."

"그것들은 제 단골들이 있으니까 손님들을 끌고 오죠, 홍보도 되고."

"말해. 얼마나 들어?"

"마에킹으로 1인당 3천 정도. 에휴, 이 가게 인수대금보다 더 나가겠네."

"그럼 다섯이면 1억 5천이네."

"에휴, 적게 먹고 적게 쌉시다."

"내가 줄게, 지금 당장에 시작해."

박영준이 눈으로 정미나 뒤쪽을 가리켰다.

"뒤에 있는 비닐가방에 5천 들었어. 우선 그것 가지고 가, 나머지는 금방 줄 테니까."

가게를 정미나에게 맡긴 박영준이 도서관으로 돌아왔다. 도서관은 밤에 박영준이 거처하는 숙소 역할이다. 책상에 앉은 박영준이 먼저 주위를 둘러보았다. 벽 쪽에는 통조림이 가득 쌓였고 생수병과 음료수도 가득하다. 이곳에서 보낸 인간 시간은 5년쯤 될 것이다. 실제 시간은 한 달 정도였지만 빨아들인 시간이 그렇다.

그 5년 동안 도서관의 전문 서적은 대부분 독파했다. 그와 연결된 자료도 컴퓨터에서 찾아내 모두 뇌 속에 저장시켰다. 뇌 속에 저장된 지식은 모두 핵분열을 일으키는 것처럼 스스로 반응하여 지식 범위를 확장하고 있다. 지금도 뇌 속에서 진행 중인 것이다. 인간의 뇌는 얼마나 경이로운가?

머리를 든 박영준이 벽에 붙여진 거울을 보았다. 변형시킨 이복남이 거울에 비춰졌다. 잘생긴 얼굴, 육중한 체격, 검은 눈동자가 거울을 응시하고 있다. 병신 박영준은 이제 사라졌다.

"박영준이 월세 집 짐을 컨테이너에 넣어서 창고에 보관시켰더군요."

배유성이 술잔을 들면서 말했다.

"1년간 보관료도 냈습니다."

오후 10시 반, 배유성과 유명환은 경찰서 앞 순댓국밥집에서 소주를 마시고 있다. 배유성이 말을 이었다.

"근데 말입니다, 이상한 말을 들었어요."

153

유명환의 시선을 받은 배유성이 말을 이었다.

"이웃집 여자한테서 들었는데 박영준이가 주인집 여자 관절염을 낫게 해주고 갔다네요. 주인 여자가 5년 동안 일어나지도 못 했는데 박영준이가 찜질을 해줬더니 지금은 펄펄 뛰어다닌답니다."

"젠장."

술잔을 든 유명환이 투덜거렸다.

"세상이 시끄러우니까 별놈의 유언비어가 다 떠도는군. 이젠 누가 하늘을 날아다닌다는 소문이 나겠다, 그 누구처럼."

"스파이더맨요?"

"스파이더인지 스파이인지 난 안 봤다."

"그나저나 박영준이가 어디로 갔을까요? 그 자식 생각하면 좀 짠합니다."

눈을 가늘게 떴던 배유성이 한 모금에 소주를 삼켰다.

"동생 수학여행비를 두 번이나 빌려서 내줬는데 말입니다, 그것 참."

이제는 유명환도 대꾸하지 않는다.

어머니, 유진이를 되살릴 수는 없다. 책상에 앉아 머릿속을 정돈하면서 박영준이 생각한다. 내 능력은 지금도 쉬지 않고 향상되는 중이다. 박영준이 거울에 비친 제 얼굴을 보았다. 수염이, 머리털이 자랐다. 또 60일을 빨아들였다. 현존하는 기록, 문명의 모든 이기(利器)를 머릿속에 주입시킨 것이다. 당장은 필요 없는 지식이라 할지라도 탐구열은 갈수록 맹렬해진다. 그리고 그것을 다 흡수하고도 핵분열을 일으켜 저장시키는 뇌의 용량이란 마치 머릿속에 우주가 들어 있는 것 같다. 박영준이 자리에서 일어섰다. 오전 6시다.

"이런 때 한몫 잡아야 돼."

얼굴을 굳힌 고철종이 창밖을 내다보며 말했다. 오전 10시, 창밖의 도로는 소음으로 뒤덮였다. 데모대다. 깃발을 들고 꽹과리를 치면서 수천 명이 함성을 지른다.

반(反)정부, 반(反)재벌을 외친다. 경찰은 보이지 않는다. 고철종이 웃음 띤 얼굴로 앞에 선 강태기와 윤덕규를 번갈아 보았다.

"곧 전쟁이 일어난다는 소문이 있대. 그래서 그런지 공직자 놈들이 서로 이권을 차지하려고 날뛰고 있단 말이다."

"중앙로파 안 회장이 평화동 부지를 매입할 것이라고 합니다."

강태기가 말하자 고철종이 쓴웃음을 지었다.

"뒤숭숭한 때 먼저 먹는 놈이 임자지. 그 땅 매입만 해놓으면 두 배 장사는 되니까."

"전수동 의원이 안 회장한테 약속을 했다는데요, 불하해주겠다고 말입니다."

"헛소리."

고철종이 머리를 저었다.

"안국필이가 5억을 선금으로 내겠다고 했다가 거절당했어."

눈을 가늘게 뜬 고철종이 말을 이었다.

"그 정보를 누가 가져왔는지 아냐? 전수동의 비서란 말이다. 그건 나한테 얼마 낼 것이냐고 묻는 거다, 경쟁을 시키는 거지."

고철종이 입술을 비틀고 웃었다. 데모대 소음이 더 커졌다. 이번에는 경찰 진압대와 부딪치는 모양이다.

얼굴이나 체형까지 변신은 가능하지만 몸이 사라지게 할 수는 없다.

숨을 들이켜 시간을 '빨아들이'는 기능은 특별하다. 뇌의 외부 작용에 의한 것이었기 때문이다. 외부 충격을 두 번이나 받는 바람에 시간을 정지시켰다. 그러나 나머지 뇌 내부의 지적 기능은 얼마든지 조작이 가능하다. 예를 들어 박영준에게 대장암 제거 수술을 맡기면 수십 년 경력의 전문의 못지않게 해낼 수 있는 것이다. 비행기 조종도 가능하다. 한 번도 타보지 않았지만 스키를 타고 쾌속 질주를 할 수도 있다. 뇌에 습득한 지식과 운동 신경이 연결되었기 때문이다.

박영준이 '아진'에 들어섰을 때는 오후 8시 반, 영업이 시작된 지 얼마 안 되었을 때다.

"어떻게 오셨지요?"

현관 안에서 종업원이 물었는데 손님 같지가 않았기 때문이다. 룸살롱에 손님이 혼자 오는 경우는 거의 없다.

"아, 윤진갑 씨를 만나러 왔는데."

박영준이 웃음 띤 얼굴로 종업원을 보았다.

"방으로 들어가면 안 되나?"

"혼자 오셨나요?"

"혼자는 안 돼?"

"안 될 건 없지요. 근데 지배인께는 누구라고 말씀드릴까요?"

"아, 돈 받을 것이 있는 사람이라고만 하면 알아."

그러자 종업원이 눈을 치켜떠 보이더니 몸을 돌렸다. 술 마신다고 했는데도 방으로 안내하지 않았다. 잠시 후에 나타난 윤진갑이 박영준을 위아래로 훑어보며 물었다. 이맛살이 찌푸려져 있다.

"너야? 나한테 돈 받을 게 있다고 헛소리 한 놈이?"

"응, 나야."

박영준이 머리를 끄덕이며 웃었다.

"어디 조용한 데 가서 이야기 좀 할까?"

"안마, 여기서 해."

다가선 윤진갑이 박영준을 노려보았다. 윤진갑은 중앙로파에서 알아주는 주먹으로 항상 선발대 노릇을 했다. 그만큼 몸이 빠르고 실전 능력이 뛰어났기 때문이다.

25세, 아진의 영업부장 겸 중앙로파의 행동대 격인 기획실 팀원이다. 그때 박영준이 윤진갑에게 한 걸음 다가가 섰다.

"지금부터 이 땅에 새 질서가 세워진다."

"뭐라고?"

윤진갑이 눈을 치켜뜨고 되물었을 때다. 박영준이 손바닥으로 윤진갑의 뺨을 가볍게 토닥거렸다. 툭, 툭, 두 번을 토닥거린 순간 열이 북받친 윤진갑이 박영준의 어깨를 움켜쥐었다. 그리고는 특기인 박치기가 들어왔다. 잡고 박는 순간이 빨라서 그야말로 전광석화다.

주위에 둘러서 있던 종업원 대여섯 명은 처음부터 둘을 주시하고 있었는데 그 박치기가 들어간 순간 일제히 숨을 들이켰다. 다음 장면을 예상했기 때문일 것이다. 다음 순간이다.

"뻑!"

뭔가 부서지는 소리가 들리더니 윤진갑이 나무토막처럼 앞으로 반듯하게 넘어졌다.

"앗!"

누군가 눈이 빠른 종업원 하나가 외마디 외침을 뱉었다. 통나무처럼 넘어지는 윤진갑의 얼굴이 뒤로 돌아가 있는 것이다. 가슴은 앞으로 넘어지는데 얼굴이 뒤쪽으로 돌려져서 눕는 것 같다.

"쿵!"

로비 바닥에 윤진갑이 얼굴을 하늘로 향한 채 엎어졌다. 그 순간 박영준이 발을 떼어 현관으로 나왔는데 다섯 발짝을 떼는 동안 아무도 잡지 않았다. 걸음이 빠르지 않았는데도 그렇다.

"아아앗!"

그때 뒤쪽에서 여럿의 외침이 울렸다.

"살인입니다."

배유성이 전화기를 내려놓고 말했다. 그는 방금 112의 비상 연락망으로 보고를 받은 것이다.

"아진에서 윤진갑이 어떤 놈한테 목뼈가 부러져서 죽었답니다."

"뭐어?"

놀란 유명환이 의자에서 벌떡 상반신을 일으켜 세웠다.

"윤진갑이가?"

"예, 언놈이 딱 잡고 목뼈를 부러뜨리는 장면이 CCTV에 그대로 찍혔답니다."

"누구야?"

"그게, 처음 보는 놈인데요."

배유성이 쓴웃음을 지었다.

"CCTV 앞에서 얼굴이 그대로 나오도록 하고 머리를 비틀어서 죽인 겁니다, 모자란 놈 같기도 해요."

"윤진갑이가?"

술잔을 내려놓은 안국필이 이맛살을 찌푸렸다. 하급 간부지만 윤진

158

갑은 자주 써먹던 행동대였다. 안국필이 앞에 선 장시우를 보았다.

"목뼈가 부러졌어?"

"예, CCTV에 찍혔는데 그놈 사진을 경찰이 가져갔습니다."

"누구야?"

"배차장파는 아닙니다."

"그놈들이 CCTV 앞에서 그럴 리가 있냐?"

안국필이 버럭 소리쳤다. 방안에는 서진유통의 바지사장 유건철이 앉아 있었는데 외면하고 있다. 어깨를 부풀린 안국필이 말을 이었다.

"그 새끼들이 해결사를 시켰을 수도 있지 않겠어?"

"예, 회장님."

장시우가 손바닥으로 뒷머리를 쓸었다.

"저희들도 조사해보겠습니다."

장시우가 방을 나가자 안국필이 투덜거렸다.

"이 새끼들이 지금이 어떤 때라고 띨띨하게 놀고 있어? 병신 같은 놈들이."

박영준이 가게로 돌아왔을 때는 10시 반이다. 현관 앞에 서 있던 고갑수가 우물쭈물하더니 외면했다. 사장을 보고도 인사를 않고 외면한 것이다. 쓴웃음을 지은 박영준이 고갑수를 불렀다.

"너 대기실로 들어와."

"왜요?"

눈을 가늘게 뜬 고갑수가 박영준을 보았다. 현관 앞에는 둘뿐이다.

"왜라니? 사장이 부르는데 왜야?"

"글쎄, 왜 부르는 거요?"

"너 내 말 안 들을 거냐?"

"반말허지 마쇼."

박영준의 얼굴에 쓴웃음이 번졌다. 모두 지금은 열쇠 꾸러미를 삼키고 병원에 가 있는 천동기가 시켰기 때문이다. 가게에 남은 중앙로파 똘마니는 둘, 고갑수와 장용만이다. 장용만은 지금 홀 당번이고 고갑수는 바깥 당번인데 손님이 없으니 빈둥거린다. 박영준이 다가가 고갑수의 어깨에 손을 얹었다.

"너 몇 살이냐?"

"그건 왜 묻는디?"

이젠 반말이다. 그 순간 박영준이 어깨에 올려놓은 손으로 귀빰을 쳤다.

"철썩!"

소리와 함께 박영준이 발을 걸어 뒤로 넘어뜨렸다. 저절로 손발이 움직인 것이다.

"꿍!"

소리와 함께 뒤로 넘어진 고갑수가 얼굴이 시뻘겋게 되더니 일어섰지만 다시 박영준의 발에 걸려 넘어졌다.

"어라?"

이제는 악을 쓰듯이 외친 고갑수가 다시 일어섰다가 박영준이 발 한쪽만 움직여 또 넘어뜨렸다.

"어이구!"

이제는 옆으로 넘어진 고갑수가 다시 일어섰을 때 박영준의 발길이 날아가 등을 찍었다.

"컥!"

고갑수의 입에서 외마디 외침이 터지더니 현관 앞에 납작 엎드렸다. 그러더니 신음을 뱉는다.

"어이구!"

"일어나."

다시 박영준의 발길이 날아가 옆구리를 찍었다.

"아이구, 아악!"

이제는 비명이 터졌고 서둘러 일어났던 고갑수가 다시 발길에 차여 홀떡 넘어졌다. 공중에서 360도 회전하면서 넘어진 것이다.

"쿵!"

등을 부딪쳐 넘어진 고갑수가 신음을 뱉었을 때 박영준이 다가갔다.

"어이구, 잘못했습니다!"

그러나 다시 박영준의 발길이 날아가 옆구리를 찼다.

"으악!"

현관 앞은 비었고 인적도 없다. 고갑수의 비명이 울렸지만 아무도 보지 않는다.

"으아악!"

다시 발길에 차인 고갑수가 걸레처럼 흐트러진 모습으로 비명을 질렀다.

"살려주십시오!"

그러나 또 차였다.

"아이구, 어머니!"

고갑수가 이제는 엎어져서 흐느껴 울었다. 그러다가 옆구리를 차여 다시 울부짖는다.

"으아악!"

그때 밖의 소음을 듣고 안에서 장용만과 종업원 하나가 뛰어나왔다. 박영준이 엎어진 고갑수 옆에 서서 그들에게 말했다.

"얘가 넘어졌다, 119 불러."

고갑수는 22세, 천동기의 심복으로 악질이다. 중앙로파에 들어온 지는 1년 반, 천동기가 죽으라면 죽는 시늉을 할 정도로 열성적인 성격이었는데 이번에 충성을 바치다가 본보기가 되었다.

"뭐? 누가?"

오후 11시, 이맛살을 찌푸린 장시우가 핸드폰을 귀에 붙였다. 그때 조남기가 말했다.

"그, 천동기 직속으로 유진 영업 담당하던 놈입니다, 고갑수라고."

"그놈이 병원에 갔다고?"

"예, 현관 앞에서 넘어졌다는데 머리를 다쳤는지 인사불성입니다."

"머리를?"

"그런 것 같습니다."

"거기 어떻게 된 거야? 천동기부터."

"글쎄…."

"귀신 씐 거 아니냐?"

"어쨌든 잘 넘겼지요 뭐."

"그럼 거긴 누가 남았나?"

"똘마니 하나 남았습니다."

"이거 요즘 왜 이래? 윤진갑이부터 말이야…."

"외상은 없어요."

162

의사가 배유성에게 말했다.

"현관 앞에서 넘어졌다니까 재수없는 거죠."

응급실 의사가 몸을 돌렸으므로 배유성이 입맛을 다셨다. 유진의 종업원들에게 귀신이 붙은 것 같다.

"여기 있던 가방 어디 있어?"

대일금융 오만수 전무가 책상 위를 가리키며 소리쳤다. 오후 3시 반, 오만수가 은행으로 갈 시간이다. 모두 눈만 껌벅거렸고 오만수의 목소리가 높아졌다.

"내가 조금 전에 여기 놨잖아?"

그렇다. 오늘 결산을 끝낸 현금과 자기앞 수표 12억 6천만 원, 사무실에 있던 직원 모두가 그 현금이 담긴 가방을 본 것이다. 다급해진 오만수가 영업부장 김진철에게 물었다.

"어떻게 된 거야?"

"예? 뭐가요?"

"가방 말이야, 이 자식아."

홧김에 오만수가 욕을 했지만 김진철도 40대 후반에다 대일금융의 간부다. 얼굴이 붉어졌다.

"아니, 왜 저한테 그러십니까? 가방은 전무님이 챙기셨잖습니까?"

"근데 금방 가방을 책상 위에 놓고 재킷을 입고 왔더니….."

"그걸 제가 어떻게 압니까?"

"아니, 이런, 도대체….."

오만수가 다시 책상 밑을 보았고 직원들이 쓰레기통 뒤까지 살폈지만 보이지 않았다.

데모대가 길을 막아서 운전사가 투덜거렸다. 택시는 데모대 때문에 두 번이나 우회했는데 또 막힌 것이다. 다시 우회하면서 운전사가 투덜 거렸다.

"이러다가 큰일 날 것 같아요."

운전사가 힐끗 백미러로 박영준을 보았다.

"아저씨는 어떻게 생각하쇼?"

"뭘 말입니까?"

가방에 한쪽 팔을 얹은 박영준이 운전사를 보았다. 운전사는 지금 데모대를 어떻게 생각하느냐고 물은 것이다. 운전사가 박영준의 눈치 를 보더니 한숨을 뱉었다.

"우리 같은 서민만 죽어나는 거요, 장사가 돼야지."

박영준은 대꾸하지 않았다. 부패한 독재정권과 맞서는 데모대의 싸 움은 점점 격렬해졌다. 그 틈을 이용해서 탐관오리, 정치인, 권력자들 은 온갖 수단과 방법을 가리지 않고 축제를 한다. 이 상황에서 죽어가 는 건 서민뿐이다. 이윽고 택시가 시민체육관 앞에 멈춰 섰다. 오후 4시 다. 박영준이 가방을 들고 택시에서 내렸다. 방금 대일금융 사무실에서 갖고 온 돈 가방이다.

"이복남 사장이십니까?"

다가선 배유성이 박영준을 보았다. 오후 6시 반, 배유성은 유진 대기 실에서 기다리고 있다가 박영준을 만난 것이다. 배유성이 기다리고 있 다는 것은 정미나가 알려주었기 때문에 박영준은 놀라지 않았다. 인사 를 마치고 앉았을 때 배유성이 지그시 이복남을 보았다.

"목포에서 오셨더군요."

"예."

"그런데 여긴 어떻게 오시게 된 겁니까?"

"그냥요."

박영준이 웃음 띤 얼굴로 마주보았다.

"우연히 그렇게 되었습니다, 왜요?"

"장사도 안 되는 가게를 인수하신 것이 좀 안돼 보여서요."

배유성의 얼굴에 웃음이 떠올랐다.

"더구나 가게 인수하자마자 종업원들이 사고가 났지 않습니까?"

"그러니까 말입니다."

"그런데 오늘 와보니까 장사가 제법 되는데요? 이쁜 아가씨들도 많고."

"한잔하고 가시죠."

"아닙니다, 오늘은 공무로 온 것이라서요."

손을 저어 보인 배유성이 탁자 위에 명함을 놓았다.

"뭐, 일이 있으면 연락하세요, 내가 이쪽 담당이니까요."

배유성을 배웅하고 돌아왔을 때 정미나가 다가왔다.

"사장님, 잘 끝났어요?"

배유성과의 만남을 묻는 것이다. 가게 안은 떠들썩했다. 정미나는 선금 3천씩을 주고 잘나가는 아가씨 다섯을 데려왔다. 사흘 전부터 일을 시작했는데 오늘은 방 8개 중에서 4개가 찼다. 유진 룸살롱이 생긴 이후에 최고 기록을 세운 셈이다.

박영준이 방금 창고에서 가져온 가방을 들어 정미나 앞에 놓았다.

"이거 보관해놓고 운영비로 써."

"뭔데요?"

"현금으로 3억 들었어."

숨을 들이켠 정미나가 가방을 노려보았다.

"돈 너무 쓰는 거 아녜요? 난 아직도 2천쯤 남았는데.

"여유 있게 써."

"투자금 다 뽑을지 아직 자신 없다고요."

"못 뽑아도 돼."

"이럴수록 내 책임이 무거워져요."

어깨를 늘어뜨렸던 정미나가 가방을 들어 제 옆에 놓더니 지그시 시선을 주었다.

"날 왜 그렇게 믿어요?"

"영준이한테서 들었어, 가장 급한 때 두 번이나 부탁 들어줬다고."

"영준이 참 안됐어요."

"…"

"지금 어디 있을까요?"

"모르지."

외면한 박영준이 말을 이었다.

"다신 익산에 안 온다고 했으니까."

"혹시 딴 생각한 건 아니겠죠?"

정미나의 시선을 받은 박영준이 머리를 저었다.

"그런 일은 안 할 거야."

"불쌍해요, 어디 가서 잘 지내야 할 텐데."

"잘 지낼 거야."

박영준이 몸을 일으켰을 때 정미나가 잡으려는 시늉을 했다.

"잠깐만요."

"왜?"

"상미 어때요?"

"어떻다니?"

되물었던 박영준이 숨을 들이켰다. 유상미는 이번에 정미나가 데려온 다섯 에이스 중 하나로 서구적인 미모에 상냥한 성품이다. 24세, 대졸, 경력 2년에 뒤도 깨끗하다. 뒤가 깨끗하다는 말은 남자를 달고 있지 않다는 뜻이다. 그때 정미나가 말했다.

"오늘 저녁에 데리고 가요, 뒤가 없는 에이스는 사장이 뒤를 받쳐줘야 해요, 본인도 그걸 바라고요."

머리를 든 박영준이 정미나를 보았다. 그러고는 머리를 끄덕였다.

"오늘 일 끝나고 내가 정 마담 집으로 갈게."

"네? 무슨 말이에요?"

"내가 정 마담 뒤가 되겠다고."

몸을 돌린 박영준이 방을 나왔다.

"나라가 엉망일 때 한몫 챙겨야 돼."

집 안인데도 목소리를 낮춘 전수동이 말을 이었다.

"나라가 언제 망할지도 모르는 상황이야. 지금 이놈 저놈 모두 한탕 해먹으려고 눈이 빨개져 있다고."

"이러다가 진짜 데모대가 나라 뒤집어버리면 어떻게 하죠?"

미간을 좁힌 와이프가 묻자 전수동이 입맛부터 다셨다.

"그러니까 미리 준비를 하자는 거야. 현금은 모두 외국 은행으로 옮기고 부동산은 정리해야 돼."

"부동산 가격이 뚝뚝 떨어지고 있어요."

"똥값이 되기 전에 팔아야 돼."

"아이구, 아까워서 어쩌나."

"아끼다가 진짜 똥 된다고, 이 사람아."

"어떻게 해서 시의원이 되었는데, 그리고 시의회 의장 되려고 우리가 얼마나 고생했어?"

"그래서 좀 모았잖아."

길게 숨을 뱉은 전수동이 말을 이었다.

"데모가 점점 심해지고 정권이 뒤집힐 것 같아, 길어야 반년이야."

눈을 뜬 고갑수가 숨을 들이켰다. 눈앞에 사장이 서 있었기 때문이다. 의식을 잃었다가 깨어난 것은 만 하루 만이었는데 지금은 6인실로 옮겨와 있다. 가족은 정읍에 아버지하고 형이 비닐하우스 농사를 짓고 있었지만 연락을 할 처지가 아니다. 의절한 지 5년이 넘었기 때문이다. 그래서 6인실로 내려온 후에 장용만이 한 번 왔다갔을 뿐이다. 시선이 마주치자 사장이 말했다.

"닷새면 퇴원한다고 하더군, 내일부턴 걸을 수 있고."

고갑수는 어금니를 물었다. 22살 평생 그렇게 맞아본 적은 처음이다. 손 한 번 못 쓰고 정신없이 맞은 것이다. 그러다 보니까 덜컥 겁이 났다. 그렇게 겁이 난 적도 처음이다. 한 번 겁이 나니까 걷잡을 수가 없었다. 공포감, 죽음에 대한 공포감이 아니다. 다음번의 발길질에 대한 공포감이 지금도 생생하다. 그래서 누구한테 말도 못 하고 있었던 것이다. 모두 넘어져서 의식을 잃은 것으로 알고 있는데 사장한테 맞았다고 하기도 멋쩍고 창피하기도 했다. 그때 박영준이 말을 이었다.

"병원 앞 식당에 네 특식비 냈으니까 퇴원할 때까지 특식이 배달 될 거다."

고갑수는 숨만 쉬었다.

"네 입원비도 내가 낼 테니까, 그리고."

박영준이 주머니에서 봉투를 꺼내 고갑수 베개 밑에 넣었다.

"안에 200만 원 들었다, 병원에서도 뭐 살 거 있으면 사라."

몸을 돌리던 박영준이 고갑수를 보았다.

"퇴원하면 가게 출근해. 다른 놈들 믿을 거 없다, 나 믿고 살면 돼."

벨이 울린 순간 정미나는 깜짝 놀라 몸을 일으켰다. 이제나저제나 하면서 기다렸는데도 막상 벨이 울리니까 더 놀랬다.

오전 3시 반, 가게에서 2시에 일을 끝내고 서둘러 집에 돌아온 것이다. 문을 열자 밖에 서 있던 이복남이 잠자코 들어섰다. 만날 들어오는 사람 같다. 어색해진 정미나가 옆으로 비켜서면서 물었다.

"어디 갔다 왔어요?"

"아, 고갑수 병원에 잠깐 들렀다가."

이복남이 재킷을 벗어 정미나에게 넘겨주면서 말을 이었다.

"한 바퀴 돌고 왔어."

정미나가 재킷을 받아들고 웃었다.

"우리 몇 년 같이 산 사이 같네."

"그러게."

이복남이 따라 웃었다.

다음 날 아침, 눈을 뜬 정미나가 옆에 누워 있는 이복남을 보았다. 이복남은 눈을 감고 있는 것이 잠이 든 것 같다. 벽시계가 오전 8시 반을

169

가리키고 있다. 창밖은 환했지만 이 시간대는 정미나에게 깊은 밤이나 같다. 더구나 이복남과 격렬하고도 황홀한 정사를 나누고 잠이 든 지 세 시간도 안 되었다. 정미나가 이복남의 알몸 가슴에 얼굴을 붙이고는 만족한 숨을 뱉었다. 다시 자려는 것이다.

길게 숨을 뱉은 정미나가 다시 고른 숨소리를 내며 잠이 들었을 때는 5분쯤이 지난 후였다. 박영준이 상반신을 일으켜 정미나를 내려다보았다. 정미나는 유진 룸살롱의 사장 이복남과 섹스를 한 것이다. 박영준은 정미나의 머릿속 어디에도 없다. 침대에서 나온 박영준이 옷을 입고는 정미나의 집을 나왔다. 이것으로 정미나의 신분은 확실해졌다. 유상미 뒤를 받쳐주라고 한 말은 자신의 뒤가 없다는 말이나 같았던 것이다.

"유진이 장사가 잘된다고?"

강태기가 오복수에게 물었다.

"예, 에이스를 다섯이나 데리고 왔어요."

시선을 내린 오복수가 말을 이었다.

"유진 인수한 놈 자금이 많다고 소문이 났습니다."

"거기 조남기가 맡았었잖아? 그 자식 배 아파 하겠구먼."

"그땐 어쩔 수 없었지요, 지원해주지도 않았으니까요."

둘은 설렁탕집에서 해장국을 먹는 중이다. 한 모금 국물을 삼킨 강태기가 혼잣소리로 말했다.

"중앙로 애들이 심란하겠군, 윤진갑이가 피살된 데다 계속해서 사고가 나서."

"예, 열쇠를 삼킨 천동기는 몇 달 더 병원에 있어야 한답니다."

"그 미친놈."

그때 식당 밖이 소란해지더니 데모대 소음이 울렸다.

"독재자는 물러가라!"

"새 세상을 건설하자!"

수저를 내려놓은 강태기가 어깨를 부풀리며 말했다.

"이 기회를 놓치면 안 돼."

자리에서 일어선 고철종이 웃음 띤 얼굴로 전수동을 맞는다.

"어서 오십시오, 위원장님."

"어이구, 내가 좀 늦었어."

전수동이 말했지만 미안한 얼굴이 아니다. 오전 10시 반, 약속 시간 보다 30분이나 늦었다. 자리에 앉은 전수동이 앞에 놓인 생수병을 집었다. 이곳은 국제호텔의 스위트룸 안이다. 고철종이 웃음 띤 얼굴로 전수동을 보았다.

"평화동 부지는 제가 맡지요, 위원장님."

"허, 참."

병째로 한 모금 생수를 삼킨 전수동이 따라 웃었다.

"고 회장하고 안 회장은 개성이 정반대야, 고 회장은 직설적이군."

"제가 가방끈이 짧아서요, 말을 길게 못 해서 그럽니다."

"경험이 중요한 거야, 하지만 나처럼 나이 60이 넘어서도 버벅거리는 인간도 있지."

"15억 드리지요."

고철종이 방안에 둘뿐인데도 목소리를 낮췄다.

"그리고 계약 끝났을 때 15억을 더 드리겠습니다."

"흥, 과연 통이 크군."

"위원장님 체면도 세워 드려야 하지 않겠습니까? 위원장님 혼자서 하시는 일도 아닌데요."

"과연 고생해서 자수성가한 사람은 달라."

전수동의 얼굴에 웃음이 떠올랐다.

"서둘러야 할 거야, 정권이 바뀌면 다시 시작해야 되니까."

"알고 있습니다, 하지만 데모대가 정권을 뒤집을 수 있을까요?"

"그건 모르지."

입맛을 다신 전수동이 길게 숨을 뱉었다.

"나라가 썩긴 썩었어."

그때 고철종이 탁자 밑에 놓았던 가방을 들어 전수동 옆에 놓았다.

"이거 받으시고 영수증이나 한 장 써 주시지요. 물론 시에서 계약 허가서가 나오면 영수증은 찢어 버리겠습니다."

"그러지."

전수동이 정색하고 말을 이었다.

"내일 회의 소집해서 늦어도 다음 월요일까지는 평화동 부지 계약이 될 거네."

평화동의 시유지(市有地) 5천 평을 불하받게 되는 것이다. 조건을 갖춘 입찰 업체가 20여 곳이나 되지만 배차장파, 중앙로파가 명운을 걸고 덤벼드는 바람에 다른 업체들은 거의 포기했다. 그것을 이제 배차장파가 불하받게 된다.

"어, 왔냐?"

박영준이 앞에 선 고갑수를 응시하며 쓴웃음을 지었다. 유진의 대기실 안이다.

"몸은 어떠냐?"

"예, 낫습니다."

고갑수가 외면한 채 무뚝뚝한 목소리로 대답했다.

"괜찮을 거다."

의자에 등을 붙인 박영준이 말을 이었다.

"내가 신경을 건드려서 아프게만 했어, 내상은 입지 않았을 거다."

그때 머리를 든 고갑수가 박영준을 보았다.

"그렇게 맞아본 건 처음입니다."

"그렇겠지."

"아무리 생각해도 이해가 안 갑니다."

"뭐가 말이냐?"

"어떻게 발 하나만 갖고 날 그렇게 할 수 있지요?"

"너 중국영화 안 봤어? 혼자서 100명도 넘어뜨리잖아."

"그건 초등학생도 공갈인지 다 압니다."

"궁금하냐?"

"그거 물어보려고 일찍 왔습니다."

"그래서 온 거냐?"

그랬더니 고갑수는 입을 다물었다. 22세, 입술이 두껍고 무뚝뚝한 인상, 다부진 체격에 합기도 2단 실력으로 열쇠를 삼킨 천동기의 심복 노릇을 해온 고갑수다. 말이 적고 나서는 성격이 아니어서 2년 동안 천동기 그늘에 갇혀 두각을 나타내지 못했는데 그럴 일이 없기도 했다. 그때 박영준이 정색하고 고갑수를 보았다.

"갑수야."

머리를 든 고갑수와 시선이 부딪치자 박영준이 한 마디씩 말했다.

"너 지금부터 내 밑에 있어, 내가 널 끝까지 봐줄 테니까."

오후 4시가 조금 넘었을 때 대기실로 유상미가 들어섰다. 에이스답게 세련된 차림이었고 날씬한 몸매에 차분한 표정이다. 의자에 앉아 있던 박영준의 시선을 받은 유상미가 잠자코 앞쪽에 앉았다.

"웬일이야?"

아직 이른 시간이다. 가게에는 박영준과 고갑수, 주방 아줌마 둘뿐이다.

"주방에다 전화했더니 사장님이 와 계신다고 해서요."

유상미의 목소리는 조금 높고 울림이 크다. 섬세한 용모와 잘 어울렸다.

"무슨 일인데?"

"제 집으로 누가 찾아왔어요."

유상미가 똑바로 박영준을 보았다.

"그래서 어젯밤에도 집에 못 들어가고 친구 집에서 잤어요."

"누군데?"

"전에 있던 가게의 지배인하고 종업원요."

"그 가게가 어딘데?

"전주에 있는 샤론클럽요."

그 순간 박영준이 숨을 들이켰다. 전주의 대성파 소속의 클럽이다. 배차장파, 중앙로파보다 한 수 위의 조직, 박영준은 그쪽 소문만 들었지 접촉해 본 적이 없다. 원체 말단이어서 그럴 기회가 없었기 때문이다.

"왜 찾아 왔는데?"

"제가 옮긴 게 화가 났기 때문이죠."

유상미가 어깨를 늘어뜨리더니 울상을 지었다.

"제가 어제 제 단골한테 여기로 옮겼다고 이야기 했거든요? 은행 지점장으로 점잖으신 분인데 샤론클럽 사람들한테는 이야기하지 말라고 했어요."

"…."

"그런데 그 말이 그쪽에 들어간 것 같아요, 조금 전에 저한테 전화가 왔어요."

"…."

"오늘 여기 찾아오겠대요."

유상미의 목소리가 떨렸다.

"어쩌죠? 제가 정 마담 언니한테 받은 돈 돌려 드리는 것이 낫지 않을까요? 가게가 피해를 보면 안 되잖아요?"

박영준이 웃음 띤 얼굴로 유상미를 보았다.

"너, 내가 뒤를 받쳐줄까?"

저절로 뱉어진 말이다. 그때 유상미의 얼굴이 순식간에 빨개졌다.

"감당하실 수 있어요?"

"내가 못 할 것 같으냐?"

"제가 샤론클럽에서도 왜 스폰서가 없었는지 아세요?"

"말해봐."

"경쟁하는 사람들이 많아서 나서려고 하는 사람들이 없었기 때문이죠."

"모두 겁쟁이인가보다."

"클럽에서 그렇게 경쟁을 붙였으니까요."

"그렇군."

박영준이 있었던 진주클럽에서는 없었던 일이다. 일급 룸살롱에서나 일어나는 일들인 것이다.

"사장님, 저 어떻게 해요?"

다시 유상미가 물었다. 이제 두 눈에 생기가 떠올랐고 아직 얼굴의 홍조는 다 가시지 않았다.

"너 밥 먹었어?"

박영준이 되묻자 유상미가 머리를 저었다.

"아침밥도 못 먹었어요."

"배고프겠다."

"밥 생각도 없었는데 지금은 배고파요."

"그럼 밥 먹으러 가자."

박영준이 자리에서 일어서자 유상미가 주춤거리며 따라 일어섰다. 아직 불안한 기색은 가시지 않았다. 대기실을 나온 박영준이 고갑수에게 말했다.

"갑수야, 나 밥 먹고 올게."

고갑수가 이번에는 머리를 끄덕여 알았다는 시늉을 했다.

유상미는 콩나물국밥을 절반쯤 먹고 수저를 내려놓았다.

"배불러요."

"더 먹지그래."

박영준은 그동안 한 그릇을 다 먹고 유상미가 먹는 것을 쳐다보고 있었다. 여자가 뭘 먹는 것을 보는 것이 이렇게 흥미로운지 몰랐다. 더

176

구나 유상미 같은 미인이 앞에 다소곳이 앉아서 박영준이 사준 국밥을 먹고 있는 것이다.

그러고 보니 자신은 룸살롱 유진의 사장이 되어 있다. 한 달 반 전만 해도 진주클럽의 최말단 종업원이 아니었던가? 배차장파에 들어오게 된 것도 조성용의 죄를 뒤집어 쓴 보상 차원에서 넣어준 것이다. 그러다 보니 잡일만 하고 병신노릇만 하다가 결국 혼자가 되었다. 그때 유상미가 똑바로 박영준을 보았다.

"사장님, 무슨 생각을 하세요?"

"응?"

놀란 박영준이 숨을 들이켰다가 앞에 앉은 유상미가 굳어진 것을 보고는 곧 숨을 내쉬며 웃었다.

"그냥, 네가 예뻐서."

두 달 전의 박영준이라면 이런 말은 내놓지도 못 했다. 꿈도 못 꿨다. 그때는 스물한 살짜리 똘마니여서 클럽 아가씨들 담배 심부름이나 해줬으니까. 그때 유상미가 몸을 비트는 시늉을 하면서 웃었다.

"아유, 사장님도 참."

"왜? 내가 예쁘다고 하니까 이상하냐?"

"아뇨, 좋아요."

오후 5시가 조금 넘었을 뿐이어서 식당 안에는 손님이 그들 둘뿐이다. 유상미가 다시 걱정이 된 얼굴로 박영준을 보았다.

"사장님, 오늘 저녁에 저 어떻게 해요?"

"뭘 어떻게 해? 그냥 가게 나와."

"지배인이 올 건데요? 혼자 오지 않을 거예요."

"오라지 뭐."

177

"지배인이 대성파 간부인 거 아시죠?"

"모르는데?"

"여기 익산의 중앙로파, 배차장파보다 세력이 커요, 사장님."

"넌 어떻게 그렇게 잘 아냐?"

"저도 이 생활 2년이 넘었어요, 전주에만 1년 있었어요."

"그렇구나."

"사장님 뒤에 뭐 없어요?"

"내 뒤에?"

박영준이 머리를 돌려 뒤를 보았다. 빈 테이블과 의자가 놓여 있다.

"아무것도 없는데?"

"아유, 참."

눈을 흘긴 유상미의 얼굴을 본 순간 박영준이 또 숨을 들이킬 뻔했다가 겨우 참았다. 유상미가 다시 물었다.

"사장님, 뒤를 밀어주는 사람들 없냐고요?"

"날 누가 밀어?"

"가게 아가씨들 사이에서는 사장님이 목포 수산시장파에서 보냈다는 소문이 났어요."

"수산시장파?"

박영준은 처음 듣는 '파'다. 그런데 아가씨들이 더 잘 아는 것이다. 하긴 아가씨들은 이쪽저쪽 옮겨 다니면서 경험을 쌓은 터라 별놈의 '파'를 다 알 것이다.

박영준은 익산에서 한 발자국도 밖으로 나가본 적이 없다. 유상미의 시선을 받은 박영준이 빙그레 웃었다.

"그래? 또 다른 소문은 없어?"

178

"수산시장파에서 익산에 기반을 굳히려고 사장님을 보냈다는 소문요."

"또?"

"곧 수산시장파에서 조직원들이 올 거라고도 하더군요."

"소문은 누가 낸 거야?"

"모르겠어요, 아가씨들이 이야기하다가 금방 퍼졌겠죠. 누가 처음 말을 꺼냈는지는 찾기 힘들어요."

"너 오늘 밤은 어디서 잘 거야?"

불쑥 박영준이 묻자 유상미가 다시 눈을 흘겼다.

"저 뒤 봐주신다면서요?"

"그랬지."

"사장님이 재워줘요."

"알았어, 가게에 가서 끝날 때 알려줄게."

"정말 오늘 밤 괜찮겠어요?"

"걱정 마."

유상미의 시선을 받은 박영준이 빙그레 웃었다.

"어, 남기냐?"

조수택이 핸드폰을 고쳐 쥐고 물었다. 그러자 수화구에서 조남기의 목소리가 울렸다.

"아이구, 형이 웬일이쇼?"

"왜? 내가 전화하면 안 되냐?"

"아따, 오랜만이니까 그렇죠."

"너 말 씀벅씀벅 헌다?"

"아이구, 참, 왜 이러십니까?"

"노는 물은 달라도 위아래는 있어야지, 안 그러냐?"

"누가 뭐랍니까?"

조남기도 녹록하지 않다. 둘은 알고 지낸 지가 5년 가깝게 되지만 조직 물을 따지면 조수택이 1년쯤 빠르다. 그리고 '노는 물'을 비교해도 전주 '대성파'가 익산 '중앙로파'보다 조금 큰 것이다. 그때 조수택이 용건을 꺼냈다.

"너 유진 정리했다면서?"

"아따, 소문 빠르네요, 잉?"

"충치 빠진 것 같다고 니가 좋아혔다면서?"

"참 내, 어떤 놈이 그렇게 말혔는지….""

"야, 익산에서 누가 방구 뀐 것도 금방 냄새 맡는다."

"아따, 그것 땜시 축하 전화한 겁니까?"

"아니?"

"그럼 뭔디요?"

"거기 인수헌 놈이 목포 수산시장파라면서?"

"뭐요?"

놀란 듯 조남기가 잠깐 멈칫하는 눈치더니 말을 이었다.

"금시초문인디?"

"문자 쓰지 마, 무식한 놈이."

"말 삼가쇼, 형."

"삼가건 사가건, 너 몰랐어?"

"내가 몰랐다고 혔잖여? 글고….""

열이 났는지 조남기의 목소리가 높아졌다.

"그놈이 수산시장파면 어쩐다고 그러는 거요?"

"글쎄, 너하고 수산시장파하고 거래가 없었단 말이냐? 그것만 확실하게 하자."

"내가 금시초문이라고 했잖여?"

"좋아."

어깨를 부풀린 조수택이 이제는 이 사이로 말했다.

"분명히 너희들은 모른다고 했어, 그렇지?"

"아, 정말."

"좋아, 그럼 우리가 그쪽은 알아서 하지."

그래놓고 조수택이 전화를 끊었다.

"아니, 이 시발놈이 무슨 소리여?"

핸드폰을 귀에서 뗀 조남기가 어깨를 부풀렸다가 곧 다시 통화 버튼을 눌렀다. 기획실장 장시우에게 보고를 하려는 것이다. 곧 연결이 되었고 조남기가 서둘러 보고했다.

"실장님, 유진 인수한 놈이 목포 수산시장파라는디요."

"뭐?"

놀란 장시우가 목소리를 높였다.

"누가 그려?"

"방금 대성파 조수택이한티서 전화가 왔습니다요."

"뭐라고?"

"유진 인수헌 것이 수산시장파라는 걸 아느냐고 묻더만요. 그리서 난 모른다고 헸는디…."

"그 자식이 왜 그걸 묻지?"

"모르겠습니다."

"그 자식이 어떻게 그것을 알았지?"

"글쎄요, 거기까지는⋯."

"야 이 새꺄, 네가 아는 건 뭐여?"

장시우가 버럭 소리를 쳤다.

"그 자식이 왜 너한티 그런 말을 혔는지를 알아야 될 것 아녀! 너허고 친혀서 그런 정보를 준 거냐?"

"그, 그건⋯."

"이런 병신 같은 새끼."

장시우가 이 사이로 말을 이었다.

"자세히 알아보고 다시 연락혀!"

20분 후에 장시우가 중앙로파 회장 안국필에게 보고했다.

"유진 인수한 놈이 수산시장파에서 보낸 놈이랍니다, 회장님."

"수산시장파 최 회장이?"

안국필이 눈을 치켜떴다. 수산시장파 최용규는 전라남도의 3대(大) 조직의 수장(首長)인 것이다. 광주 오성파, 여수 만규파와 함께 전라남도의 패권을 다투고 있다.

전라북도는 전주의 대성파가 그중 전남의 3대 파벌과 견줄 만하지만 약세다. 익산의 중앙로파, 배차장파는 세력이 전남 각 파의 삼분의 일 정도밖에 되지 않는다. 안국필이 앞에 선 장시우를 보았다.

"확실하냐?"

"조남기가 전주 대성파 조수택이한테서 들었답니다."

"조수택이가 그것을 어떻게 알았어?"

"조수택이가 데리고 있던 기집애를 유진에서 데려갔다고 합니다."

"…."

"마에킹 3천을 주고 빼 간 것입니다. 그놈은 에이스 5명을 각각 3천씩 주고 데려왔다고 합니다. 1억 5천을 푼 것입니다."

조금 전 조남기가 창피를 무릅쓰고 조수택에게 다시 전화를 한 것이다. 조수택은 이미 유진에서 에이스 5명을 3천씩 주고 픽업한 것까지 알고 있었다. 안국필의 눈동자에 초점이 멀어졌다.

"그래서 어쩌겠다는 거냐?"

안국필이 갈라진 목소리로 묻자 장시우가 침을 삼키고 나서 대답했다.

"오늘 밤 조수택이가 유진에 간다고 합니다. 애들을 데리고 가는데 우선 에이스였던 아가씨를 도로 빼 온다고 했습니다."

"그래? 그럼 수산시장파 놈이 가만있을까?"

"글쎄요."

"그놈들이 그것까지 대비 안 했을까?"

"그것은 잘…."

안국필이 이맛살을 찌푸렸다. 이제 중앙로파 안방에서 목포 수산사장파와 전주 대성파가 부딪치는 꼴이 되었다. 잘못하면 이쪽은 전쟁터가 되고 쪽은 쪽대로 다 팔린다. 그때 안국필이 말했다.

"오늘 밤 두고 보고 나서 결정하자."

오후 9시쯤 되었을 때 고갑수가 대기실로 들어섰다.

"사장님, 손님이 오셨습니다."

고갑수의 얼굴은 굳어 있다.

"홀에서 기다리고 있는데요."

"누군데?"

"전주 대성파요."

박영준의 시선을 받은 고갑수가 어깨를 늘어뜨렸다.

"넷이 왔습니다, 밖에도 네댓 명이 있는 것 같은디요."

"왜 왔대?"

"말 안 헙니다."

박영준이 자리에서 일어서자 고갑수가 물었다.

"한탕허실 겁니까?"

"왜?"

"저쪽 분위가가 험악혀서요."

"봐서."

웃음 띤 얼굴로 박영준이 홀로 나가자 고갑수가 뒤를 따랐다. 홀로 나간 박영준은 모여 선 사내들을 보았다. 넷, 거기에다 이쪽 종업원 셋이 벽에 붙어 서 있고 룸에 배당 안 된 아가씨들이 셋, 거기에다 정미나까지 서 있다. 정미나가 그들에게 이야기를 하는 중이었다. 박영준이 나타나자 모두의 시선이 모였다.

"무슨 일이야?"

박영준의 목소리가 갑자기 조용해진 홀을 울렸다. 안쪽 복도 좌우의 방에서 노래방 기계의 음악 소리가 울려왔다. 오늘도 손님이 방 5개에 찬 것이다. 장사가 잘된다고 소문이 나면 아가씨들도 제 발로 걸어 들어온다. 그때 정미나를 젖히고 사내 하나가 한 걸음 다가섰다.

"나, 전주에서 왔는데"

첫말에 반말이다. 건장한 체격, 긴 얼굴에 눈이 가늘어서 뱀 대가리

같다. 바로 샤론클럽의 지배인인 조수택이다. 26세, 대성파의 중간간부로 회장의 신임을 받고 있다는 소문이 났다. 조수택이 박영준의 위아래를 훑어보았다.

"당신이 사장이야?"

조수택은 앞에 선 사내에게서 묘한 분위기를 느꼈다. 뭔가 서늘하면서도 가슴이 먹먹해지는 느낌이 드는 것이다. 이런 분위기는 처음 겪는다. 그동안 '맞짱'을 수도 없이 떴고 절박한 순간을 여러 번 겪었지만 이렇게 야릇한 느낌은 처음 받는다.

사내는 20대 중반쯤으로 보였는데 잘생겼다. 185쯤 되는 신장에 체중이 90쯤 되는 것 같다. 긴 팔, 긴 다리, 굵은 눈썹과 콧날, 굳게 다문 입술, 서늘한 눈, 유상미가 저놈의 모습에 홀려서 이쪽으로 옮겨온 것이 아닌가 하는 의문이 들 정도였다. 이놈이 과연 목포 수산시장파에서 파견한 선발대인가? 목포 수산시장파에서 익산을 먹으려고 한 것인가? 익산이 먹히면 전주도 위험한 것이다. 지금 대성파의 윤봉기 회장도 이곳을 주시하고 있다. 자초지종을 보고하지 않을 수가 없었던 것이다. 그리고 조수택은 목포 수산시장파를 맞는 대성파의 선발대 역할이 되었다. 그때 놈이 대답했다.

"너 누군데 나한테 반말해?"

이복남이 되물었는데 웃음 띤 얼굴이다. 전혀 위축되지 않았다. 벽에 붙어 선 정미나가 입 안에 고인 침을 삼켰다. '쌈 일어나겠다' 머릿속에 그 생각이 차 있었지만 나설 엄두가 나지 않았다. 남자들 싸움, 특히 조폭끼리의 싸움이 얼마나 끔찍한지를 실제로 보았기 때문이다. 3년쯤 전에 배차장파와 중앙로파 똘마니들이 죽기 살기로 싸웠던 때다. 돼지를 때려 죽여도 그렇게는 안 할 것이었다. 똘마니들 네댓씩이 엉켜서 싸웠는데 회칼, 야구 배트, 일본도까지 동원되어서 찍고, 베고, 쳤다. 죽은 놈은 없지만 모두 피투성이가 되어서 늘어졌다. 물론 신문에도 안 나고 경찰도 오지 않았다. 양쪽 파에서 은밀히 수습했기 때문이다. 그런데 지금 분위기는 더 살벌하다. 이복남이 슬슬 웃는 것이 더 으스스하다. 저 사람이 과연 목포 수산시장파에서 보낸 선발대인가? 정미나도 오늘 아가씨들한테서 소문을 들은 것이다. 마담 노릇을 하는 바람에 소문이 늦게 들린다.

그때 전주에서 온 샤론 지배인이 눈을 치켜떴다.

"너? 야 이 새꺄, 너 어디서 놀았냐?"

정미나가 숨을 들이켰다. 큰일 났다.

그때 복도에서 유상미가 나왔다. 유상미는 조수택의 목소리를 듣고 몸이 오그라들었다. 아가씨 하나가 복도에 나왔다가 홀에서 싸움 일어났다는 귓속말을 해주어서 나온 것이다. 구경꾼 뒤에 선 유상미는 사장의 눈썹이 치켜 올라가는 것을 보았다.

"너 이름이 뭐야? 뭐하는 놈이야?"

사장의 목소리가 홀을 울렸다.

"나, 대성파 조수택이다."

한 마디씩 뱉듯이 말한 조수택이 재킷을 벗어 던졌다. 그러자 가슴에 찬 회칼이 보였다. 조수택이 회칼을 쓱 빼들더니 웃었다. 손에 쥔 회칼이 섬뜩하게 번들거리고 있다.

"자, 한판 뜨실까? 너도 칼 들어, 수산시장에서 회 좀 떠 봤냐?"

조수택의 목소리가 홀을 울렸다.

186

고갑수가 숨을 들이켰다. 홀에 모인 군중은 이제 20명 가깝게 되었지만 숨소리도 나지 않는다. 모두 조폭들 세상을 아는 남녀인 것이다. 오늘 전주 대성파의 간부이며 샤론클럽의 지배인 조수택이 이곳 유진에 원정을 온 것이다. 그 이유는 샤론의 에이스인 유상미를 빼 갔기 때문이다. 충분히 전쟁의 이유가 된다. 자존심 문제인 것이다.

유상미를 그대로 두면 대성의 이미지는 치명상을 입는다. 개인이라면 모를까 목포 수산시장파에서 빼앗아 간 것이나 마찬가지 아닌가? 20명 가까운 군중 중에서 고갑수만은 기대감을 품고 있다. 사장의 실력을 알기 때문이다. 그놈의 '발'이 귀신처럼 번뜩이면서 처절하게 당했던 기억이 지금도 새롭다.

조수택이 회칼을 빼들자 박영준의 눈빛이 강해졌다. 이제 분위기는 달아올랐다. 예상하고 있었던 장면이다. 조수택의 자세는 완벽했다. 회칼을 쥔 자세도 빈틈이 없다. 박영준은 순간 숨을 들이키지 않기로 마음먹었다.

숨을 들이킨다면 그야말로 눈 깜박하는 사이에 조수택을 처참하게 쓰러뜨릴 수가 있다. 그러나 그 장면은 아무도 보지 못한다. 박영준은 이 장면을 기록에 남기기로 마음먹었다. 모두의 머릿속 기억으로.

그때 조수택은 사장 놈이 한 걸음 다가서는 것을 보았다. 그 순간 홀 안은 숨소리도 들리지 않았다. 사장은 그대로 양복 차림이다. 다만 늘 어뜨렸던 두 손을 조금 올린 자세다. 그때 사장이 말했다.

"난 맨손이다. 자, 붙자."

그때 조수택이 소리쳤다.

"이 새끼, 사정 봐주지 않는다!"

박영준이 한 걸음 더 다가서자 조수택과의 거리는 두 발짝이 되었다. 다시 한 발짝, 거침없이 다가선 순간 조수택의 회칼이 번쩍였다. 거침없이 찌른다. 어깨를 향해 곧장 날아온 회칼을 박영준이 허리를 비틀어 피했다.

이것은 중국무술 18반(班)의 기술, 가장 초보적인 기술이다. 머릿속에 입력된 기술이 그대로 몸을 이완시켜 자동적으로 비틀려졌고 빈틈을 향해 박영준의 주먹이 날아갔다.

"퍽!"

주먹이 조수택의 턱을 쳤고 다음 순간 박영준의 발 한쪽이 들리더니 목을 비스듬히 찼다.

"퍽!"

턱을 맞아 머리가 한쪽으로 돌아갔던 조수택이 박영준의 발길에 목을 정통으로 차이면서 옆으로 넘어졌다. 두 손을 활짝 벌린 채 대리석 바닥에 사지를 뻗으면서 엎어진 것이다.

"쿵!"

얼굴과 가슴이 바닥에 부딪치면서 내는 소리다.

"쨍그렁!"

나중에 회칼이 떨어지면서 쇳소리가 났다. 조수택은 비명도 지르지 못하고 엎어져 기절했다.

"히익."

정미나가 놀라 숨을 들이켰다.

모두 유진의 사장 이복남이 한 발짝 발을 딛고 주먹을 어떻게 뻗었으며 발길은 어떻게 날아가 조수택의 모가지를 찼는가를 똑똑히 보았다. 그 흔한 홍콩 영화에서 1 대 100의 무협 영웅보다 더 힘차고, 정확했으며 실감이 나는 진짜 액션이다. 현장에 조수택의 부하 넷이 있었지만

188

감히 입도 못 열었다.

"뭐? 기절을 했어?"

장시우가 소리쳐 되물었다. 그러자 조남기가 숨 가쁜 목소리로 대답했다.

"예, 개구리가 태질을 당했을 때처럼 사지를 쭉 펴고 달달달 떨었다는데요."

"사지를 쭉 펴고?"

"예. 그러니까 조수택이 회칼로 푹 쑤시니까 그 이복남이가 몸을 비틀면서…."

조남기가 지금 세 번째 설명을 하는 참이어서 처음보다 훨씬 매끄럽게 풀어나갔다. 밤 10시 반, 조남기는 유진에서 아직도 일하고 있는 장용만한테서 보고를 받은 것이다. 고갑수는 병원에서 퇴원하고 다시 유진으로 돌아갔는데 몸이 덜 나았는지 연락도 안 한다. 장시우가 다시 물었다.

"그래서? 지금 그놈 어떻게 된 거냐?"

"예, 조수택이는 익산병원에 도착했다고 합니다."

조남기의 목소리에 활기가 띠어져 있다. 괜히 신바람이 나는 모양이다. 수화구에서 조남기의 말이 이어졌다.

"똘마니들을 10명 가깝게 데려갔는데 조수택이가 당하는 걸 보더니 대드는 놈이 없었다고 합니다."

"그놈, 유진 사장은?"

"예, 가게에 있다고 합니다."

"그놈을 진짜 수산시장파에서 보낸 모양이군."

"그런 것 같습니다."

"그놈 혼자는 분명해?"

"예, 하지만 주변에 있는지도 모르지요."

"그러면"

심호흡을 한 장시우가 말했다.

"네가 그놈을 맡아."

"예?"

"네가 애들 데리고 그놈을 감시하란 말이다, 내가 회장님한테 보고하겠다."

조남기가 입을 다물었고 장시우가 말을 이었다.

"이제 우리 일이야, 이 새끼야. 그놈들이 지금 우리 마당으로 들어왔다고, 이 병신아."

"아이구, 오랜만입니다."

안국필이 깜짝 놀라는 시늉으로 전화를 받았지만 표정은 굳어져 있다. 앞에 선 장시우를 스치고 지나는 시선이 날카롭다. 그때 수화기에서 굵은 사내의 목소리가 울렸다. 전주 대성파의 윤봉기 회장이다.

"안 회장, 잘되시죠?"

"아닙니다, 요즘 데모 때문에 죽겠습니다."

"글쎄, 나도 골치가 아파요."

윤봉기가 입맛 다시는 소리를 냈다. 윤봉기는 45세, 안국필보다 두 살 연상으로 전주 토박이다. 전주에서 대학도 나오고 군대 생활도 전주 근처에서 했다. 고등학교 때부터 대성파에 가입해서 27년간 바닥에서부터 최정상에 오른 입지전적 인물, 지금은 전주와 정읍, 남원 등에 건물을 20여 개나 소유한 거부(巨富)다. 잔인하고 빈틈없는 성격, 조직 관리에 치밀하고 발이 넓다. 전주 출신 정치인이나 고위층 관리는 모두 장악하고 있다. 단점은 인색하다는 것, 부하들한테 짠돌이 노릇을 해서 여러 번 부하들이 돈을 들고튀는 사건이 발생 했다. 그리고 도박, 이것이 치명적이다. 윤봉기는 마카오, 라스베이거스 원정 도박이 들통나서 1년 동안 교도소에서 살고 나왔다. 그것이 2년 전이다. 그런데 지금도 그 버릇을 못 고치고 극비리에 필리핀 원정 도박을 다닌다고 했다. 그때 윤봉기가 말을 이었다.

"거시기, 거기 유 머시긴가 하는 룸살롱말요."

예상했던 대로 윤봉기가 말을 이었다.

"거기 사건 아시져?"

어젯밤 일어난 사건이다. 직접 관계는 없지만 중앙로파의 구역 안인데다 중앙로파가 전세로 임대해준 룸살롱 유진에서 일어난 사건인 것이다. 안국필이 다시 장시우를 흘겨보고 나서 대답했다.

"예, 압니다."

"거기 사장 놈이 수산시장파에서 보낸 놈이라는 거 아셨습니까?"

"아뇨, 전혀."

안국필이 어깨를 부풀렸다가 내렸다.

"내가 알면 가게 내줬겠습니까?"

"나도 그렇게 생각합니다."

"좀 황당헙니다, 수산시장파에서 내 구역 안으로 밀고 들어온 것이 말입니다."

"수산시장 최 회장하고 무슨 일이 있는 건 아니지요?"

"내가 그 양반 얼굴만 압니다, 이야기를 한 적도 없어요."

펄쩍 뛴 안국필의 목소리가 높아졌다.

"해필 익산 변두리로 뚫고 들어오다니, 난 지금도 이해를 못 허겄습니다."

"난 지금 체면이 말이 아니오, 안 회장."

이제 윤봉기의 목소리도 높아져 있다.

"그 자식이 내 애를 패서 아직 깨어나지를 않았단 말이오."

전라도의 2대 조직이 한 방에 걸려든 셈이다.

"김서연이에요."

정미나가 소리치듯 말했다. 박영준이 핸드폰을 고쳐 쥐었을 때 다시 수화기에서 목소리가 울렸다.

"걔가 2년쯤 전에 목포에서 1년간 일했다고 해요. 그때 수산시장파 똘마니들을 알게 되었답니다."

"그래서?"

박영준이 머리를 돌려 침대를 보았다. 오전 9시 반이 넘었지만 유상미는 깊게 잠이 들었다. 침대 아래쪽으로 다리 한쪽을 늘어뜨린 채 고르게 숨을 뱉는다. 정미나가 말을 이었다.

"글쎄 그년이 사장님이 목포에서 오셨다니까 수산시장파에서 왔는지도 모르겠다고 애들한테 했답니다. 그 말을 들은 연숙이, 애자가 퍼뜨렸고요."

"…"

"이제 소문 진원지는 알아냈어요, 사장님."

"…"

"그런데 그 말 맞아요?"

정미나가 묻자 박영준의 얼굴에 쓴웃음이 번졌다. 진원지를 알아냈으면서도 정미나조차 그것을 믿는 것 같다. 그때 박영준의 눈빛이 강해졌다.

"그래, 맞아."

"정, 정말요?"

놀란 정미나가 말을 더듬었다.

"사장님이 목포 수산시장파…."

"그래."

"어쩐지…."

"수고했어."

"지금 어디세요?"

"집이야."

정미나는 집이 어딘지 모른다.

"혼자 계세요?"

"아, 그럼."

박영준의 시선이 다시 침대 쪽을 스치고 지나갔다. 오늘 새벽에 유상미를 먼저 이곳으로 보내고 자신은 나중에 온 것이다. 그러니 정미나는 모른다.

눈을 뜬 유상미는 위쪽에 떠 있는 사장의 얼굴을 보았다. 놀란 유상미가 몸을 일으키려고 상반신을 들었을 때 곧 사장이 어깨를 눌러 도로 눕혔다. 순순히 누웠지만 유상미의 얼굴이 빨개졌다.

어젯밤 혼자 먼저 이곳에 들어왔다가 잠이 들어버렸던 것이다. 새벽 3시쯤 되었기 때문에 눕자마자 지금까지 잤다. 그때 유상미를 내려다

보면서 사장이 말했다.

"오늘은 여기서 푹 쉬어. 가게도 나오지 말고 서울에나 올라가 쇼핑도 하고 이삼 일 쉬었다가 돌아와."

유상미는 사장을 올려다본 채 숨만 쉬었다. 사장 말소리가 꼭 꿈속에서 울리는 것 같다. 침대는 아늑했고 사장의 시선은 따뜻하고 부드러웠다. 그리고 서울 가서 쇼핑이나 하고 놀다가 오라니, 그때 유상미는 사장이 자기를 안아주었으면 좋겠다는 생각을 했다.

그러자 얼굴이 다시 빨개졌고 몸이 근지러워졌다. 다리 사이가 후끈거렸고 발가락이 저절로 꼼지락 거리고 있다.

유상미의 눈을 내려다보는 박영준이 숨을 멈췄다. 놀랐기 때문이다. 유상미의 머릿속 생각이 목소리로 들리고 있다.

"날 안아줬으면 좋겠어."

유상미의 두 눈이 번들거리고 있다. 눈은 마음의 창(窓)이다, 예부터 전해오는 말이다. 이래서 눈으로 마음을 읽을 수가 있었구나. 그때 유상미의 눈이 다시 말했다.

"날 거칠게 다뤄줬으면 좋겠어, 뜨겁게. 내가 왜 이러지? 미칠 것 같아."

그때 박영준이 시선을 떼고는 몸을 일으켰다. 그리고 주머니에서 5만 원권 뭉치를 하나 꺼내 유상미의 가슴 위에 놓았다. 5백만 원이다.

"이것으로 쇼핑도 하고 놀아. 사흘 후에 돌아오도록 해라, 연락 가끔하고."

고갑수가 장용만에게 말했다.

"난 사장 밑에서 일하기로 결심했어."

194

놀란 듯 장용만이 눈만 껌벅였고 고갑수가 말을 이었다.

"너도 어저께 사장이 대성파 조수택이를 어떻게 하는지 보았지?"

"봤어."

장용만이 머리를 절레절레 흔들었다.

"진짜 쎄더만."

"얀마, 넌 몰라서 그려, 더 쎄다."

제가 맞은 이야기를 할 수는 없는 터라 고갑수가 정색하고 말을 이었다.

"어쨌든 난 수산시장파로 간다. 조또, 중앙로는 안녕이다."

"괜찮을까?"

"사장님이 알아서 하겠지."

어깨를 부풀린 고갑수가 장용만을 보았다.

배산 근처의 해장국집 안이다.

"어쩌? 너도 나허고 같이 들어가자."

"어디를?"

"어디긴 어디여? 수산시장파지."

"사장님 밑으로?"

"그려."

"받아줄까?"

"나허고 같이 사장님 만나러 가자."

고갑수가 주머니에서 핸드폰을 꺼내 들었다.

"난 병원에 있을 때 결심했어."

제일 똥줄이 타는 위인이 바로 안국필이다. 세상이 데모와 부정부패,

독재 정치로 어지러운 상황이다. 그 기회를 이용해서 불하받으려던 시유지를 고철종에게 빼앗긴 데다 이제 안방에까지 목포 수산시장파가 침입해 온 것이다.

"회장님, 목포에다 연락을 한번 해 보시는 것이…"

고문 격인 양상선이 조심스럽게 입을 열었다. 현직에서 물러나 슈퍼마켓 사장이 되어 있는 양상선은 어젯밤 유진의 소동을 듣고 달려온 것이다. 43세, 안국필과 동갑이지만 5년 전에 밀려서 은퇴, 고문이 되어 있다.

"내가? 왜?"

눈을 치켜뜬 안국필이 양상선을 노려보았다. 얼굴까지 상기되어 있다.

"내가 그 시발놈한테 사정을 하란 말야? 이곳에다 말뚝 박은 것을 빼달라고?"

"아니, 그게 아니라 무슨 일인지를…"

"무슨 일은 무슨 일."

버럭 소리친 안국필이 들고 있던 담배를 바닥으로 내던졌다. 뒤쪽에 서 있던 장시우가 다가와 불이 붙은 담배를 집어 재떨이에다 비벼 껐다. 서진유통의 회장실 안이다. 방안에 잠깐 무거운 정적이 덮였다. 어깨를 들썩이는 안국필의 거친 숨소리만 이어질 뿐이다. 이윽고 안국필이 다시 입을 열었다.

"당분간은 놔두겠어."

안국필의 시선이 장시우에게로 옮겨졌다.

"유진에 누가 있냐?"

"예, 둘 남았는데…"

장시우가 더듬거렸다.

"똘마니들입니다."

"그놈들하고 연락이 돼?"

"조남기가 했었는데…."

안국필이 길게 심호흡을 했다.

"그럼 조남기한테 그놈들 불러서 감시를 시켜, 모두 다 보고를 시키란 말이다."

"응, 왔냐?"

장용만의 인사를 받은 박영준이 웃음 띤 얼굴로 물었다.

"너 내 밑으로 온다고?"

고갑수가 전화로 이야기한 것이다. 박영준의 시선을 받은 장용만이 긴장했다.

"예, 사장님."

이곳은 중식당 '한양'의 방안이다. 원탁에는 박영준과 고갑수, 장용만까지 셋이 둘러앉아 있다. 오후 1시 반, 방안에 잠깐 정적이 덮였다. 물 잔을 든 박영준이 물끄러미 장용만을 보았다.

'시발, 한 달에 50만 원 받고 이 지랄을 하지는 못 하겠다. 목포 수산시장파로 가면 먹고 살게는 해줄지도 모르지.'

장용만이 박영준의 시선을 받은 채 머릿속 말을 이어갔다.

"내가 중앙로파에 들어온 지 1년하고도 3개월여. 월급 50에 팁을 받아서 살아가라는데 차라리 노가다 뛰는 것이 낫지, 이게 무슨 짓여?"

박영준이 머리를 끄덕이고는 시선을 내렸다. 더 이상 눈을 쳐다볼 필요도 없다.

"우선 점심이나 먹자."

박영준이 벨을 눌러 종업원을 부르면서 말했다.

"그럼 너희들 둘이 내 첫 부하구만."

"예?"

고갑수가 박영준을 보았다.

"사장님 부하 말입니까?"

"여기서 말이다."

종업원이 들어서자 박영준이 말을 맺는다.

"익산에서."

윤봉기가 앞에 선 백근호를 보았다.

"너 나온 지 얼마나 됐지?"

"1년 쯤 못 됐습니다."

검은 얼굴, 째진 눈, 짧은 머리, 어깨는 넓고 팔이 길어서 고릴라를 닮았다. 그러나 하는 짓이 개 같아서 '개고릴라'가 별명이다. 32세, 대성파 경력이 11년이라 이 정도 경력에 실력이면 중간보스 급이 정상인데 지금 '호성나이트'의 주차 관리를 맡고 있다.

나온 지 1년 되었다는 것은 '빵'에 들어갔다가 나온 것을 말한다. 그런데 그 '빵'도 '회사일' 때문에 들어갔다면 나온 후에 승진했을 텐데 술 먹고 강간죄로 들어간 것이다. 지금 백근호의 발목에는 전자발찌가 채워져 있다. 조직 사회에서도 전자발찌는 치명적이다.

어느 조직이건 중간간부까지 올라가지도 못 한다. 윤봉기의 시선이 옆쪽에 앉은 부사장 박명균에게로 옮겨졌다. '전광운수'의 부사장 박명균은 윤봉기의 책사다. 그때 박명균이 백근호에게 말했다.

"너 일할 수 있지?"

"예."

백근호가 대번에 대답했다. 일이란 건 뻔하다. 호출을 받은 순간부터 짐작하고 있었던 것이다. 어젯밤, 익산으로 원정 갔던 조수택이 목포 수산시장파의 선발대장에게 걸려 무참하게 깨졌다는 소문은 이미 퍼진 상태다.

그것도 회칼을 들고 덤볐다가 '2초' 만에 '두 방'을 맞고 기절했다는 것이다. 현장을 목격한 부하들의 입에서 전해진 소문이니 사실이다. 박명균이 다시 물었다.

"소문 들었지?"

"예."

"어때? 할 수 있겠냐?"

"혀야지요."

힐끗 윤봉기에게 시선을 준 박명균이 말을 이었다.

"그놈이 수산시장파 선발대여, 말하자면 수산시장파에서 골라 뽑은 놈이란 말이여."

"그렇겠죠."

"그쪽이 익산 중앙로파 구역이지만 일단 우리가 먼저 존심이 상헌 거다, 무슨 말인지 알겠냐?"

"그럼요."

"그놈을 오늘 밤 조져버려, 오늘 밤 이후로 나타나지 못 허게 맹글란 말이다."

"그려야겠죠."

"수산시장 놈들이 무신 맘을 먹고 중앙로 구역으로 들어갔는지는 모르지만 어젯밤 조수택이가 당헌 것을 우리가 봐줄 수 없어.”

“알겠습니다.”

갑갑한지 머리를 든 백근호가 윤봉기와 박명균을 번갈아 보았다.

“어뜨케 헐까요?”

그때 다시 박명균이 말했다.

“병신을 맹글든지 혀놓고 토껴.”

“예, 형님.”

“여그 활동비 있다.”

박명균이 신문지에 싼 뭉치를 탁자 위로 밀었다.

“3백이다.”

“고맙심다.”

냉큼 뭉치를 받아든 백근호에게 박명균이 다짐하듯 말했다.

“니 주변은 어떻게 수습허는지 알지?”

“아이구, 지가 이런 일 한두 번 헙니까?”

백근호가 이를 드러내고 웃었다.

자장면과 짬뽕 곱빼기로 식사를 마쳤을 때 박영준이 고갑수와 장용만을 번갈아 보았다. 그러더니 먼저 고갑수에게 말했다.

“네가 정 마담하고 같이 유진 내부 살림을 맡아라, 넌 오늘부터 영업부장이다.”

고갑수가 숨만 들이켰을 때 박영준이 말을 이었다.

“그리고 네 아버지하고 형님 고생하는데 오늘 중에 한번 다녀와라.”

박영준이 의자 밑에 놓인 가방을 식탁 위에 놓더니 안에서 5만 원권 뭉치 2개를 꺼내 고갑수에게 내밀었다.

200

"이거 천만 원이다. 네 아버지께 드리고 와, 처음으로 효도 한번 해 봐라."

고갑수가 숨만 들이켰을 때 이번에는 박영준이 장용만을 보았다.

"네 부모님이 임실에서 농사지으시지?"

박영준이 다시 가방에서 5만 원권 뭉치 2개를 꺼내 장용만 앞에 놓았다.

"부모님께 드리고 와."

"사, 사장님…."

장용만이 헛소리처럼 말했을 때 박영준이 말을 이었다.

"너는 관리부장을 맡아. 그리고 앞으로 너희들한테 월 3백씩은 주마."

그러고는 박영준이 자리에서 일어섰다.

"조금 전에 의식은 회복되었습니다."

배유성이 담배를 땅바닥에 버리더니 구둣발로 비벼 껐다. 이곳은 경찰서 구내식당 모퉁이다. 건물 전체가 금연 구역이어서 배유성과 유명환은 담배를 피우려면 이쪽으로 온다. 배유성이 말을 이었다.

"유진 사장이 보통 놈이 아니라니까요? 내 말이 맞았지 않습니까?"

"언제 그랬는데?"

벽에 등을 붙이고 선 유명환이 2개째 담배를 입에 물면서 물었다.

"잘생겼다고만 했던 것 같은데 말 만들고 있어."

"내 말이 그 말이죠, 포스가 풍긴다고 했습니다."

"앞으로 말하고 나서 문서로 남겨."

담배 연기를 길게 내뿜은 유명환이 이맛살을 찌푸렸다.

"목포수산시장파에서 그놈을 보냈다니? 이게 먼 소리여?"

"소문이 쫙 났습니다, 중앙로파뿐만 아니라 전주 대성파에서도 말입니다."

"대성파에서 가만 안 있겠는데?"

"중앙로파는 눈치만 보는 것 같더라고요."

"이거 나라도 시끌시끌한데 이것들이 무슨…."

"시끄러우니까 한몫 챙기려는 것 아닙니까?"

"여기서 무슨 한몫이냐? 챙기려면 서울로 가야지."

허리를 편 유명환이 갑자기 앞으로 뛰어나가는 기동대를 보고 혀를 찼다. 데모 진압하러 가는 것이다.

"아니, 여기 놔둔 가방 어디 있어?"

전수동이 묻자 최인숙이 되물었다.

"무슨 가방?"

"검정색 배낭 말여."

"엇따 두었는디?"

"야, 여그!"

버럭 소리치자 최인숙이 서재로 들어섰다. 잔뜩 찌푸린 표정이다. 오후 3시, 전수동이 잠깐 집에 들렀다가 이 소동이 일어났다.

"난 모르는디? 왜 그려?"

최인숙이 또 묻자 전수동이 책상 밑까지 쳐다보다가 허리를 폈다.

"그거 돈 가방여!"

"돈 가방?"

"15억이 들었어!"

"어메!"

202

눈을 치켜뜬 최인숙이 전수동을 노려보았다.

"근디 왜 나한티 말 안 혔어?"

"아니, 이 가방이 어디 있지?"

전수동이 이제는 커튼 뒤까지 들췄다.

오피스텔로 돌아온 박영준이 생각을 정리했다. 목포 수산시장파는 가게 아가씨가 추측으로 말한 것이 순식간에 소문으로 퍼져 믿게 된 경우다. 그러나 그것이 현 상황에서 이용하기 적당했다. 대성파나 중앙로파가 수산시장파에게 확인을 한다고 해도 그렇다. 수산시장파가 그런 일 없다고 부정을 해도 믿지 않을 것이기 때문이다. 자존심 때문에 확인을 할 가능성도 적다. 박영준이 벽장을 열고 검정색 배낭에서 5만 원권 뭉치를 손가방에 옮겨 담았다. 전수동의 서재에서 들고 나온 돈 가방이다.

"야, 나하고 같이 일허자."

고갑수가 이영일에게 말했다.

"나만 믿으면 돼, 아니 우리 사장님만."

눈을 치켜뜬 고갑수의 목소리에 열기가 띠어졌다.

"내가 이 이야기를 안 하려고 했지만…."

갑자기 목이 멘 고갑수가 심호흡을 했다가 아뿔싸, 숨을 뱉는 찰나에 두 눈에서 닭의 설사 똥 같은 눈물이 주르륵 떨어졌다. 놀란 이영일이 숨을 들이켰을 때 잠깐 흐느껴 울었던 고갑수가 머리를 들고 이영일을 보았다.

"나 방금 정읍 아부지하고 형한티 갔다가 오는 길여. 내가 아부지한테 비닐하우스 농사에 보태 쓰시라고 천만 원을 드렸더니 아부지가 울더라, 형님도 울고…."

고갑수가 손등으로 눈물을 닦았다.

"사장님이 집에 갖다 주라고 나한티 준 돈이다. 야, 하루 만에 이렇게 챙겨주는 사람이 어딨냐? 너 나하고 같이 사장님 밑에서 일허자."

박영준이 대로에서 일방통행로로 꺾어진 길로 다가오는 두 사내를 보았다. 유진에서 1백 미터쯤 떨어진 1차선 일방통행로는 한낮에도 인적이 드물다. 상업 지역으로 예정되었다가 주민들과의 분쟁으로 공사가 중지된 지 1년이 넘은 터라 좌우는 헐린 건물과 폐자재가 쌓여서 흉하다. 그래서 안쪽 유진의 장사가 '떡'을 치게 되었던 것이다.

사내들과의 거리가 30미터로 가까워졌을 때 박영준의 얼굴에서 저절로 웃음이 떠올랐다. 앞장선 사내와 시선이 마주친 순간 머릿속 말이 들렸기 때문이다.

"지나면서 옆구리를 쑤시고 등을 찍으면 되겠다."

사내의 눈에서 살기가 번들거렸다. 비스듬히 왼쪽을 따르는 사내는 박영준과 시선을 마주치지 않았다. 박영준은 그대로 다가갔다. 누가 보냈는지도 아직 알 수 없다. 중앙로파나 조수택이가 박살이 난 대성파 중의 하나다. 거리가 10미터로 가까워졌을 때 사내의 머릿속 말이 다시 울렸다.

"시발, 3백으로 저놈을 죽이고 잠수타라니, 결국 나를 퇴직금 3백으로 쫓아내는 것이구먼. 전과도 하나 더 쌓게 만들고 말여, 개자식."

그 순간 박영준은 마음을 바꿨다.

백근호가 눈을 치켜뜨고 다가오는 놈을 보았다. 시선을 두 번 부딪친 순간 온몸에 찌릿한 자극이 왔다. 이런 자극은 간만이다. 그동안 잊고 있었던 투지가 부글부글 끓으면서 한 발짝씩 내딛는 발걸음에 무게가 실렸다.

이미 주머니에 넣어진 오른손은 잭나이프의 손잡이를 쥐고 있다. 백근호는 조폭의 대명사처럼 불리는 회칼을 경멸했다. 흰 칼 빛과 사시미 뜨기에나 좋은 넓은 칼날, 주방장이 잡기 쉽도록 편안하게 만든 손잡이도 경멸했다.

백근호가 쥔 잭나이프는 칼날 길이가 15센티, 넓이는 2.5센티지만 아랫부분은 톱날이고 윗부분은 휘어졌다. 칼날이 쑤시고 들어가면 엄청난 고통을 줄뿐만 아니라 빠져나오기도 힘들다. 낚싯바늘 같기 때문이다. 거리가 5걸음으로 다가왔을 때 백근호는 마음을 굳혔다.

백근호 옆을 따르는 천수동은 다가오는 사내를 보았지만 긴장도 되지 않았다. 백근호의 실력을 믿는 데다 심란한 상태였기 때문이다. 천수동은 23살, 백근호보다 9살 연하였는데 대성파 밥을 먹은 지는 1년밖에 되지 않는다. 백근호의 먼 친척이 되는 천수동은 3년 전에 음주운전 사망 사고를 내는 바람에 2년 동안 교도소 밥을 먹고 나왔다. 그동안 남아 있던 어머니가 암으로 죽었기 때문에 오갈 데 없었던 천수동을 백근호가 데려왔던 것이다.

그러나 백근호도 제 코가 석 자여서 천수동은 겨우 밥이나 얻어먹고 1년을 지냈다. 정식 대성파 조직원도 아니어서 제대로 된 일은 맡지 못했고 주차장 청소나 해주면서 지냈던 것이다. 한마디로 거지였다. 그런데 오늘 백근호가 일을 맡았다면서 끝내고 같이 잠수타자고 데려온 것이다. 대번에 무슨 일인지 짐작은 했지만 천수동은 막막했다. 어디로 간단 말인가? 오갈 데 없는 고아나 같은 신세인 것이다.

그때 백근호가 사내의 두 발짝 앞으로 다가갔다. 곧 찌를 것이다. 백근호의 솜씨를 아는 터이지만 천수동은 어깨를 흔들어 가슴에 찬 대검의 위치를 확인했다. 백의 하나, 백근호가 실수하면 가슴에 찬 대검을 던질 것이다.

대검은 군용 대검을 갈아 만든 것으로 손잡이를 떼어내서 날씬했다. 그 대검은 10보 안에서만 던지면 비둘기도 맞춘다. 그 실력을 백근호만 안다. 그때 사내의 시선이 천수동과 부딪쳤다. 처음 마주쳤다.

박영준은 한 걸음 앞으로 다가선 백근호가 허리를 조금 비트는 것을 보았다. 거리에는 그들 셋뿐이다. 6시 반, 어스름한 저녁, 흐린 날씨, 백근호가 다시 한 발을 떼면서 주머니에 든 손이 나왔다.

"철컥!"

잭나이프의 날이 튕기는 소리가 울림과 동시에 칼날이 옆구리를 겨누고 들어왔다. 박영준은 숨도 들이마시지 않는 상태에서 '신형나물우수나법'을 써서 몸을 비틀었다. '신형나물우수나법'의 한자는 해독할 필요가 없다.

지금부터 1,230년 전 중원, 그러니까 당나라 시대에 무협의 고수가 기록으로만 남겨놓은 비법을 1,230년 만에 백제의 후손 박영준이 해석하고 칼날을 비킨 것이다. '신형나물우수나법'은 사지가 제각각 움직여 막고, 차고, 치고, 비트는 역할을 한다. 그런데 그 동작이 느리면서 절도가 있는 데다 손끝과 발끝에 엄청난 기공이 실려 있다. 잭나이프의 칼날이 옆구리를 스치게 해놓고 박영준의 오른손이 수도가 되어서 백근호의 팔목을 쳐서 잭나이프를 떨어뜨렸다. 동시에 왼쪽 발이 백근호의 막 떠 있는 오른쪽 발목을 걸어 올려 몸을 홀떡 떠올렸고 이어서 왼쪽 주먹이 뒤통수를 가볍게 쳤다.

"텅!"

뒤통수를 맞는 소리가 꼭 빈 나무통을 때리는 소리 같다. 백근호가 훌쩍 떠오른 상태에서 뒤통수를 맞는 장면이 꼭 도마 위에 눕힌 생선을 요리하는 것 같다. 그 다음에야 백근호의 몸이 땅바닥에 철퍼덕 떨어졌다. 일자로 엎드린 자세로, 사지를 쭉 편 채, 그 사이에 천수동이 반걸음 거리로 다가왔다.

제 눈으로 그 가지가지 장면을 다 본 터라 천수동은 가슴에서 아끼는 대검을 다 빼내든 상태, 그때 박영준이 손을 휘둘러 천수동의 옷소매를 잡고 반동을 이용하여 휘익 몸을 돌렸다. 천수동이 선 채로 한 바퀴 돌더니 비틀거리다 중심을 잡았는데 어느새 손에 쥐었던 대검이 사라졌다. 박영준이 빼앗아 쥐고 있었기 때문이다.

"얘 떠메고 저기로 가자."

박영준이 천수동에게 눈으로 백근호를 가리키고는 이어서 옆쪽 폐가를 가리켰다. 허물다 만 2층 시멘트 건물이다.

"날 따라와."

박영준이 천수동의 시선을 잡고 부드럽게 말했다.

뒤통수를 맞고 널브러져 있는 백근호는 사내의 목소리를 듣는 순간 온몸에서 소름이 돋아났다. 몸은 손가락 하나 까닥할 수 없었지만 오감(五感)은 오히려 더 발달되어 있는 상황이다.

더욱이 사내가 몸을 비틀고 정확히 손과 발을 써서 자신을 공격한 모습이 눈앞에 생생하게 떠오르는 것이다. 경악, 세상에 이런 신기(神技)가 있는가? 그때 사내가 자신을 떠메고 가라고 천수동에게 이르는 소리를 들은 것이다.

"야, 나 떠메고 가."

백근호가 엎드린 채 커다랗게 말했다.

"어서 말씀 들어."

말은 해놓고 자신이 왜 그랬는지 이유는 모른다. 그때 천수동이 다가왔다. 놀란 표정이다.

"형님, 괜찮으셔?"

"그래."

그때 유진의 사장이며 목포 수산시장파의 선발대장이 말했다.

"가자."

폐건물의 아래층 사무실은 가끔 노숙자가 와서 자고 가는 바람에 잘 손질이 되어 있다. 의자도 놓여서 박영준은 의자에 앉았다. 천수동이 떠메고 온 백근호는 벽에 기대어 앉혀 놓았는데 팔 다리가 늘어졌고 머리는 겨우 벽에 붙여졌다. 여전히 오감만 작동하는 것이다. 그 옆에 선 천수동은 이제 전의(戰意)를 상실한 채 우두커니 서 있었는데 이것이 요즘 천수동의 습성이기는 하다. 생(生)에 희망이 없었기 때문에 자주 멍한 자세가 되는 것이다. 그때 박영준이 말했다.

"얀마, 3백으로 신세 조질 일 있냐?"

백근호는 숨만 헐떡일 뿐 대답하지 않았다. 시간이 지날수록 공포감에 짓눌려 오줌을 참을 수가 없다. 이렇게 무서운 경험은 처음이다. 그때 사내의 시선이 백근호에게 옮겨졌다.

"너 내 밑에서 기반을 굳히는 게 어떠냐?"

백근호가 숨을 죽였고 그때 다시 유진 사장의 목소리가 귀를 파고들었다.

"날 죽이고 네 인생 끝내는 것보다 나하고 같이 세상을 뚫고 나가자,

내가 그 대가는 주마.”

그러고는 사내가 빙그레 웃었다.

“대성파 따위는 신경 쓸 것 없다. 어때? 나하고 같이 일해 볼 테냐?”

“사장님, 야가 같이 일한답니다.”

고갑수가 박영준에게 다가와 말했다. 고갑수의 뒤에 선 사내는 이영일이다. 박영준이 쳐다보자 이영일이 허리를 기역자로 꺾어서 절을 했다.

“이영일입니다.”

“중앙로파에서 가장 몸이 날랜 놈이지요. 10층 아파트도 기어 올라가서 금반지하고 시계를 빼오는 놈입니다.”

고갑수가 열심히 말을 이었다.

“그런데 지난달에 회장 차를 주차하다가 박았다고 1년 월급을 몰수당했습니다. 참 더러운 놈들이죠.”

박영준의 얼굴에 웃음이 떠올랐다.

“아끼는 차였나 보다. 덕분에 내가 사람을 얻었구나.”

머리를 끄덕인 박영준이 이영일에게 물었다.

“네 특기가 도둑질뿐이냐?”

“운전입니다, 사장님.”

이영일이 고분고분 대답했다.

“익산에서 서울 톨게이트까지 1시간 15분에 달린 적도 있습니다.”

“앞으로 내 운전사를 맡아라.”

박영준이 머리를 끄덕이며 말했다.

“한 달 월급 2백만 원씩을 주마.”

이영일이 숨을 들이켰을 때 박영준이 점퍼 주머니에서 5만 원권 뭉치를 꺼내 내밀었다.

"너, 누나가 고생하고 있지? 이 돈 누나한테 갖다 주고 와라, 이거 5백이다."

돈뭉치에 시선만 준 이영일의 얼굴이 누렇게 굳어졌다. 그렇다. 이영일은 7살 위의 누나가 업어 키웠다. 부모가 일찍 돌아가셨기 때문이다. 그런데 하나뿐인 누나마저 지지리도 남편 복이 없어서 헤어지고 딸 하나하고 둘이 산다. 이영일의 걱정거리는 누나뿐이다.

그때 박영준이 이영일의 주머니에 돈뭉치를 넣어 주고는 자리에서 일어섰다. 이제 백근호와 천수동, 이영일까지 하루에 셋을 모았다. 일단 돈으로 매수한 셈이지만, 그럼 어떠냐? 인간사가 다 돈으로 시작되고 끝나는 것을.

4장 유진파

"연락이 안 됩니다."

박명균이 외면한 채 말했다.

"샌 것 같습니다."

오후 2시 반, 백근호는 10시간 가깝게 연락이 끊긴 상태다. 윤봉기가 창밖만 보았는데 옆쪽 얼굴이 굳어져 있다. 윤봉기가 소유한 풍남로의 한일빌딩 안이다. 방안에는 윤봉기와 박명균, 천지나이트의 지배인인 강준철까지 셋이 모여 있다. 박명균이 어깨를 늘어뜨리고는 윤봉기를 보았다.

"회장님, 다른 애를 보낼까요?"

그때 윤봉기가 머리를 들었다.

"내가 직접 전화하기 거북하니까 네가 안 회장한테 연락해라."

"예? 안 회장한테 말입니까?"

긴장한 박명균이 상반신을 세웠다.

"무슨 연락을 합니까?"

"그놈, 중앙로파 구역으로 들어간 놈을 조지라고 해."

박명균이 숨을 죽였고 윤봉기의 말이 이어졌다.

"우리가 백근호 보냈다는 말 말고."

"예, 회장님."

"즈그덜 구역이니까 즈그덜이 처리해야지, 그렇지 않냐?"

"그렇습니다."

"조수택이, 백근호 이야기는 말고."

"예, 회장님."

"우리가 밀어주겠다고 해, 수산시장 놈들이 시비를 걸면 말이다."

"알겠습니다."

"합의를 해주겠다고도 해."

"예, 회장님."

"시발놈들이 구경이나 하고 있어. 우리가 대신 밑구멍 닦아 주는 거야, 뭐야?"

이 사이로 말한 윤봉기가 강준철을 보았다.

"네가 백근호 찾아라. 그놈 똘만이하고 같이 찾으란 말이다."

"예, 회장님."

강준철이 둥근 어깨를 움츠렸다. 강준철이 대성파의 행동대장인 것이다.

그때 윤봉기가 박명균을 보았다.

"유진 사장 놈이 중앙로파 똘마니들을 끌어들였다면서?"

"예, 회장님."

"그런데도 그 병신 같은 놈들은 가만있다는 거냐?"

박명균이 눈만 껌벅였고 윤봉기가 쓴웃음을 지었다.

"그 이야기도 해. 그 새끼들은 우리한테 일을 떠넘기려는 것 같구먼."

"고갑수하고 장용만, 그리고 이영일이까지 셋입니다."

장시우가 말하자 안국필이 쓴웃음을 지었다.

"똘마니들을 끌어 모았군."

그러나 방안 분위기는 살벌하다. 방금 안국필이 재떨이를 벽에다 집어던져 박살을 냈다.

"이 시발놈이 내 안방에서 똥을 싸고 댕기는구만."

그때 양상선이 말했다.

"오늘 밤에 그놈들 셋을 잡지요, 미룰 필요가 없습니다."

"기다려, 서둘지 말고."

안국필이 말했을 때 방으로 비서실 직원이 들어섰다. 손에 핸드폰이 쥐어져 있다.

"전주 박명균 씨인데요, 회장님께 드릴 말씀이 있다는데요."

"박명균이가?"

눈썹을 찌푸렸던 안국필이 곧 핸드폰을 받아 귀에 붙였다.

"여보세요."

"회장님, 저 박명균입니다."

박명균이 정중하게 말했다.

"응, 무슨 일이야?"

"예, 별고 없으셨지요?"

"인사는 됐고, 용건을 말해."

"저기, 저희 회장님 전갈입니다."

안국필이 눈만 치켜떴고 박명균의 말이 이어졌다.

"목포 수산시장파에 대해서 공동 대처하자고 하셨습니다. 이건 동맹 결의나 같습니다, 회장님."

"허, 그래?"

안국필의 눈빛이 강해졌다.

"그거야 나도 싫을 이유가 없지."

"그래서 어떻게든 협조하겠다고 말씀하셨습니다."

"알았어, 수시로 연락하자고."

"이런 말씀 드리기 거북하지만 유진 똘마니들이 중앙로파에서 넘어 간 놈들입니까?"

"누가 그래?"

안국필이 버럭 소리쳤다.

"넘어가다니? 어떤 놈이?"

"아닙니다, 제가 잘못 들은 것 같습니다."

"그런 놈 없어!"

"예, 회장님. 어쨌든 우리는 수산시장파에 대해서 공동보조를 취할 것입니다."

"알았어."

핸드폰을 건네준 안국필이 어깨를 부풀리며 말했다.

"오늘 밤에 그놈들 끝내야겠다."

불난 집에 부채질을 한 꼴이 되었다.

"재미있게 되는구먼."

고철종이 웃음 띤 얼굴로 말했다. 오후 7시 반, 고철종은 오경환, 채갑근과 함께 남부시장 안 해장국집에서 콩나물국밥을 먹고 있는 중이다.

"대성파에서 보낸 백근호가 돈만 갖고 튀었단 말이지? 윤봉기 얼굴에 똥 묻었다."

한 모금 국물을 삼킨 고철종이 떠들었다. 주위에 아줌마 손님들이 많았지만 전혀 상관하지 않는다.

"더구나 안국필이는 제 안방에 똥개가 들어와 돌아댕기는 상황이야, 애들이 줄줄이 깨지고 터지고 넘어가는데도 병신이…."

그때 핸드폰이 울리자 고철종이 주머니에서 꺼내 보았다. 영광클럽 지배인 전대기다. 영광클럽은 배차장파 소유의 특급 룸살롱이고 에이스가 여러 명이다. 그래서 서울에서 손님들이 원정을 올 정도다. 방이 18개, 마담이 셋, 아가씨 60명 중 에이스는 6명, 불황이지만 하루 매상이 평균 5천만 원이 나오는 곳이다.

"응, 웬일이냐?"

남의 집 불구경만큼 재미있는 구경거리가 없다. 고철종이 밝은 목소리로 묻자 전대기가 말했다.

"회장님, 박연주하고 서지혜가 유진으로 넘어갔습니다."

고철종이 숨만 쉬었고 전대기가 호흡을 고르고 나서 말을 이었다.

"둘이 출근을 안 했길래 연락했더니 글쎄…."

"…."

"유진에 가 있었습니다."

"…."

"마에킹도 없는 애들이라 끌고 오기도 그렇고 해서, 지금…."

"이런 시발."

수저를 내려놓은 고철종이 벌떡 일어서다가 식탁에 옷이 걸려 해장국이 엎어졌다.

"어이쿠!"

고철종보다 앞에 있던 둘이 놀라 소리쳤다. 그때 고철종이 밖으로 뛰쳐나가면서 말했다.

"이런 개새끼가!"

박연주, 서지혜는 영광클럽 에이스 중 에이스인 것이다. 이제 고철종까지 발등에 똥 덩어리가 떨어졌다.

밤 10시 반, 헐리다 만 건물 안에 모인 사내들은 12명, 모두 야구 배트와 쇠 파이프를 들고 있어서 분위기가 살벌했다. 칼 종류는 피를 보게 되기 때문에 오늘은 안국필의 지시로 뺐다.

행동대장은 장시우의 직속인 최정규, 모두 한가락 하는 독종들만 추렸기 때문에 20분이면 끝낼 계산을 하고 있다. 그때 폐가 안으로 정규성이 들어섰다. 유진을 정탐하고 온 것이다.

"안에 사장 놈도 있는 것 확인했습니다."

정규성의 목소리가 폐가를 울렸다.

"고갑수, 장용만, 이영일이 다 있습니다."

"손님은?"

최정규가 손에 쥔 쇠 파이프를 돌리면서 물었다. 두께가 2센티 정도에 길이는 1미터쯤 되지만 맞으면 팔, 다리는 금방 부러진다.

"방이 다 찬 모양입니다, 대기실에도 손님들이 있었어요."

정규성은 주류회사 배달원이어서 이번 작전에 정탐꾼으로 데려온 것이다. 정규성이 유진 안까지 들어가 둘러보고 왔어도 아무도 의심하지 않았다.

"사장은 안쪽 끝 방에 있고 고갑수는 안에, 장용만과 이영일은 밖에 있어요. 나머지 웨이터 놈들은 쌈 일어나면 다 도망갈 겁니다."

"좋아."

마침내 최정규가 어깨를 부풀렸다가 내리면서 말했다.

"가자."

박영준이 문 앞에서 그 소리를 들었다. 가게에 들어온 정규성을 따라 나온 것이다. 배차장파의 영광클럽에서 박연주와 서지혜를 빼오고 나서 긴장하고 있었던 참이다. 가게의 주류 배달원은 정탐꾼 역할에 적당한 터라 눈치 빠른 이영일이 박영준에게 보고를 한 것이다.

박영준은 잠깐 망설였다. 이놈들을 어떻게 처리할 것인가? 그 순간 이놈들을 가게까지 가도록 해서는 안 된다고 마음을 굳혔다. 가게에서 소동이 일어나면 손님들에게 금방 소문이 날 것이고 종업원들도 동요하게 된다.

"엇!"

문 앞에 서 있던 오혁기가 놀라 손을 보았다. 손에 쥐고 있었던 쇠 파이프가 빠져나갔다. 꽉 쥐고 있었는데 쑥 빠져 나갔으니 놀랄 수밖에. 다음 순간 다리에 격심한 충격이 왔다.

"으악!"

뼈가 부러진 다리가 옆으로 꺾어지는 바람에 오혁기는 고통으로 비명을 질렀다가 두 번째는 놀라서 또 질렀다.

"아이고!"

다음 순간 옆에 서 있던 김태식이 비명을 질렀는데 팔목이 부러졌다.

"아악!"

그 이후에는 비명이 한꺼번에 터졌고 폐가 안은 공포의 도가니가 되었다.

"으아악!"

"그 새끼가 미친 거 아냐?"

어깨를 부풀린 안국필이 장시우를 노려보았다. 두 눈을 부릅뜬 채 가쁜 숨을 몰아쉬고 있어서 장시우는 시선도 들지 못했다. 밤 11시 반, 영등동의 서진유통 회장실 안이다. 안국필이 다시 소리쳤다.

"야 이 새꺄, 그게 말이나 되는 소리냐고! 폐가 안에서 귀신이 솟아나와 열두 놈을 다 병신으로 만들었단 말이냐! 그것도 눈 깜박하는 순간에 말이다!"

"예, 그것이 저도 미심쩍어서 직접 최정규한테 가서 물어 보았습니다."

장시우가 기를 쓰고 말을 이었다.

"두 번, 세 번 확인을 했는데도 같은 말만 합니다. 그래서 다른 놈들한테도 물어보았지만 다 똑같은…."

"야 이 개새꺄!"

안국필이 앞에 놓인 결재 박스를 들어 장시우에게 내던졌다. 결재 박스가 장시우의 가슴에 맞고 떨어졌다. 안국필이 씨근거리며 말했다.

"이런 시발놈들, 내가 직접 가서 듣겠다!"

직접 병원에 가서 최정규한테 확인을 하겠다는 말이다. 도무지 믿기지 않는 일이다. 폐가에 모여 있던 열두 놈이 손을 쓸 겨를도 없이 순식간에 팔, 다리가 부러지고 어느 놈은 머리통이 깨지는 중상을 입고 병원에 줄줄이 누워 있게 된 것이다.

어둠 속이었다지만 모두 쇠 파이프에 맞았고 그 파이프는 오혁기가 쥐고 있던 것이었다. 오혁기는 쥐고 있던 파이프가 손에서 뽑혀 나가는 것을 본 순간 다리뼈가 부러졌다고 했다.

소식은 번개 같다. 중앙로파 12명이 유진의 수산시장파를 공격하려다 당했다는 소문이 그날 밤 12시도 안 되어서 배차장파에도 전해졌다.

"이거, 어떻게 된 거야?"

어이가 없어진 고철종이 둘러앉은 간부들에게 물었다. 그들은 지금 유진을 습격하느냐, 아니면 사장 이복남을 잡아 족치느냐로 갑론을박하는 중이었기 때문이다. 그때 보고하러 온 부하가 가쁜 숨을 고르며 말했다.

"소문날까 봐 병원 여러 곳에 나눠 들어갔습니다."

"그럼 저놈들, 그러니까 수산시장파 놈들은 몇 놈이나 된 거냐?"

"그건 모르겠습니다."

그때 간부 하나가 말했다.

"한 삼사십 명은 되겠지요. 열두 놈을 몰아놓고 전부 병신을 만들려면 그 정도는 되어야 하지 않겠습니까?"

"아니, 그보다 많아야 될 것 같은디."

다른 하나가 나섰고 다시 그 숫자를 가지고 갑론을박이 시작되었다.

"시끄러!"

고철종이 버럭 소리치자 방안이 조용해졌다.

"그럼 저쪽에 비상이 걸렸겠군."

주위를 둘러보며 고철종이 말했다.

"일단은 중앙로파가 어떻게 나오는가를 보고 나서 결정하지."

"그러는 게 낫겠습니다."

오경환이 거들었다.

"불난 집에는 가깝게 가는 게 아닙니다, 회장님."

이제는 에이스 중 에이스 둘을 강탈당한 분노가 90퍼센트쯤 사그라졌다. 유진을 습격하려던 중앙로파 정예 12명이 모두 당한 것이다.

그 소식은 비슷한 시간에 대성파 지휘부에도 전해졌다. 윤봉기는 룸살롱에서 술을 마시고 있다가 보고를 받았다. 보고자는 박명균, 보고가 끝났을 때 윤봉기가 앞에 앉은 박명균과 강준철을 번갈아 보았다. 얼굴이 굳어져 있다.

"수산시장 애들이 와 있구만."

"그런 것 같습니다."

강준철이 이맛살을 찌푸리며 대답했다.

"중앙로파가 앞뒤 살피지도 않고 덤볐다가 당한 것 같습니다."

"안국필이가 가만있을까?"

"가만 앉아서 당하지는 않겠지요."

이번에는 박명균이 나섰다.

"전쟁 준비를 확실하게 해놓고 덤빌 겁니다."

"익산에 온 이유가 뭘까?"

윤봉기가 눈을 가늘게 뜨고 둘을 보았다.

"수산시장 놈들이 전주까지 노리는 것 아닐까? 우리 애들 빼간 것 보면 다 노리고 있어, 배차장파까지 말이야."

술이 깬 얼굴로 윤봉기가 말을 이었다.

"어쨌든 중앙로파 12명이 당했다니 이제부터 시작이다."

"어떻게 된 거냐?"

오전 12시 반, 제일병원 응급실 안이다. 병상 옆에 선 안국필이 대뜸 묻자 최정규가 상반신을 일으켰다. 그러나 서둘다가 상처에 충격이 왔는지 저절로 신음 소리를 내었다. 최정규는 무릎 밑의 정강이뼈가 부서져서 깁스를 했고 어깨뼈도 부서졌다. 쇠 파이프로 맞은 것이다. 최정규가 입을 열었다.

"그때 저는 막 유진으로 출발하려는 참이었습니다. 그래서 폐가 마당에서 나오려고 했는데…."

안국필은 눈도 깜박이지 않았고 최정규가 말을 이었다.

"갑자기 앞쪽에서 애들의 비명 소리가 들리는 겁니다. 아이구, 아이구 하는데 어둠 속에서 우리 애들만 엎어지거나 자빠지는 것입니다. 그러다가…."

숨을 들이켠 최정규가 갑자기 몸서리를 쳤다.

"바로 제 옆에 있던 명구가 갑자기 '아이고' 하면서 팔을 움켜쥐는 겁니다. 보니까 팔이 부러져서 덜렁거리고 있었고요."

"…."

"놀란 제가 손에 쥐고 있던 파이프를 무조건 휘둘렀지요. 그런데 갑자기 어깨가 부서지고 다리가 부러졌습니다."

"…."

"파이프로 맞은 겁니다. 그런데 파이프도, 치는 사람도 보이지 않으니까 소름이 돋더만요. 만철이는 귀신의 숨소리를 들었다고 했습니다."

"뭐, 귀신?"

"예, 뵈지가 않았으니까요. 그런데 숨소리는 들었답니다. 놀래서 오줌을 쌌더만요."

"…."

"예, 모두 자빠졌을 때 들었습니다."

그때 안국필이 옆에 선 장시우에게 물었다.

"거기 귀신 나오는 데냐?"

"방이 다 찼어요."

정미나가 웃음 띤 얼굴로 말했다.

"방 3개는 두 번 돌렸다고요, 오늘 매출이 4천 나왔어요."

"고생들 했어."

박영준이 말하자 정미나가 깔깔 웃었다.

"고생이라뇨? 모두 돈 벌어서 신바람이 나 있는데?"

"그런가?"

그때 대기실로 장용만이 들어섰다.

"사장님, 드릴 말씀이…."

장용만을 본 정미나가 방을 나갔다.

"무슨 일이냐?"

"저기"

주춤거리던 장용만이 똑바로 박영준을 보았다.

"제가 방금 중앙로파에 있는 애한테서 연락을 받았는데요."

"…."

"열 시 반쯤해서 중앙로파 12명이 저기 앞쪽 폐가에 모였다고 합니다, 여기를 습격하려고 했다는데요."

"…."

"그런데 그 중앙로파 12명이 폐가에서 기습을 받아서 모두 팔, 다리가 부러졌다는데요."

"…."

"지금 모두 병원에 있습니다, 근디…."

장용만이 박영준을 보았다.

"소문이 났습니다."

"무슨 소문 말이냐?"

"폐가에서 귀신한테 당했다고 말입니다."

"미친놈들."

쓴웃음을 지은 박영준이 장용만을 보았다.

"그놈들이 당하고 쪽팔리니까 귀신 핑계를 대는구먼."

박영준이 말을 이었다.

"내가 애들을 시켜서 처리한 거다."

"애, 애들이라고 하셨습니까?"

"그래."

장용만의 시선을 받은 박영준이 말을 이었다.

"한 30명 올라와 있어, 그런 줄만 알고 있어라."

"예, 사장님."

박영준이 머리를 끄덕이자 장용만은 서둘러 방을 나갔다. 곧 이 소문이 퍼질 것이다.

"들었지?"

자리에 앉은 유명환에게 팀장 안호전이 물었다. 오전 8시 반, 강력계 사무실 안이다.

"뭘 말입니까?"

"어젯밤 수산시장파가 마침내 등장한 거 말이야."

"예, 들었습니다."

유명환이 들고 온 신문을 펼치면서 웃었다.

"이제 안국필이 좋은 시절 다 갔네요."

"수산시장파가 50명이 왔다던데 그놈들이 다 어디 숨어 있지?"

"이곳저곳에 흩어져 있겠지요."

"나라도 시끄러운데 그 새끼들은 왜 여기까지 기어 올라왔지?"

"KTX 타면 금방입니다, 팀장."

"야, 시끄러!"

눈을 치켜떴던 안호전이 정색했다.

"깡패새끼들한테까지 신경 쓰게 하지 말고 미리미리 해놓으란 말이야. 이 일은 네가 맡아."

"그럼 데모 진압 안 나가도 됩니까?"

"수산시장파 동향 보고서를 다음 주 월요일까지 내. 선발대로 온 놈을 족치란 말이야."

"알았습니다."

안호전이 제 자리로 돌아가자 유명환이 다시 신문을 펼쳤다. 신문에는 데모 기사뿐이다.

군산 바닷가의 횟집에서 매운탕으로 해장을 하고 있던 백근호가 자리에서 일어섰다. 횟집 안으로 박영준이 들어섰기 때문이다.

"오셨습니까?"

백근호가 허리를 꺾어 인사를 했다. 공손한 태도다. 앞쪽에 앉은 박영준이 주인에게 매운탕을 시키고는 백근호에게 말했다.

"앞으로 애들 모을 때 유진파라고 해라. 수산시장파 지부 역할을 한다고 해."

묘지 앞에 선 박영준이 물끄러미 묘석을 보았다. 겨우 두 달이 지났지만 오래전 일처럼 느껴졌다. 초겨울이어서 봉분의 잔디도 노랗게 시들었다. 잔디는 내년 봄에 다시 새싹이 돋겠지만 어머니와 유진은 돌아오지 않는다. 바람이 불어와 코트 자락을 날렸다. 귀를 스치는 바람 끝이 얼음 같다.

오후 4시 반, 묘지는 인적이 끊겨서 박영준 하나뿐이다. 박영준이 손을 뻗어 묘석을 손바닥으로 짚었다. 그 순간 어머니와 유진의 얼굴이 떠올랐다. 뇌의 활용법을 익혀 수많은 지식과 기술을 습득했지만 생사(生死)는 영역 밖이다. 신(神)의 영역인 것이다. 창조자만이 생사를 결정한다. 박영준의 눈에 눈물이 고였고 곧 이가 악물렸다. 혼자 남았다. 그동안 흐르는 바람에 나부꼈던 나뭇잎처럼 두 달이 지났다. 그러다 보니 유진클럽, 목포 수산시장파, 이복남이라는 어머니 이름의 보스가 태어났지만 다 부질없다. 오직 소원이 있다면, 머리를 든 박영준이 이제 눈물로 범벅이 된 얼굴로 앞쪽을 보았다. 어머니, 유진의 목소리를 한 번만이라도 듣고 싶다.

"저놈이 왜 저기 서 있죠?"

배유성이 유명환에게 물었다. 공원묘지는 아래층 주차장에서 묘역이 다 올려다 보인다. 주차장 주위의 언덕에 묘역이 조성되었기 때문이다. 차 안에서 위쪽을 바라보던 배유성이 혼잣소리처럼 말했다.

"그러고 보니까 박영준이 그놈이 어디로 사라졌는지 모르겠네."

"…."

"박영준이가 사라지고 나니 저놈이 등장했단 말이야, 얼굴은 저놈이 잘생겼지만 체격은 비슷한 것 같고."

"…."

"성형수술을 한 건가?"

"가만."

유명환이 이맛살을 모으고 배유성을 보았다.

"저놈 이름이 뭐지?"

"이복남 아닙니까?"

"내가 지난번 죽은 박영준의 어머니 이름을 보았었는데 이름이 남자 이름 비슷했는데… 비슷해."

"뭐가요?"

"저놈 이름하고 비슷한 것 같은데."

눈동자의 초점을 잡은 유명환이 배유성에게 말했다.

"박영준의 어머니 이름이 뭔지 지금 알아봐."

박영준의 머릿속에서 어머니가 떠올랐다.

"어머니!"

묘석을 움켜쥔 박영준이 눈을 부릅떴다.

"어딨어?"

"이놈아, 난 죽었는데 있긴 어딨어?"

이복남의 얼굴에 쓴웃음이 떠올랐다.

"난 유진이하고 잘 있다."

"어머니!"

"난 네 머릿속에 떠 있다. 쓸데없는 욕심은 부리지 마라."

"어머니, 유진이는?"

"여기 있다."

그러더니 어머니가 옆쪽 공간에 대고 소리쳤다.

"유진아! 유진아! 네 오빠가 보잰다!"

그때 덜컥 유진이가 나타났다. 웃는 얼굴이다. 마지막으로 보았을 때가 방으로 들어와 수학여행비 이야기를 하던 때였다. 그때 그 옷을 입었다. 그 옷, 그 표정.

"오빠, 왜?"

가슴이 미어진 박영준이 숨을 들이켰다가 눈물을 쏟았다.

"너 괜찮아?"

"죽었는데 괜찮고 뭐고 없지."

유진이 헤헤거리고 웃었다.

"수학여행을 못 가서 좀 아쉬워, 오빠."

박영준이 흐느껴 울었다.

"미안해, 유진아."

"오빠가 왜 미안해? 수학여행비를 두 번이나 빌렸던 오빤데."

"아, 알고 있어?"

"그럼, 다 알지."

"유진아!"

박영준이 묘석을 움켜쥐고 흐느껴 울었다.

"이복남이 박영준의 어머니 이름입니다."

배유성이 말하더니 힐끗 위쪽의 이복남을 보았다. 이복남은 이제 두 손으로 묘석을 움켜쥐고 있다. 허리를 숙이고 있는 것이 뭘 내려다보는 것 같기도 하다.

"그것, 참."

유명환이 머리를 기울였다. 둘은 오늘 이복남을 미행해서 이곳까지 온 것이다. 목포 수산시장파의 선발대장 이복남은 이제 익산경찰서의 주요 감시 대상이 되었다. 자료에는 이복남이 수산시장파 행동대원을 최소한 30명 가깝게 끌고 온 것으로 기록되어 있다.

"우연일까?"

유명환이 혼잣소리처럼 말했을 때 배유성이 숨을 들이켰다. 눈을 치켜뜨고 있다.

"아니, 그것…."

"뭐 말이냐? 왜 귀신 본 얼굴이야?"

"유진클럽요."

"그것이 어쨌다고?"

"그, 그 클럽 이름이 박영준의 죽은 여동생 이름입니다, 박유진이…."

머리를 든 유명환이 위쪽 이복남을 보았다.

"엇!"

유명환의 입에서 놀란 외침이 터졌다. 이복남이 사라졌다. 그야말로 눈 깜박하는 사이에 없어졌다. 주위가 환하게 트여서 달려간다고 해도 시야에 잡힐 것이었다.

"아니, 어디 갔지?"

머리를 든 배유성이 놀라 소리쳤다.

"이 자식이 날아갔나?"

날아갔다고 해도 보여야 한다. 연기처럼 지워졌다는 표현이 맞다.

초능력, 숨을 들이켜 시간을 빨아들이는 이 능력은 상대방과 내 시간을 다르게 편성하는 것이다. 즉 상대방이 현재 1분의 시간을 보내는 동안 나는 10시간을 보낼 수가 있다. 그 '빨아들임' 정도에 따라 그것이 얼마든지 늘어날 수 있다는 것을 발견했지만 그 한계는 모르겠다.

박영준이 지금 차 옆에 서 있다. 유명환이 눈 깜박하는 순간이라고 했지만 그 사이에 박영준이 묘지에서 내려와 차 옆으로 다가선 것이다. 실제 걸린 시간은 5분쯤 되었지만 이것은 일도 아니다. 그리고 유명환과 배유성의 이야기를 들었다. 이 상황에서 박영준이 원상으로 돌아가는 '긴숨'을 뱉으면 형체가 드러나게 될 것이다.

박영준은 발을 떼었다. 묘지로 올라가지 않고 밖을 향해 걷는다. 유명환 등이 괴상하게 생각하겠지만 세상에는 불가사의한 일도 많으니까. 그나저나 경찰이 자신의 정체를 의심하게 되었다.

"뭐? 백근호가?"

버럭 소리친 윤봉기가 들고 있던 술잔을 내려놓았다. 오후 7시 반, 풍남로의 '갈비식당' 안이다. 앞에 박명균이 앉아 있고 방금 보고를 한 강준철은 서 있다. 방안에 살벌한 정적이 덮였다. 그때 강준철이 시선을 내린 채 말을 이었다.

"예, 유진에 출근했는데 곧 업체 하나를 맡아서 운영할 것이라고 합니다."

"내 이 새끼를…."

윤봉기가 어깨를 부풀리며 강준철을 보았다.

"애들 다 모아라, 소문내지 말고."

"예, 회장님."

강준철이 몸을 돌렸을 때 박명균이 말렸다.

"잠깐만."

발을 멈춘 강준철이 머리만 돌렸고 박명균이 윤봉기에게 말했다.

"저쪽도 대비하고 있을 것입니다. 중앙로파, 배차장파를 불러서 함께 치는 것이 낫지 않겠습니까?"

박명균의 목소리가 낮아졌다.

"중앙로파는 깨지고 나서 체면이 똥이 되었지 않습니까? 이번에 만회하지 않으면 아마 조직이 흔들릴 겁니다. 그리고 배차장파도 지금 유진을 치려고 한다는 소문이 퍼졌습니다. 그래서…."

"알았어."

말을 막은 윤봉기가 이 사이로 말했다.

"3자 회담을 하자고 해, 지금 즉시."

3자 회담이란 대성파, 중앙로파, 배차장파의 수뇌 회담이다.

유진에서 2백 미터쯤 떨어진 길가의 2층 건물이 백근호의 사무실이다. 사무실 간판은 없지만 50평 면적의 안에는 책상과 의자, 소파까지 그럴듯하게 배치되어 있다. 박영준이 안으로 들어서자 자리에 앉아 있던 백근호가 벌떡 일어섰다. 텅 빈 사무실에 혼자 앉아 있었던 것이다.

"오늘 중에 다섯 명이 더 옵니다."

백근호가 박영준이 먼저 소파에 앉기를 기다렸다가 조심스럽게 앞쪽에 앉으면서 말했다.

"배차장, 중앙로파에 있었던 놈들인데 내일은 대성파에 있던 세 놈이 오기로 했습니다."

박영준이 머리만 끄덕였다. 백근호는 이틀 만에 조직원 12명을 모았다. 거기에다 오늘 밤에 다섯, 내일 셋이 더 온다니 20명이 된다. 기존의 고갑수, 장용만 등까지 합치면 상당한 전력(戰力)이 된다. 그때 박영준이 말했다.

"아마 오늘 밤에 대성파, 중앙로, 배차장파 연합 세력이 올 거다."

백근호는 숨만 들이켰고 박영준의 얼굴에 쓴웃음이 번졌다.

"모두 독이 올랐어. 대성파는 네가 배신 때리고 나온 것, 샤론클럽 때문에 조수택까지 깨진 것, 중앙로파는 말할 것도 없고 배차장파는 더 그렇지, 너도 알고 있겠지?"

"예, 사장님."

백근호가 정색하고 박영준을 보았다.

"저기, 사장님이 데려온 수산시장파를 이때쯤 내보이는 것이 나을 것 같은데요."

박영준의 시선을 받은 백근호가 어깨를 부풀렸다가 내렸다.

"일단은 기세를 보이는 것이 좋겠습니다. 쌈에는 기세가 필요하거든요, 지금 당장 놈들이 덮치면 조금 곤란합니다."

"…"

"그래서 제가 말씀 드리려고 했던 건데요, 마침 사장님이 말씀하셔서…."

"우리 3개 조직이 연합하면 하룻밤 사이에 끝납니다."

고철종이 의자에 등을 붙이고 말했다.

"뭐, 이야기할 것도 없습니다. 각자 맡아서 끝내 버립시다."

"자, 그럼 합의는 되었고."

오늘 모임을 주선한 윤봉기가 둘을 번갈아 보았다. 전주 신세계호텔의 스위트룸 안이다. 오후 9시 반, 방안에는 9명이 자리 잡고 앉았는데, 각 회장이 수행원 둘씩을 대동했기 때문이다. 수행원들은 뒤쪽에 배석하고 있다. 윤봉기가 말을 이었다.

"그쪽 바닥이 좁으니까 그놈이 들어가 있는 클럽하고 앞쪽에 빌렸다는 사무실 두 곳만 습격하면 되겠어. 자, 의견을 들읍시다."

윤봉기가 의장 역할이다. 그때 안국필이 나섰다.

"우리 지역이니까 클럽 안으로 들어가는 건 우리가 맡지요."

"그러시는 게 낫겠구면."

윤봉기가 정색하고 머리를 끄덕였다.

"우리는 건너편 2층 사무실을 맡지요."

그곳에 배신자 백근호가 똬리를 틀고 있는 것이다. 죽이지는 않더라도 병신으로 만들어 놓을 작정이었다. 본보기를 보여야 한다. 그때 고철종이 쓴웃음을 짓고 말했다.

"그럼 우리가 클럽 외곽을 맡게 되었군. 하지만 클럽 뒷정리는 3개 조직이 공동으로 해야 되겠지요?"

"당연하지요."

윤봉기가 받더니 둘을 다시 보았다.

"병력은 얼마나 좋을 것 같습니까? 내 생각에는 각 조직에서 30명씩 내는 게 나을 것 같은데, 이번에는 단단히 무장을 하고…."

고철종의 시선이 안국필에게로 옮겨졌다. 안국필의 습격조 12명이 당한 소문은 앞으로 수십 년간 두고두고 전해질 것이다. 안국필의 얼굴이 찌푸려졌다. 그때 윤봉기가 말을 이었다.

"다행히 경찰이 데모 진압 때문에 다른 곳에 신경을 못 씁니다. 하지만 일이 커지지 않도록 빨리 끝냅시다."

지금까지 조직간 회의가 여러 번 있었지만 이번처럼 빨리 그리고 이견 없이 진행되는 때는 처음이다. 윤봉기의 독주에 제동을 거는 것처럼 고철종이 말을 받았다.

"시간은 12시 정각으로 합시다, 인원은 각각 30명씩, 됐지요?"

"아니, 너 누구야?"

깜짝 놀란 오경환이 물었다. 오후 10시, 오경환은 국제건설의 사무실에서 혼자 대기하고 있던 중이다. 고철종이 회의차 전주로 가 있었기 때문에 술집에서 빈둥거릴 수는 없었기 때문이다. 그런데 방안으로 사내 하나가 불쑥 들어선 것이다. 그때 사내가 오경환의 앞쪽으로 다가와 섰다.

"나 유진클럽의 이복남이다."

"뭐야?"

숨을 들이켠 오경환이 자리에서 일어섰다. 얼핏 보아도 이복남은 20대 중반쯤이다. 자신보다 10년쯤 연하다. 더구나 자신은 명목상이긴 하지만 배차장파의 2인자인 것이다.

"너, 이 새끼, 여긴 어떻게 들어왔어?"

눈을 치켜뜬 오경환의 목소리가 떨렸다. 배차장파에서 부대낀 지 10년, 고철종의 심복으로 온갖 궂은일을 맡았지만 조직의 기반이 굳어지자 소외되기 시작했다. 그것이 3년쯤 전부터는 더 노골적으로 되어서 밑에 있던 새까만 놈들이 치고 올라와 대놓고 무시했다.

이것이 모두 고철종이 시킨 일이었기 때문에 오경환은 감수했다. 그러다가 반발해서 쫓겨난 동료들이 한둘이 아니었다. 그렇게 해서 지금까지 버텨온 것이다. 그때 사내가 말했다.

"오늘 밤 전쟁이 일어날 텐데 너도 알고 있지?"

"아니, 이 자식이…."

"입 닥치고 들어, 이 자식아."

그 순간 오경환이 펄쩍 뛰어 날아들었다. 이복남과의 거리는 두 발짝, 먼저 선수를 쳤으니 승산이 있다.

박영준은 펄쩍 뛰어 오르는 오경환을 보았다. 그 순간 숨을 들이켜면 되었지만 박영준은 그러지 않았다. 인간은 보이는 것만 믿는 습성이 있다. 그리고 그것이 더 마음을 움직인다. 박영준은 오경환이 뻗어 치는 주먹을 몸을 비틀어 피하면서 수도로 목을 내려쳤다.

이것이 1,250년 전 중국의 달인 오광이 개발한 '오성장권'이라는 것을 누가 알겠는가? 지금 이 세상에서 이 '오성장권'을 구사하는 인간은 박영준뿐이다. 컴퓨터에 수록된 '오성장권' 내용은 워낙 난해해서 아무도 번역하지 못하고 있었기 때문이다.

"퍽!"

목에 충격을 받은 오경환이 앞으로 늘어지면서 한 걸음을 겨우 내딛었을 때다. 박영준이 한쪽 팔을 잡아채더니 옆으로 밀었다.

"털썩!"

소파에 밀려 넘어진 오경환이 멍한 표정으로 박영준을 보았다. 단한 차례의 수도, 단 한 번의 팔 동작이었지만 오경환은 늘어진 채 소파에 앉아서 눈만 껌벅였다. 목에 가격을 당해 사지가 늘어져 있는 것이

234

다. 그때 다가선 박영준이 오경환을 내려다보았다.

"지금 3개 조직이 나를 치려고 하는데 내가 먼저 고철종이를 병신으로 만들 거다."

오경환은 듣기만 했고 박영준이 말을 이었다.

"죄업을 받게 되는 것이지. 오늘 밤 식물인간으로 만들어 놓을 테니까 배차장파는 네가 접수하도록 해."

오경환의 머릿속은 명료한 상태다. 다만 손가락 하나 까닥할 수가 없었기 때문에 온몸에서 땀이 솟아났다. 심장 박동이 거칠어졌고 곧 공포심이 밀려왔다. 그때 박영준이 물었다.

"네가 장악하는 데 걸리는 놈들이 누구냐? 지금 말해라."

그러고는 박영준이 손을 들어 오경환의 머리 뒤쪽을 가볍게 툭 쳤다. 그 순간 오경환의 입이 터졌다.

"이, 이게…."

"말을 해."

"너, 너는 도대체…."

"이 자식이 아직도 나를 못 믿는 모양이네."

다시 손을 뻗은 박영준이 오경환의 머리 반대쪽을 툭 쳤다. 그 순간 입을 찍 벌린 오경환의 얼굴에서 땀이 솟아났다. 마치 물을 뒤집어쓴 것 같다. 곧 오경환의 눈동자가 뒤집어지면서 입에서 신음 소리가 울렸다. 다음 순간 박영준이 다시 손을 뻗어 머리를 쳤다.

"아, 아이구!"

어깨를 늘어뜨리면서 오경환이 신음했다. 말이 나오는 것이다. 그때 박영준이 발을 떼면서 말했다.

"5분쯤 후면 네 몸이 풀릴 것이다."

오경환의 시선을 받은 박영준이 말을 이었다.

"난 익산, 전주의 조직을 곧 통합한다. 먼저 배차장파를 장악한 후에 나머지를 흡수하거나 소멸시킬 예정이야. 그래서 널 내 조력자로 선정한 것이니까 생각을 잘 해."

박영준이 주머니에서 명함을 꺼내 옆쪽 의자에 놓았다.

"고철종이가 쓰러졌다는 말을 들으면 나한테 그 다음 대상을 연락해라."

문의 손잡이를 쥔 박영준이 머리를 돌려 오경환을 보았다.

"그때는 확실하게 마음을 정해야 될 거야."

"사장님, 12시에 전쟁이 일어납니다."

수화구에서 고갑수의 목소리가 울렸다. 오후 10시 45분이다. 박영준은 듣기만 했고 고갑수의 다급한 목소리가 이어졌다.

"배차장, 중앙로, 대성파까지 3개 파가 연합해서 유진을 습격한다고 합니다."

"어, 그래?"

길가에 선 박영준이 앞쪽 국제금융 사무실을 보았다. 방금 고철종이 사무실로 들어갔고 중간 간부들도 서너 명씩 서둘러 들어서고 있다. 이곳이 배차장파의 사령부인 셈이다.

"누구한테 들었냐?"

"예, 행동대로 뽑힌 놈인데 이름 밝히기가 좀 그렇습니다."

"알겠다."

"배차장파는 유진 밖을 맡았다고 합니다, 안으로 치고 들어오는 건 중앙로파고요."

고갑수의 정보원이 작전 계획을 털어놓은 것이다.

"그렇군."

"사장님, 어떻게 할까요?"

"그대로 영업해."

"예? 그럼…."

"12시에 들어오지 못 할 거다."

그러고는 박영준이 핸드폰을 귀에서 떼었다.

백근호의 전화가 온 것은 5분쯤 후다.

"사장님, 3개 파가 12시에 습격해옵니다."

백근호가 지근지근 씹듯이 말했다.

"사장님, 죽기 살기로 붙을 수 있는 놈은 여섯 명쯤 됩니다, 여섯이라도 데리고 붙지요."

"아니, 그럴 필요 없어."

박영준이 말렸다.

"내가 경찰에 신고할 테니까."

"아, 예."

"일단 오늘은 이렇게 막는다."

"알겠습니다."

"하지만 하나씩 없앨 거다, 오늘 밤은 배차장파부터."

박영준이 웃음 띤 얼굴로 말을 이었다.

"넌 애들 데리고 당분간 피해, 경찰이 올 테니까."

핸드폰을 귀에서 뗀 박영준의 얼굴에 쓴웃음이 떠올랐다. 태평성대를 지내왔기 때문인지 조직의 정보가 도처에서 새고 있다. 고갑수는 배차장파 동료한테서 정보를 받았을 것이고 백근호는 대성파 쪽으로부터 받았을 것이다. 이런 엉성한 관리로 전쟁을 치르면 백전백패다.

핸드폰을 든 박영준이 버튼을 눌렀다. 신호음 2번 만에 곧 응답 소리가 났다.

"예, 112입니다."

박영준이 심호흡을 했다. 112 신고를 무시하면 큰일 난다. 더구나 다 녹음이 된다.

"유진으로 비상반이 출동했어요."

배유성이 떠들썩한 목소리로 말했는데 긴장한 것 같지 않았다.

"그래서 저도 5분쯤 후에는 유진에 도착합니다."

"누가 112 신고를 했다고?"

"유진 사장 이복남입니다."

"젠장, 이복남이가 직접 신고를 해?"

손목시계를 본 유명환이 길가에 차를 세웠다. 밤 11시 15분, 오랜만에 집에 들어가 쉬려고 막 아파트 단지로 들어서는 참이었다.

"안 되겠어."

윤봉기가 어금니를 물었다가 풀었다.

"철수시켜라. 글고 익산 놈들한테도 말해, 철수하라고."

"예."

박명균이 핸드폰을 들었을 때 윤봉기가 혼잣소리로 말했다.

"3개 조직이 떠들썩하게 모였으니 정보가 샌 건 당연하지. 지금은 이 새끼들 수준이 양아치보다 나을 게 없어."

박명균은 버튼만 눌렀고 윤봉기가 계속해서 투덜거렸다.

"시발놈들이 문신은 옛날보다 더 해, 더 크게, 돼지 같은 몸뚱이에다. 개새끼들."

유진에서 사거리 하나 건너서 오른쪽으로 꺾어진 평화식당이 고철종의 '현장 지휘소'다. 고철종은 조금 전에 유진으로 112 비상반이 출동했다는 보고를 받고 행동대 투입을 보류시킨 참이었다. 행동대장은 영광클럽 지배인 전대기가 자원을 했고 행동대원은 추려 뽑은 정예다. 중앙로파, 대성파와의 3개 조직 연합이었기 때문에 독자적으로 뛸 때보다 더 신경을 쓴 것이다.

행동대는 32명, 지금 사거리 건너편의 골목에 집결해 있다가 경찰이 출동한 바람에 주춤한 참이다. 경호실장 채갑근이 박명균의 전화를 받더니 고철종에게 말했다.

"철수하잡니다. 대성파하고 중앙로파는 철수 시작했다는디요."

"지랄들 허고."

투덜거렸지만 경찰 비상반이 전경 1개 중대까지 인솔하고 유진 앞길에 진을 치고 있는 것이다. 쳐들어갔다가는 그 길로 배차장파가 역사에서 사라진다.

"해산허라고 혀."

열불이 나면 사투리가 나오는 고철종이 어깨를 부풀리고 말했다. 행동대를 이끄는 전대기한테 연락하라는 말이다.

비상진압반, 줄여서 비상반 반장은 오병삼 경감으로 비상반 소속 형사 23명, 전경 150명을 이끌고 출동했는데 경력 22년 차로 나이 50인 고참 경찰이다. 이런 출동은 데모 진압에 비교하면 누워서 떡 먹기, 맨땅에서 헤엄치기다.

현재 시간 12시 10분, 12시에 습격해온다는 대성파, 중앙로파, 배차장파는 물론 소식이 없다. 전경들은 땅바닥에 주저앉아 꾸벅꾸벅 졸거나 담배를 피웠고 형사들은 삼삼오오 모여서 이야기들을 했다. 거짓 정보이거나 출동한 경찰에 놀라서 계획을 철회했을 것이다.

그때 유진에서 아가씨들이 나왔다. 한꺼번에 10여 명이나 되는 아가씨들이 제각기 커다란 바구니를 들고 다가왔는데 안에 봉지가 가득 들었다.

"뭐야?"

놀란 오병삼이 아가씨 하나를 붙잡고 바구니를 보았다.

"지금 뭐 허는 거여?"

"전경 아저씨들한테 하나씩 나눠주려고요."

예쁘장한 룸살롱 아가씨가 생글거리며 말했다.

"이게 먼디?"

봉지 하나를 집어든 오병삼이 안을 보았다.

"아이고!"

놀란 오병삼이 탄성을 뱉었다. 안에 전경들이 좋아하는 맥스킹 햄버거와 감자튀김, 콜라까지 세트로 들어 있다. 그때 이미 전경들 사이에서 환호성이 일어났다. 아가씨들이 봉지를 나눠주기 시작한 것이다.

"어, 거, 인사성 밝네."

못 나눠주게 할 수는 없는 터라 아가씨를 보내면서 오병삼이 투덜거렸을 때 이제는 웨이터 대여섯 명이 바구니를 들고 왔다. 전경들에게 햄버거 세트가 돌아가는 것을 본 터라 형사들이 우르르 모였다.

"우린 뭐야?"

욕심 많은 형사 하나가 소리쳐 물었다. 그중 하나는 바구니에 든 봉지를 꺼내 내용물을 쏟았다.

"오오!"

탄성이 여러 곳에서 일어났다. 오병삼의 얼굴에서도 웃음이 떠올랐다. 이쪽은 생선초밥 세트다. 거기에다 작은 양주병이 하나씩 들어 있다.

"유진 사장 인사성이 밝은데, 아주 싹수가 있어."

누군가 소리치듯 말하고는 봉지 하나를 들고 구석으로 간다. 이곳저곳에서 웃음이 일어났다.

"나, 화장실에 다녀오겠다."

자리에서 일어선 고철종이 둘러선 간부들에게 말했다.

"모두 준비해. 시내 들어가서 술이나 한잔하자."

"예, 회장님."

긴장이 풀린 간부들이 일제히 대답했고 고철종은 안쪽 화장실로 들어갔다.

오병삼에게 다가간 유명환이 물었다.

"오 선배, 안에 사람 있어요?"

"있겠지, 왜?"

작은 양주병에 든 술을 다 마셔버린 오병삼은 기분이 좋았다. 12월 초의 싸늘한 날씨가 알코올의 열기에 시원하게 느껴지는 것이다. 유명환이 옆에 선 배유성을 눈으로 가리켰다.

"배 형사가 잠깐 안에 들어갔다 나올 수 없을까요?"

"왜?"

"사장 좀 만나서 이야기할 것이 있는데."

"사장 부탁으로 안에 사람 못 들어가게 하고 있어."

"우리가 사람입니까, 경찰이지."

"안 돼."

"선배, 술 마셨지요?"

"그래서?"

"업무 중에 술 마시면 됩니까?"

"강력반이 음주 단속도 하냐?"

"민원 들어가면 선배 골치 아파집니다."

"네가 민원 넣겠다고?"

어깨를 부풀린 오병삼이 뒤쪽에 서 있는 형사들에게 말했다.

"얘들아, 여기 강력반 금수저님들이 우릴 업무 중 음주로 단속하신
단다. 현장에서 내보내 드려라."

그 말이 끝나기도 전에 형사들이 달려들었다.

"어, 왜 이래?"

유명환이 소리쳤지만 10여 명이 몰려와 둘을 골목 밖까지 밀어내었
다. 때리지 않는 것만 해도 다행이었다.

유진 안으로 쳐들어갈 예정이던 중앙로파는 일찌감치 영등동의 서
진유통 휴게실로 철수해서 야식을 먹는 중이었다. 안국필은 회장실에
서 간부들과 모여앉아 있었는데 기획실 과장 장시우가 서둘러 다가와

242

앞에 섰다. 다급한 표정이다.

"회장님, 배차장파 고 회장이 화장실에서 쓰러졌다는데요."

방안에는 숨소리도 들리지 않았고 안국필도 눈만 크게 뜬 채 굳어 있다. 다시 장시우가 말을 이었다.

"화장실에서 나오지 않아서 들어가 보았더니 쓰러져 있더랍니다. 지금 익산병원에 실려 가는 중인데 의식이 없답니다."

"뭐야? 왜 그렇게 된 거야?"

답답해진 안국필이 목소리를 높였다.

"요점만 말해! 이 새끼야!"

"예, 혈압이 터진 것 같답니다."

"진즉 그렇게 말해야지, 새꺄!"

"죄송합니다."

"병원에 사람을 보내!"

"예, 회장님."

어깨를 늘어뜨린 안국필이 길게 숨을 뱉었다. 두 눈이 번들거리고 있다.

"혈압 터지면 반신불수 내지는 사망이야, 고철종이도 우습게 되는군."

전화벨이 다시 울리자 오경환이 숨부터 들이켰다. 발신자를 보았더니 이복남의 전번이다. 이복남이 남기고 간 전번을 서둘러 찢어서 버렸지만 어느새 번호는 머릿속에 박혀 있었던 것이다. 잠깐 망설이던 오경환이 핸드폰을 귀에 붙였다.

"예."

그때 이복남의 목소리가 울렸다.

"들었지?"

"어쩌자는 거야?"

오경환은 제 목소리가 갈라져 있는 것을 들었다. 방금 평화식당 안 화장실에서 고철종이 쓰러졌다는 연락을 받은 것이다. 그때 이복남이 말했다.

"오늘 밤에 걸리적거리는 놈을 제거할 테니까 말해, 누구야?"

"전화 끊자."

"너 병신노릇만 계속할 거냐? 지금 너한테 기회가 왔다는 거 몰라?"

이복남이 한 마디씩 칼로 내려치듯이 말을 이었다.

"넌 고철종이보다 몇 배, 몇십 배 큰일을 하게 될 거다, 어때?"

"난 네가 누군지 모른다."

"그 정도 보여줬으면 된 거 아니냐?"

웃음 띤 목소리였지만 이복남의 목소리는 싸늘했다. 비웃는 것 같다.

"결정해라. 나하고 같이 뛸 거냐 아니면 거기서 끝날래? 넌 고철종이 이후에도 병신이 돼."

전경이 철수했을 때는 오전 1시 반쯤이 되었을 무렵이다. 경찰이 출동한 바람에 손님들이 일찍 방을 비워서 정미나는 아가씨들을 내보내고 결산을 했다. 그때 현관으로 두 사내가 들어섰다. 유명환과 배유성이다.

"여어, 바쁘구면."

배유성이 떠들썩한 목소리로 말하더니 주위를 둘러보는 시늉을 했다.

244

"사장 여기 안 계시지?"

"왜요?"

정미나가 묻자 배유성이 눈을 가늘게 떴다.

"바쁠 것 같아서 말이야, 밖에서 돌아다니지?"

그때 안에서 이복남이 나왔다. 그 말을 들은 것 같다. 다가선 박영준은 똑바로 배유성을 보았다. 시선이 마주친 순간 배유성의 목소리가 울렸다. 머릿속 말이다.

"이 자식이 여기 있었네, 알리바이는 다 갖춰놓았군."

그다음에 배유성이 입을 열었다.

"이 사장님이 신고를 하셨다면서요?"

"예, 제가."

머리를 끄덕인 박영준이 뒤에 서 있는 유명환을 보았다. 시선이 마주쳤고 유명환이 말했다.

"도대체 이놈하고 박영준은 어떤 관계지?"

물론 머릿속 말이다.

"얼굴도 분위기가 비슷해, 골격도 같고."

그때 다가선 박영준이 말했다.

"뭐가 문제지요?"

"의문 가는 일이 좀 있어서."

이제는 유명환이 말했다.

"이 사장님하고 박영준이는 어떤 관계지요?"

다시 물었다,

"물론 박영준이 아시지요?"

"압니다."

박영준이 머리를 끄덕이자 뒤에서 듣고 있던 정미나가 다가와 섰다. 두 눈이 동그래져 있다. 유명환과 배유성이 미처 머릿속 말을 생성하기도 전에 박영준의 말이 이어졌다.

"박영준이 떠나기 전에 대신 묘지에 들러 달라고 부탁을 했거든요, 난 박영준이를 만난 지 좀 됩니다."

"언제 만나셨는데?"

배유성이 묻자 박영준의 얼굴에 웃음이 떠올랐다.

"1년쯤 전에 박영준이가 교도소에서 나온 후에 알았어요. 난 목포에 있었지만 가끔 만났지요."

어디서 어떻게 만났느냐고 물어볼 수는 없는 노릇이다. 그때 박영준이 말을 이었다.

"이번에 사고를 당하고 나서 절에나 가겠다고 떠난 겁니다. 언제 나타날지는 모르지요."

"그런데 이름이…."

배유성이 입맛을 다셨다.

"박영준 어머니 이름하고 같으시네요, 그것이…."

"그것이 잘못되었습니까?"

"아니, 그게 아니라…."

"내 신원조회 다 하셨지요? 이복남의 주민증, 다 완벽하지요?"

"아, 그거야…."

머리를 끄덕인 박영준이 정미나를 보았다.

"정 마담, 두 분 마실 것 좀 챙겨 드려. 난 바빠서 나가봐야겠어."

"네, 사장님."

정미나가 바로 대답했고 유명환과 배유성은 더 말을 붙이지 못했다.

246

오전 2시 반, 오경환이 핸드폰의 버튼을 눌렀다. 이곳은 익산병원의 뒤쪽 담장, 오경환은 담장에 등을 붙이고 서 있어서 어둠에 묻힌 상태다.

"여보세요."

곧 사내의 목소리, 이복남이다. 발신자 번호를 본 터라 이복남이 대뜸 물었다.

"말해라."

"영광클럽 지배인을 맡고 있는 전대기하고 경호실장 채갑근이오."

어금니를 물었다가 푼 오경환이 핸드폰을 고쳐 쥐었다.

"이 두 놈이 지금 손을 잡고 배차장파를 말아먹으려는 모양이오."

이복남이 듣기만 했고 오경환은 긴 숨을 뱉고 나서 말했다.

"조직도 사람이 먹고사는 밥줄이 걸려 있는 겁니다, 회장이 저렇게 되었지만 그런대로 미운 놈 이쁜 놈 밥은 먹게 해주었소. 하지만 저 두 놈이 배차장파를 잡게 되면 절반은 거지가 될 거요."

"…."

"지금 두 놈이 세력을 모으는데 그렇게 되면…."

"알았어."

이복남이 말을 잘랐다.

"둘을 제거하면 네가 배차장파를 수습할 수 있겠어?"

"가능합니다."

"좋아, 오늘 밤 끝내지."

그러고는 통화가 끊겼다.

"배차장파가 지금 전대기하고 채갑근이 세력으로 뭉치고 있습니다."

장시우가 보고했다. 오전 3시, 중앙로파 회장 안국필은 아직도 서진 유통 회장실에 남아 있었는데 배차장파 귀추가 궁금했기 때문이다.

"둘이 배차장파를 잡을 것 같습니다."

"두 놈이 경쟁자 아니었어?"

안국필이 물었다. 같은 익산에서 부대끼고 살아온 터라 배차장파 내부 사정도 다 아는 것이다.

"예, 회장님."

장시우가 허리를 펴고 말을 이었다.

"고 회장이 둘을 견제시키면서 행동대로 키웠는데 갑자기 저렇게 되니까 둘이 손을 잡고 배차장파를 잡을 것 같습니다."

"오경환이는 병신 되겠군."

"밀려나겠지요."

"고문 노릇을 하던 문성홍이나 나이든 선배 놈들이 이 기회에 싹 쫓겨나겠군."

"예, 회장님."

"두 놈이 손을 잡았단 말이지?"

쓴웃음을 지은 안국필이 자리에서 일어섰다.

"곧 두 놈이 치고받고 싸우다가 엉망이 될 것이다. 이 기회에 평화동 시유지나 도로 찾아야겠다."

"좋아."

전대기가 눈을 가늘게 뜨고 채갑근을 보았다.

"그럼 네가 미림식당 아래쪽 구역을 갖는 것으로 하지, 난 그 위쪽이고."

"우선은 그렇게 정하자고."

어깨를 부풀린 채갑근이 바짝 다가섰다.

"국제건설, 국제금융이 고철종 명의로 걸려 있지만 저렇게 되었으니 우리가 하나씩 토막 내서 먹어야 돼."

채갑근이 이제는 고철종 이름을 부른다. 쓰러진 지 세 시간이 되었을 뿐이다. 익산병원의 옥상에 마주보고 서 있는 둘의 눈빛은 번들거리고 있다. 옥상에 단 둘이 올라와 배차장파의 재산 분할을 하고 있는 중이다. 머리를 끄덕인 전대기가 입을 열었다.

"지금은 우리 둘이 힘을 합쳐야 할 때다. 너하고 내가 싸웠다가는 다른 놈 좋은 일만 시키게 되는 거야."

"우리가 미쳤나?"

어깨를 부풀린 채갑근이 쓴웃음을 지었다.

"하느님이 이런 좋은 기회를 주셨는데 싸우다가 놓쳐?"

"다른 놈들은 그러기를 기대하겠지. 너하고 내가 원체 원수지간이었으니까."

"고철종이가 그렇게 만든 거여."

채갑근이 눈을 치켜떴다.

"우리한테 경쟁을 시킨 거여."

"어쨌든 잘 해보자."

전대기가 채갑근에게 손을 내밀었다. 어둠이 덮인 옥상에는 그들 둘뿐이다. 부하들은 아래쪽 계단에 모여 있다. 채갑근이 손을 잡았을 때다.

"으억!"

채갑근이 배를 움켜쥐고 허리를 굽혔다. 회칼이 배에 자루째 박혀 있는 것이다.

"이, 이 새끼."

눈을 부릅뜬 채갑근이 이 사이로 말했을 때다.

"악!"

앞쪽 전대기가 신음을 뱉더니 가슴을 두 손으로 움켜쥐었다. 가슴에 회칼이 박혀 있다.

"으으악!"

땅바닥에 쓰러지면서 채갑근이 단말마의 신음을 뱉었다. 가슴에 칼이 박힌 전대기는 뒤로 반듯이 넘어지더니 사지를 떨었다. 그때 채갑근은 자신의 몸이 전대기 쪽으로 끌려가는 것을 느꼈다. 그러나 의식이 끊어져 가고 있었기 때문에 무엇이 끌고 가는지는 확인하지 못했다.

"에이 징그런 놈들."

경찰서에 돌아왔다가 다시 익산병원으로 달려가는 차 안에서 배유성이 진저리를 치는 시늉을 했다.

"양아치 새끼들은 꼭 양아치 흉내를 내고 죽어요 글쎄."

옆자리의 유명환은 의자에 어깨를 기댄 채 눈을 감고 있다. 자는 것 같다. 오전 3시 40분, 텅 빈 도로를 속력을 내어 달려가면서 배유성이 말을 이었다.

"이 새끼들, 옥상에서 둘이 맞찌르고 죽었으니 배차장파는 완전히 박살이 났군."

고철종이 식물인간이 되어서 입원해 있는 병원의 옥상에서 또 사고가 난 것이다. 이번에는 배차장파의 실권을 놓고 실력자 둘이 옥상에서 싸우다가 서로 맞찌르고 죽은 것이다.

그전까지는 제법 화기애애하게 상의하는 것 같더니 옥상에서 단둘이 있게 되자 살의(殺意)가 일어난 것 같다. 그때 자는 줄 알았던 유명환이 눈을 뜨고 말했다.

"이젠 오경환이가 배차장파를 잡게 되었어."

박영준이 방으로 들어서자 백근호가 자리에서 일어섰다.

"오셨습니까?"

두 손을 모으고 허리를 기역자로 꺾어서 절을 한다. 오전 8시, 유진클럽 골목 건너편의 사무실 안이다. 머리만 끄덕인 박영준이 들고 온 가방을 소파 옆에 놓고는 자리에 앉았다.

"거기 앉아."

눈으로 앞쪽 자리를 가리킨 박영준이 호흡을 가누었다. 어젯밤을 기준으로 익산 지역의 지도가 달라졌다. 겉은 멀쩡했지만 얼음장 밑의 물이 요동치는 것 같은 형국이 되었다. 배차장파가 무너지고 새로운 지도자 오경환이 등장했다. 그리고 또 있다. 박영준이 백근호를 보았다.

"너는 오늘부터 유진회 부회장이야, 그렇게 행동을 해라."

"예?"

놀란 백근호가 되물었다가 얼굴이 금세 벌겋게 상기되었다. 며칠 전만 해도 제 처지가 어떤 상황이었는가를 알고 있었던 것이다. 성범죄 전과자로 사람 취급도 받지 못했던 백근호다. 박영준이 말을 이었다.

"곧 배차장파 오경환이 너한테 전화를 해 올 거다. 같이 잘해보자는 이야기를 할 텐데 당분간은 너희들 둘만 알고 있어."

그러고는 박영준이 가방을 탁자 위에 놓았다.

"여기 5억 들었다. 네가 애들 영입하고 기타 경비로 알아서 써라. 민고 맡긴다."

백근호는 눈만 껌벅였다. 이런 장면은 꿈을 꿔본 적도 없다.

KTX 좌석에 기대앉은 박영준이 무심한 표정으로 창밖을 본다.

오후 3시 반, 백근호에게 유진회 부회장을 시켜놓고 정미나에게는 유진을 맡겨놓은 후에 훌쩍 KTX에 탄 것이다. 이유는 없다. 어머니와 유진을 거의 동시에 떠나보내고 배차장파, 중앙로파, 거기에다 대성파까지 낀 전쟁을 만든 것은 바로 자신이다. 유진클럽을 중심으로 조직들의 싸움이 일어났던 것이다. 그렇게 두 달이 지났다.

창밖으로 눈에 덮인 산야가 보였다. KTX는 총알처럼 달려가고 있다. 오늘 서울행 KTX를 탄 것은 갑자기 가슴이 텅 빈 것 같은 느낌이 들었기 때문이다. 배차장파를 고철종부터 전대기, 채갑근까지 소탕하여 오경환에게 넘겨준 순간부터 생(生)의 목적을 잃어버린 것 같았다. 유진클럽을 인수한 것은 동생 유진의 이름과 같은 클럽이었기 때문이다. 다른 이유가 없다. 생(生)의 목적을 다시 찾으려는 생각도 없다.

유진클럽은 유진회, 배차장파의 새 회장이 될 오경환과 제휴하여 유지되어 나갈 것이다. 그리고 또 기를 쓰고 존속시킬 의욕도 없다. 이윽고 박영준은 눈을 감았다. 이제 다시 박영준의 얼굴로 돌아가 새 세상으로 향하고 있다.

용산역에서 내린 박영준이 택시를 탔을 때 운전사가 물었다.

"어디로 가시는데요?"

"논현동 사거리요."

그러자 운전사가 머리를 돌려 박영준을 보았다.

"아시죠?"

"뭘 말입니까?"

"강남대로가 지금 전쟁터처럼 아수라장이 되어 있어요."

"아니, 왜요?"

운전사가 차를 발진시키면서 말을 이었다.

"데모대가 폭도로 변했답니다. 그래서 강남대로를 통행 차단시켰어요."

"폭도라니요?"

"조금 돌아가도 됩니까?"

먼저 운전사가 물어서 박영준이 머리를 끄덕였다.

"그러세요."

"큰일 났어요. 이러다가 나라가 망하겠습니다."

50대쯤의 운전사가 백미러로 박영준을 보았다.

"데모대가 갑자기 과격해진단 말입니다. 왜 그런지 모르겠어요."

박영준은 입을 다물었다. 이것이 서울과 지방의 차이점이다. 서울은 어쨌든 역동적이다. 데모가 끊이지 않는데도 행인들은 바쁘게 오가며 생존 경쟁이 치열하다. 익산에서도 데모가 자주 일어났어도 폭동이라는 소리는 못 들었다. 실업률이 사상 최악을 기록하고 있지만 전 세계적인 불황이다.

데모대는 '무능한 정권 타도, 남북한 무조건 통일'을 구호로 외치고 있다. 그때 운전사가 백미러로 박영준을 보면서 말했다.

"논현동에 사신다면 당분간 집을 옮기시는 것이 낫겠는데요?"

"왜요?"

"폭도들이 밤에 부잣집들을 습격한다는 소문이 났습니다."

"뉴스에도 안 났던데."

"SNS도 통제한다고 합니다, 뉴스도 안 내보내고요. 그래서 입소문으로 퍼지는 거요."

"아니, 도대체….'

"큰일이오."

운전사가 백미러로 박영준을 보았다.

"나도 불안해서 오후 8시만 되면 운전 안 하고 집에 갑니다."

박영준이 머리를 기울였다. 다른 세상에 온 것 같은 느낌이 든 것이다.

"왜 이렇게 되는 거야?"

유영화가 소리쳐 물었다.

"저기 앞장선 애들은 누구냐고!"

"나도 몰라!"

정연지가 소리쳐 대답했다.

"하지만 여기까지 왔으니까 도망갈 수도 없잖아!"

"이게 뭐야!"

멈춰 선 유영화가 주위를 둘러보았다. 주위는 소음과 함성으로 가득 찼다. 둘이 소리쳐 이야기하는 사이에도 데모대에게 밀려 몸이 앞으로 나아가고 있다. 강남대로, 이제 이곳은 전장(戰場)이 되어 있다. 유영화와 정연지는 '국민운동본부' 소속의 행동대 17조 소속, 지금 열흘째 투쟁 중이다.

"이리 와!"

유영화가 정연지의 소매를 잡고 옆쪽으로 끌었다. 데모대가 꽉 차 있었기 때문에 한참 시간이 걸린 후에야 둘은 옆쪽으로 나왔고 마침내 상가 건물의 귀퉁이에 붙어 섰다.

"아무래도 이상해!"

유영화가 가쁜 숨을 헐떡이며 소리쳤다. 오후 5시 반, 데모대는 이제 한남대교 통과를 바로 눈앞에 두고 있다. 제17조원은 남녀 포함 2백여 명, 조장과 각 반장은 뒤엉켜 있어서 혼란 상태다. 모두 앞쪽으로 전진하는 중이다.

"뭐가 말야?"

옆에 붙어 선 정연지가 물었다. 둘은 대학 동기로 작년에 대학을 졸업하고 알바를 전전하다가 이번 '국민운동본부'에 가입했다. 가입한 지 열흘 만에 이제는 '데모 선수'가 되었다. 모두 조장, 반장의 가르침과 현장에서 겪은 경험 때문이다. 유영화가 옷에 묻은 먼지를 털면서 말했다.

"우리 조에 못 보던 반장들이 있어. 본부에서 파견 나왔다지만 이상해."

"뭐가?"

"죽이라고 자꾸 소리치는데 그 말을 들으면 나도 모르게 흥분이 돼. 정말 죽이고 싶어진다고."

"그거야 당연하지."

정연지가 이마의 머리칼을 쓸어 올렸다.

"흥분 안 하는 사람이 어딨어? 그리고 밀어붙이려면 당연한 일이야."

"그런데 난 조금 전에 이상한 것을 보았어."

"또 뭘?"

"반장 하나가 부상자를 끌고 나갔는데 어제 본 놈이었어."

"그게 어쨌다고?"

"어제도 그 반장이 중상자를 끌고 나갔단 말이야. 수천 명 중에서 어떻게 그런 우연이 일어날 수 있는 거냐?"

"그럴 수도 있지."

말은 그랬지만 정연지의 눈동자가 흐려졌다.

길가에 붙어 선 박영준이 눈을 크게 뜨고 데모대를 주시하고 있다. 이곳은 강남대로변의 편의점 안, 편의점은 문을 닫았지만 안에 종업원들이 있다. 다른 가게도 마찬가지다. 문을 안에서 잠가놓고 있다. 약탈을 방지하려는 것이다. 앞쪽으로 데모대가 거친 함성을 뱉으며 지나고 있다.

"부패 정권 타도! 독재 타도!"

제각기 죽창과 야구 배트, 쇠 파이프를 들었고 어디서 구했는지 낫을 든 사내들도 있다. 과격해져서 이제는 폭동 수준이다. 그러나 옆쪽 길가에 드문드문 서 있는 시민은 건드리지 않는다. 목표는 한남대교를 통제하고 있는 전경이다. 그러나 언제 발길을 돌려 폭도, 강도단으로 변할지 모른다. 그때 다시 날카로운 외침이 울렸다.

"죽여라! 죽여라!"

선동자의 목소리다.

"죽여라! 죽여라!"

데모대가 일제히 따라 외쳤다. 수만 명이다. 부패와 독재에 항거하는 시민이다. 일자리가 없는 데다 사상 최악의 경제난까지 겹친 상황이라 데모대의 대부분은 젊은이들이다. 방송사, 해외 언론사들까지 모여들어 취재를 하는 터라 박영준의 옆쪽에도 서양인들이 열심히 촬영을 하고 있다.

"죽여라!"

다시 앞으로 소리치고 지나는 사내를 본 박영준의 눈빛이 강해졌다. 정상적인 인간이 아니다. 마치 조종당하고 있는 로봇 같다. 그때 앞을 지나던 또 하나의 사내가 힐끗 박영준을 보았다. 그 순간 박영준이 숨을 멈췄다. 조금 전에 지난 사내와 같다. 시선이 마주쳤지만 머릿속은 비어진 것 같다. 생각을 읽을 수가 없는 것이다.

"죽여라! 타도하라!"

사내가 시선을 돌리면서 소리치며 지나갔다. 박영준은 어깨를 늘어 뜨렸다. 누군가? 인간이 과격해지면 이렇게 변할 수도 있는 것인가?

데모대에서 이탈한 둘은 강남대로 옆쪽의 골목으로 빠져나와 길가의 포장마차로 들어가 앉았다.

"어떻게 하지? 반장이 곧 인원 파악을 할 텐데."

정연지가 걱정했다.

"다쳤다고 할 수도 없고."

"놔둬."

국수와 소주를 주문한 유영화가 지갑을 꺼내 현금을 확인했다. 2만5천 원이 남았다.

"나 빠질 거다."

유영화가 어깨를 늘어뜨리면서 말했다.

"내가 일자리 찾겠다고 데모 시작했지, 누구 죽이고 나라 뒤엎으려고 한 건 아냐."

"반장을 만나야 되잖아?"

정연지가 수심이 덮인 얼굴로 유영화를 보았다.

"수연이도 이탈했다가 다시 돌아왔잖아?"

그들의 친구 김수연도 이탈했다가 반장 면담을 한 후에 복귀했다. 그런데 지금은 열혈전사가 되어서 22조 반장이다.

"도망갈 거야."

소주를 한 모금 삼킨 유영화가 목소리를 낮췄다.

"내 집 주소는 가짜로 썼어. 그러니까 당분간 핸드폰만 받지 않으면 돼."

"난 제대로 썼는데 어쩌지?"

"집까지 찾아오지는 않아, 바쁜데."

"그래도 겁이 나."

박영준은 소주잔을 들고 옆에 앉은 둘의 이야기를 듣고 있다. 둘은 데모대 옆에서 이탈할 모양이다. 지금까지 세상이 썩었는지 누가 독재를 했는지 관심을 가져본 적이 없었던 박영준이다. 밑바닥에서 먹고 살기가 바쁘다 보면 아예 그런 건 신경 쓸 겨를도 없다. 그것이 진짜 서민인 줄 알았다. 그런데 서울은 다르구나. 서울 사람들은 밑바닥도 깨우쳐 있는가?

머리를 든 박영준이 옆쪽에 앉은 유영화를 보았다.

"빠지면 되는 거지 뭐가 걱정입니까?"

놀란 유영화가 박영준에게 물었다.

"누구세요?"

"그냥 듣다 보니까 이상해서요."

박영준의 시선이 유영화와 부딪쳤다.

"혹시 경찰 아냐?"

유영화의 머릿속 말이 들렸다.

"우리 또래 같은데."

"난 경찰 아니고 방금 익산에서 올라왔어요."

박영준이 술술 말을 이었다.

"익산에서 사업을 합니다."

"남의 일에 신경 쓰지 마세요."

"알았습니다, 미안해요."

머리를 돌린 박영준이 다시 술잔을 들었다.

"나도 데모 구경하다가 보니까 좀 이상한 점이 느껴져서요."

한 모금 술을 삼킨 박영준이 말을 이었다.

"'죽여라' 하면서 소리치는 남자 몇 명이 정상적인 인간 같지 않더라고요."

유영화와 정연지가 서로의 얼굴만 보았다. 술병을 들어 잔을 채운 박영준의 얼굴에 쓴웃음이 떠올랐다.

"마치 누구한테 조종당하는 것 같기도 하고 신이 들린 것 같기도 했어요."

"아저씨, 데모는 열정으로 하는 거예요."

유영화 건너편의 정연지가 쏘아붙였다.

"그래서 그렇게 보였을 수도 있어요. 오해 마세요."

그때 포장마차 안으로 두 사내가 들어섰다. 둘 다 건장한 체격에 눈동자가 번들거리고 있다. 오후 7시 반, 포장마차 안에는 가스등이 켜져 있다.

"거기, '국민운동' 맞지요?"

사내 하나가 유영화와 정연지를 둘러보며 물었다.

"몇 조요?"

감찰대다. 이탈한 대원, 낙오한 인원을 찾아 끌고 가는 역할, 군(軍)과 비교하면 탈영자를 잡는 헌병대다. 다가온 사내들이 둘의 옆에 섰다.

"같이 가자고."

사내 하나가 유영화의 어깨를 움켜쥐고 말했다.

"우리 눈은 속일 수 없어. 자, 갑시다."

"왜 이래요?"

유영화가 어깨를 흔들었지만 사내의 손이 떼어지지 않았다.

"어딜 가자는 거예요?"

"다시 조로 돌아가야지. 다른 조원들은 목숨을 걸고 싸우는데 이러고 있으면 돼요?"

"우리 부상자예요, 다쳤다고요."

정연지가 소리쳐 말했을 때 사내들이 웃었다.

"부상자가 술을 마셔? 자, 갑시다."

"우린 안 가요."

"가입 신청서 봤지요?"

사내가 유영화의 어깨를 힘주어 쥐었다.

"이탈하면 어떻게 되는지 알고 있을 텐데."

"놔!"

유영화가 소리쳤다. 포장마차 주인 여자는 이런 일을 많이 겪었는지 우두커니 서 있기만 한다.

박영준은 사내의 눈동자가 흐려져 있는 것을 보았다. 머릿속 말도 들리지 않는다. 데모대에 끼어 "죽여라" 하면서 지나던 사내들과 같은 부류다. 눈앞에서 그들을 보게 된 것이다.

"자, 일어나."

다른 사내가 정연지의 어깨를 움켜쥐면서 말했다.

"우리가 이러고 있을 때가 아니라고!"

"놔!"

정연지가 소리쳤고 유영화도 어깨를 움켜쥔 사내의 팔목을 잡았다.

"이거 놔."

그러나 사내들의 힘을 당할 수는 없다. 그때 박영준이 유영화에게 물었다.

"도와 드릴까요?"

유영화의 시선이 박영준과 마주쳤다. 그때 박영준이 자리에서 일어섰다. 유영화의 머릿속 말을 들었기 때문이다. 그 순간 박영준의 주먹이 날아갔다.

"퍽!"

정통으로 턱을 맞은 사내가 머리를 젖히면서 뒤로 쓰러지는 순간에 다시 박영준의 왼쪽 주먹이 날아가 옆쪽 사내의 머리를 쳤다.

"퍽!"

뼈에 맞은 소리가 비슷했다. 단 한 번의 주먹이지만 그 위력은 전설이 된 복서 마이크 타이슨보다 두 배나 강했으니 결과는 끔찍했다. 땅바닥에 쓰러지기도 전에 두 사내는 의식이 끊어졌다. 사내들이 쓰러지자 박영준이 주머니에서 5만 원권 2장을 꺼내 포장마차 주인에게 내밀었다.

"아주머니, 여기 계산 내가 다 할게요."

"아니, 한 장만 주셔도 남아요."

주인이 그 와중에도 정색을 하고 사양했지만 박영준이 돈을 식탁에 놓고 말했다.

"자, 갑시다."

"우리 쪽 부상자가 속출하는 상황이니까 분위기가 험악해지는 건 당연한 것 아닙니까?"

안치성이 목소리를 높이면서 박우근에게 말을 이었다.

"12명이 중경상을 입었단 말입니다! 전경대에 접근하면 꼭 사고가 난단 말이오!"

"그럼 우리 전경이 칼로 찌르고 망치로 머리를 쳤단 말이오?"

이제는 서초경찰서장 박우근이 소리쳤다.

"이것 보쇼, 우리가 그렇게 멍청한 줄 알아? 당신들 데모 핑계거리 대주는 짓을 할 것 같으냔 말이오!"

"그럼 우리 자작극이란 말이오?"

맞받아 소리친 안치성은 '국민저항운동'의 선전부장이며 대한노총의 집행부장이다. 실제로 지금 강남대로를 채우고 있는 3만 명 가까운 '국민저항운동' 데모대의 핵심 중의 하나다. 이곳은 서초경찰서의 서장실 안이다.

오후 8시 반, 방안에는 이번 강남대로 데모 사건에 대한 공수(攻守) 양측의 긴급회의가 열리는 중이다. 안치성은 야당인 민족당의 원외위원장이기도 한 터라 배경에 막강한 정치권이 도사리고 있다.

"지금이 어떤 세상인데 자작극을 벌인단 말이오? 만일 그것이 들통 났다가는 나라가 뒤집힐 거요."

"아니, 그렇다고 우리 전경들을 범인으로 몰다니, 그럴 수가 있단 말입니까?"

박우근이 다시 목소리를 높였지만 기세가 조금 떨어져 있다. 저렇게까지 나오는 데다 그것이 전경의 소행이 아니라고 확신할 수가 없었기 때문이다. 심호흡을 한 박우근이 안치성을 보았다.

"밤에 약탈, 방화 사건이 일어나고 있어요. 물론 아니라고 하시겠지만 국민운동본부에서 철저히 내부 단속을 해주셔야겠습니다."

"모욕적인 말씀을 하시는데."

안치성이 가늘게 뜬 눈으로 박우근을 노려보았다. 50대 중반의 안치성은 40대 후반의 박우근을 압도하는 분위기다.

"우리 데모대가 그런 혐의를 받고 있다는 것을 알면 불난 집에 부채질하는 꼴이 될 겁니다. 증거도 없는 모략은 삼가주시는 것이 신상에 이로울 겁니다."

"데모대가 안 했더라도 원인 제공을 했어요."

어깨를 부풀린 박우근이 안치성을 마주 노려보았다.

"이런 난장판 데모만 없었어도 서초서 관할 지역은 전국에서 가장 안전한 지역이었단 말이오! 지금은 당신들 때문에 개판이 되었어!"

"이게 우리 탓인가? 개판을 만든 정부 탓이지!"

마주 소리친 안치성이 벌떡 일어섰다. 이제 서로 경고를 주고받았으니 오늘 회의도 끝났다.

"죽이라고 구호를 내놓지는 않았습니다."

돌아가는 차 안에서 조현철이 안치성에게 말했다. 걸어서 5분 거리지만 둘은 차를 타고 왔다. 도로에 차량이 꽉 막혀 있어서 차는 걸어가는 속도로 나아가고 있다.

"엉켜서 싸우다보면 열이 받쳐서 어디선가 죽이라는 소리가 나옵니다."

"각 조장들한테 다시 교육시켜."

안치성이 창밖을 내다보며 말을 이었다.

"내 생각에는 불순분자들이 좀 끼어 있는 것 같기도 해."

"제 생각도 그렇습니다. 하지만…."

조현철이 말을 멈췄지만 그 뒷말을 안치성은 이을 수 있다. 하지만 그 불순분자들의 열기가 데모대의 사기를 올리는 역할을 해왔던 것이다. 전경들에게 밀릴 때나 지쳤을 때 과격한 일부의 선동이 효과적이다.

조현철이 길게 숨을 뱉었다. 조현철은 '국민운동본부'의 기획실장으로 안치성의 심복이다. 데모대의 실질적인 기획자인 것이다.

"부장님, 국민운동본부의 세력은 점점 증가되고는 있지만 방향이 의도에서 벗어나고 있는 것 같습니다."

다시 차가 멈췄을 때 조현철이 조심스러운 표정으로 안치성을 보았다.

"이렇게 나가면 무정부 상태가 되고 그때는…."

"그때는 정치권이 알아서 하겠지."

안치성이 조현철의 말을 잘랐다.

"그건 우리들 몫이 아냐. 우리는 부정부패 일소, 무능한 정부 타도, 실업자 구제, 대기업의 자본 착취 방지만 주장하면 돼."

조현철이 창밖으로 다시 머리를 돌렸다. 그렇다. 조현철은 물론이고 강남 일대를 데모대로 장악한 실세인 안치성도 꼬리에 불과한 것이다.

머리는 둘 다 만나본 적이 없다.

"저기로 갑시다."

박영준이 가리킨 곳은 길가의 일식당이다. 오후 8시 45분, 이곳은 논현로의 호텔이 밀집된 지역이다. 강남대로와 3백 미터밖에 떨어지지 않았지만 이곳은 딴 세상이다. 지나는 사람들의 표정도 안정되었고 거리는 휘황한 불빛에 덮여 있다.

"저기 비쌀 텐데…."

정연지가 불쑥 말했다가 쓴웃음을 지었다.

"난 일식당 들어가 본 적이 없어요."

"가요, 괜찮아요."

앞장선 박영준이 유영화와 정연지를 돌아보며 웃었다.

"소비가 많아야 경제가 탄력을 받는 법입니다. 경제라는 기계에 기름칠을 해주는 것과 같죠."

"아저씨는 경제 공부하셨어요?"

뒤를 따르며 정연지가 묻자 박영준이 대답했다.

"배우는 중입니다."

"때려눕히는 기술도 배우셨어요?"

이제 긴장이 조금 풀린 정연지가 다시 물었다. 유영화는 잠자코 따라오기만 한다.

"뭐라고? 17번, 21번이?"

눈을 치켜뜬 강호상이 고윤기를 노려보았다.

"중상이야?"

"예, 지금 강남성심병원 응급실에 있습니다."

고윤기가 이맛살을 찌푸린 채 말을 이었다.

"둘 다 얼굴을 맞아서 말을 못 합니다, 그래서 겨우 필담을 했습니다."

"필담?"

"예, 종이에다 적어서…."

"이런 개 같은, 누가 그랬다는 거야?"

"종이에 썼는데 어떤 사내라고. 20대, 키 크고, 경찰 같지는 않고, 이탈자 둘을 잡으러 포장마차에 갔는데 그놈이 막고 쳤답니다. 그놈이 한 대씩 쳤다는 겁니다."

"그렇게 만들 정도면…."

"예, 그것이 좀 걸립니다."

"격투기나 복싱 선수도 그렇게 못 해."

"혹시 남조선에서…."

"쉿."

눈을 부릅뜬 강호상이 주위를 둘러보았다. 이곳은 성남 교외의 연립 주택 마당이다. 짙게 어둠이 덮인 마당에는 그들 둘뿐이었지만 안쪽 건물의 소음은 떠들썩했다. 이곳이 '국민저항운동'의 간부 숙소다. 강호상이 목소리를 낮추고 말했다.

"한 시간쯤 전에 조현철이 전화를 했어."

담장에 붙어 선 고윤기를 향해 강호상이 말을 이었다.

"조원들이 '죽여라' '찔러라' 등 과격한 표현은 쓰지 말라는 거야."

"노상 하는 소리 아닙니까?"

"앞으로 그런 소리 하는 조는 문책을 하겠다는 거야, 조장을 바꾼다는군."

"이젠 입에 붙어서 우리가 선창하지 않아도 알아서들 합니다."

"그나저나 어떤 놈이 17번, 21번을 폐물로 만들었지? 분명히 한 놈이라고 했어?"

"예, 저도 몇 번 확인했습니다."

그때 다시 주위를 둘러본 강호상이 머리를 저었다.

"남조선에서 만들어 낼 수는 없어. 만들었다면 우리 존재를 눈치챘다는 뜻인데 우리부터 제거할 거다."

강호상의 얼굴에 웃음이 떠올랐다. 주름살 하나 없는 깨끗한 얼굴이다.

생선회를 안주로 소주까지 마셨는데 어느덧 술기운이 돌자 유영화와 정연지의 긴장이 풀어졌다. 오후 9시 반.

"아저씨, 집이 어디세요?"

정연지가 붉어진 얼굴로 물었다. 24세, 국제대 영문과를 작년에 졸업하고 지금까지 알바 7개를 전전함. 아버지가 5년 전 실직한 후로 어머니와 정연지, 여동생까지 알바 전선에 나섰지만 하루 벌어서 하루 먹고 사는 실정. 둥근 얼굴에 예쁘장한 용모였지만 160 정도의 신장에 통통한 체격, 몸매만 좋았다면 룸에 나갔을 것이라고 본인 입으로도 말함. 박영준이 대답했다.

"전라북도 익산에서 사업을 하다가 서울에 온 거요. 그런데 서울이 이렇게 난장판이 되어 있는지 몰랐네."

"정말 몰랐어요?"

놀란 정연지가 눈을 둥그렇게 떴다.

"KTX로 2시간이면 오는 거리인데 SNS도 안 봐요?"

"데모 이야기는 없던데."

"하긴 지방에서는 안 보인다고 하더니."

"도대체 왜 이러는 거요? 데모한다고 일자리가 나옵니까? 정권을 타도하면 살기가 좋아져요?"

그때 유영화가 말했다.

"가만히 앉아서 굶어죽는 것보단 낫죠."

유영화의 얼굴이 굳어져 있다.

"이 나라는 썩었어요. 잘사는 놈은 더 부자가 되고, 못사는 놈은 더 쪼들려요."

"왜요?"

"잘사는 놈들이 권력까지 쥐고 착취를 하니까요."

유영화의 두 눈이 번들거렸고 목소리에 열기가 띠어졌다.

"댁은 딴 세상에서 온 것 같아요. 우리처럼 고생을 해보지 않았던가."

"내 동생은 수학여행비 30만 원을 못 내 수학여행을 못 가고 죽었어요."

불쑥 박영준이 말을 뱉자 둘은 몸을 굳혔다. 방안에는 잠깐 숨소리도 들리지 않았다. 박영준이 말을 이었다.

"아까 감찰대를 보니까 보통 사람이 아니에요, 당신들 같은 사람들이 아니었어요."

박영준의 얼굴에 쓴웃음이 번졌다.

"인간과 기계를 합성한 것 같은 느낌을 받았어요."

"감찰대는 다 그래요."

어깨를 늘어뜨린 정연지가 대답했다. 정신이 돌아오자 걱정이 되기 시작한 것이다.

"어쩌죠? 나는 월세방 주소도 다 적어 줘서 집까지 찾아올 텐데."

"집까지?"

박영준이 묻자 정연지가 외면한 채 대답했다.

"회원에 가입했으니까요."

"논현동 포장마차에서 피습당한 사내 둘은 연고가 없습니다."

강력1팀장 최경태가 박우근에게 보고했다.

"포장마차 주인 말을 들어보면 데모대 감찰대가 맞습니다. 여자 둘을 데려가다가 손님 하나한테 맞았는데요."

"신분증도 없단 말이야?"

"예, 저항운동 기획실에서도 확인이 안 됩니다."

"지랄들."

서류를 젖혀놓은 박우근이 최경태를 노려보았다. 밤 12시 반, 서초경찰서 서장실 안이다. 오늘도 박우근은 서장실에서 날을 새고 있다.

"지문은?"

"지금 확인 중입니다만⋯."

머리를 기울인 최경태가 조심스러운 눈으로 박우근을 보았다.

"서장님, 좀 이상합니다."

"뭐가?"

"처음에는 문병 온 사람들하고 필담을 나누고 그래서 국민운동본부 데모대인 줄 알았는데 갑자기 상태가 나빠지니까 모두 모른다는 겁니다."

"⋯."

"그들도 데모대원인 줄 알았다면서 지금은 병실에 아무도 안 옵니다."

최경태가 바짝 다가와 섰다.

"둘의 상태가 심각합니다. 둘 다 주먹으로 머리를 맞았는데 딱 한 방씩 맞았는데도 턱뼈가 부서지고 광대뼈가 박살이 난 겁니다. 이건 마치 해머로 친 것 같답니다."

"…."

"포장마차 주인 말을 들으면 두 놈이 감찰대가 분명한 것 같다는데요."

"…."

"계속 의식불명 상태인데 의사 이야기는 둘 다 뇌에 문제가 있다고 했습니다."

"국민운동 놈들이 저희들 소속이 아니라고 하다니 우리한테는 다행이지."

마침내 박우근이 속에 있는 말을 내놓았다.

"딴 데서 다친 놈들까지 데려와서 데모하다가 다쳤다고 하던 놈들이 말이야."

맞는 말이다. 다른 때 같았으면 데모대가 테러를 당했다고 길길이 뛰었을 것이다. 그런데 지금은 모르는 사람이라니 경찰 입장에서는 다행이다.

오전 1시 반, 응급실 안은 잠깐 조용해졌다. 지친 간호사들이 의자에 앉아 어깨를 늘어뜨린 채 차트를 보았고 의사들은 골방에 들어가 쉬고 있다. 응급실 안은 모처럼 정적이 덮였다. 그때 안쪽 문에서 사내 하나가 들어섰다. 의사 가운 차림에 덥수룩한 머리, 그러나 눈빛이 맑다. 바로 박영준이다. 거침없이 앞을 지나는 박영준을 간호사들이 물끄러미 보았다. 박영준이 안쪽 벽에 나란히 붙여진 병상으로 다가가 섰다. 바로 감찰대원 17, 21번의 병상이다.

나란히 누운 둘은 머리에 붕대를 감고서 눈과 입만 드러나 있다. 둘은 모두 눈을 감고 있었는데 제각기 팔에 대여섯 개의 주사기를 꽂았고 코에는 산소 호흡기가 박혀 있다. 그때 박영준이 앞쪽 사내의 눈을 손끝으로 슬쩍 건드렸다. 그러자 사내가 퍼뜩 눈을 떴다. 사내의 시선을 받은 박영준이 낮게 물었다.

"말해, 다 들으니까. 넌 누구냐?"

사내의 눈동자가 흔들리더니 곧 크게 떠졌다. 박영준의 안력(眼力)에 제압당한 것이다.

"난 17번, 이름은 없다."

"넌 어디서 왔어?"

박영준이 숨 돌릴 여유도 주지 않고 물었다.

"네 소속을 대."

"난 평양에서 왔고 제23특수단 소속 상사다."

사내의 눈을 통해 머릿속 말이 들리는 것이다.

"여기 온 목적은?"

"남조선 데모대에 잠입, 데모를 내란 수준으로 끌어올리기 위해서다."

"네 지휘부는?"

"지휘부는 모른다."

"너는 누구의 지시를 받나?"

"국민운동본부 제17조 소속, 조장 강호상과 반장 고윤기의 지시를 받는다.”

“네가 보통 사람하고 다르다. 그 이유는?”

“머릿속에 칩이 심어져 있기 때문이지.”

“무슨 칩이냐?”

“힘이 2배 정도 늘어나고 순발력, 탄력이 50퍼센트 정도 향상된다. 그리고 칩이 심어진 동료는 50미터 간격 안에서 전파가 작용하여 감지할 수 있다.”

“그리고 명령에만 복종하도록 되어 있군.”

“그렇다.”

17번이 무표정한 얼굴로 박영준을 보았다.

“너도 우리 동료인가?”

“네가 질문하면 안 된다, 17번.”

“알았다.”

“네 동료가 얼마나 파견되었나?”

“모른다.”

“널 지휘하는 17조 조장이 알고 있나?”

“조장과 반장 고윤기 둘이 내 지휘부다. 그들이 알고 있겠지.”

박영준이 머리를 끄덕였을 때다. 뒤쪽의 인기척을 느낀 박영준이 몸을 돌렸다.

“엇!”

박영준의 입에서 저절로 외침이 터졌다. 눈앞에 선 사내와 시선이 마주친 순간 온몸이 사내의 눈 속으로 빨려드는 느낌을 받았기 때문이다. 사내가 다음 순간 박영준을 향해 빙그레 웃었다.

사내는 30대쯤으로 보였는데 단정한 양복 차림이다. 장신에 수려한 용모, 눈의 흰자위에 붉은 실핏줄이 서너 개 깔려 있다. 그렇다. 사내는 지금 병상에 누워 있는 17호와 같은 부류다. 눈으로 끌어들이는 이 능력은 순간적으로 상대방의 이성을 마비시킬 수 있는 것이다. 이 사내는 17호, 21호보다 상급(上級)의 능력을 보유하고 있다. 그때 사내가 팔을 뻗었다. 박영준을 응시한 채 팔을 뻗은 것이다.

"으음!"

사내의 팔이 어깨를 움켜쥔 순간 박영준의 입에서 다시 신음이 터졌다. 손을 통해서 전류가 쏟아져 나오는 것 같다. 온몸에 경련이 일어나면서 굳어지고 있다.

박영준은 사내의 눈이 더 붉어지는 것을 보았다. 엄청난 악력이다. 마치 쇠로 된 집게가 어깨를 조이는 것 같다. 박영준의 표정을 본 사내가 다시 웃었다.

"넌 누구냐?"

사내가 낮게 물었다.

"내 힘을 견디는 것을 보니까 너도 신인간(新人間)인가?"

"신인간?"

박영준이 웃었다. 그 순간 놀란 사내의 손에 더 힘이 가해졌다. 얼굴이 붉게 달아올랐고 이를 악물 정도다. 그때 박영준이 몸을 비틀면서 왼손으로 사내의 팔을 잡았다.

"아!"

입을 딱 벌린 사내의 얼굴이 순식간에 하얗게 굳어졌다. 사내의 몸에서 기력이 빠져나간 것이다.

"이익."

사내가 다시 입을 벌린 순간 박영준의 손이 목울대를 가볍게 쳤다.

"컥!"

낮은 신음을 토해낸 사내가 머리를 꺾었을 때 박영준이 겨드랑이를 부축했다. 그러고는 사내를 안고 응급실 뒷문으로 나왔다. 의사가 사내 하나를 부축하고 응급실 뒷마당으로 나오고 있다. 곧 둘은 뒷마당 안쪽의 어둠 속으로 묻혔다.

이곳은 영안실 뒤쪽 공터, 한낮에도 사람 통행이 없는 곳이어서 밤에는 더욱 인적이 없다. 박영준이 땅바닥에 앉은 사내를 내려다보고 서 있다. 다리 힘이 풀린 사내는 멀뚱한 표정으로 박영준을 올려다보았는데 이미 두 눈이 흐려져 있다.

박영준이 두 손을 사내의 머리 위에 올려놓았다. 두 손바닥을 통해 뜨거운 열기가 사내의 머리로 쏟아져 내려갔다. 이것은 진기(眞氣)다. 1천 년 가깝게 맥이 끊겼던 고대의 무술이 박영준에 의해 재현(再現)되고 있다. 박영준이 머릿속에 넣은 지식이 저절로 몸을 통해 응용되고 있는 것이다.

"아아아!"

사내의 입에서 낮은 신음이 터졌다. 그때 박영준이 사내를 내려다보면서 물었다.

"네 소속은?"

"17조장 강호상과 반장 고윤기의 지시를 받는 감찰조장 김장규."

"17, 21번과의 관계는?"

"내 부하다."

"넌 부하가 몇 명이야?"

"14명."

"다른 조에도 너 같은 감찰조장, 부하가 있나?"

"그건 모른다."

"네 머리에 든 것은 뭐냐?"

"칩이야."

사내가 고분고분 대답했다.

"북에서 심어준 거야."

"북에서 네 소속은 23특수단인가?"

"그렇다."

"계급은?"

"상위."

"강호상과 고윤기 계급은?"

"강호상은 중좌, 고윤기는 소좌."

"다른 조에도 비슷한 규모가 파견 되었나?"

"모른다."

"네 칩의 능력은?"

"힘이 두 배 이상 늘어난다."

"넌 안력(眼力)으로 상대방을 제압할 수 있지?"

"그렇다. 그런데 너한테는 통하지 않았어, 영문을 모르겠다."

"또 다른 능력은?"

"격투기 능력이 세 배 이상 늘어났다."

"그 칩은 누가 개발한 거냐?"

"그걸 내가 어떻게 알아?"

"조장과 반장의 능력은 너보다 월등한가?"

"그렇다, 고위직일수록 칩의 능력이 높다."

"강호상과 고윤기보다 고위직이 있나?"

"모른다."

"너희들 목표는?"

"나는 감찰대 감시하는 것이 목표야."

"감찰대는?"

"조원 독려, 반란 선동, 적 제거."

"감찰대장은 너 하난가?"

"모른다."

"모르다니?"

"그건 조장, 반장만 알아."

"여긴 뭐 하러 온 거야?"

"필요 없어진 17번과 21번을 제거하려고 온 거야."

손바닥에서 뿜어 나오는 열기에 지친 사내는 온몸에서 땀을 쏟아내고 있다. 박영준은 사내의 목숨이 얼마 남지 않은 것을 깨달았다. 머릿속의 칩 때문에 사내는 지금까지 버틴 셈이다.

오전 1시가 되었을 때 강호상의 핸드폰이 진동으로 떨렸다. 핸드폰을 든 강호상이 이맛살을 찌푸렸다.

"누굽니까?"

옆쪽 침대에 앉아 있던 고윤기가 묻자 손가락으로 입술을 눌러 보인 강호상이 핸드폰을 귀에 붙였다.

"예, 조 실장님."

국민운동본부의 조현철이다. 고윤기가 숨을 죽였을 때 조현철의 목소리가 울렸다.

"강 조장님, 김장규라고 아시지요?"

"누구요?"

"거기 감찰대장 말입니다."

강호상이 고윤기를 보았다. 감찰대장 이름은 그들 둘만이 알고 있는 것이다. 그것을 조현철이 불렀으니 긴장하지 않을 수 없다. 강호상이 대답했다.

"김 누구라고요? 저는 처음 듣는 이름입니다만."

"성심병원 영안실 뒤에서 그 친구가 저한테 연락을 했습니다."

"뭐요? 실장님한테 전화를 해요? 왜요?"

"성심병원의 응급실에 있는 두 명이 감찰대원 17번, 21번이라고 하는군요. 도대체 무슨 말이냐고 물었더니 조장님한테 물어보면 설명해 줄 거라고 했습니다."

"…"

"자신이 23특수단 소속이라고 하는데요."

"…"

"그게 무슨 말입니까? 23특수단이 뭐지요?"

"지금 어디 있다고요?"

강호상의 목소리가 갈라져 있다.

"내가 북한군 23특수단 소속입니다."

수화구에서 사내의 목소리가 울렸다.

"아, 그래요?"

최경태다. 힐끗 벽시계를 보았다. 오전 1시 10분, 술 취한 목소리는 아니다. 그러나 미친놈 같다. 그때 사내가 말을 이었다.

"지금 성심병원 응급실에 누워 있는 두 명의 신원은 북한군 23특수단에서 파견된 '내란 선동 요원'입니다. 난 특수단 상위인 김장규인데 국민저항운동 소속 제17조의 감찰대장을 맡고 있지요."

"아저씨, 이 전화 녹음되고 있는 거 아시죠? 그러니까 그만두세요."

"네, 녹음하시라고 이러는 겁니다."

"지금 어디 계십니까?"

"성심병원 영안실 뒤 공터에 있어요."

"거기서 뭐 하시는데?"

"제 임무인 감찰대원 둘을 죽이러 왔거든요. 그래서 곧 죽이러 갈 겁니다."

"아, 그러세요?"

"감찰대원은 물론 감찰대장인 저까지 북에서 파견된 것입니다."

"오시느라고 수고 많으셨습니다."

"제17조장 강호상과 반장 고윤기가 제 직속상관이죠. 강호상은 중좌이고 고윤기는 소좌입니다. 모두 23특수단 소속이지요."

"아이구, 그러세요?"

"전 상위였고요, 아니 지금도 상위입니다."

"바쁘시군요."

"강호상은 물론이고 지금 응급실에 있는 둘까지 머리에 칩이 심어져 있지요. 그 칩이 북한군이 개발한 신무기인 것입니다."

"핵에다 그것까지 개발했어요?"

"확인해 보시지요."

그러고는 전화가 끊겼으므로 최경태가 핸드폰의 녹음 장치를 확인했다. 녹음기는 제대로 가동되었다.

"별 미친놈이…."

투덜거렸던 최경태가 옆쪽 자리의 당직 형사에게 말했다.

"거기 성심병원 응급실에 있는 그 두 놈 체크해봐. 그리고 영안실 뒤쪽 공터도 가보라고 해."

김장규의 핸드폰을 깨끗이 닦은 후에 손에 쥐어 준 박영준이 뒷마당을 나왔다. 오전 1시 반, 병원을 나온 박영준이 백제호텔로 들어섰을 때는 오전 2시가 조금 넘었을 때다. 12층의 방문을 열고 들어서자 그때까지 창가의 의자에 앉아 있던 유영화와 정연지가 자리에서 일어섰다. 둘의 얼굴은 오히려 술기운이 깨어 있다.

"아니, 왜 지금까지 안 자고 있어요?"

박영준이 묻자 먼저 유영화가 말했다.

"TV에 나왔어요. 포장마차 아줌마까지요."

유영화가 굳어진 얼굴로 박영준을 보았다.

"둘 다 의식불명 상태래요, 어쩌죠?"

"할 수 없지요."

윗옷을 벗은 박영준의 얼굴에 희미하게 웃음이 떠올랐다. 내일 아침에는 셋의 사망 사건으로 떠들썩해질 것이다. 응급실의 둘과 감찰대장까지 성심병원 안팎에서 시체로 발견될 것이기 때문이다. 지금쯤 달려온 강호상 일행과 경찰이 마주쳤을지도 모른다.

5장 신인간

"팀장님, 시체가 있습니다."

다급한 이 형사의 목소리가 울렸다. 성심병원에 파견나간 막내 형사다. 긴장한 최경태가 핸드폰을 고쳐 쥐었고 이 형사가 소리치듯이 보고했다.

"영안실 뒤에 시체가 있습니다, 손에 핸드폰을 쥐고 있는데요."

"죽었어?"

"예, 반듯이 누워 있습니다."

"살해된 거야?"

"살해된 것 같지만… 어쨌든 심장이 정지 상태고 호흡도 없습니다. 타살된 것 같지가…."

"야, 너 그 시체 사진부터 찍고"

이제는 최경태가 다급해졌다. 벽시계가 오전 1시 45분을 가리키고 있다. 잠이 싹 달아나버린 최경태가 소리쳤다.

"빨랑 응급실에 가봐. 가서 피습당한 그 신원 미상자 두 놈이 어떻게 되었는가 보고해! 빨랑!"

"예, 팀장님."

"그 시체 사진 찍고! 여러 각도에서! 경비 불러서 아무도 손 못 대게해, 우리가 갈 테니까!"

소리를 지르는 동안 듣고 있던 형사들이 출동 준비를 마치고 있다.

"가자!"

최경태가 소리치며 사무실을 뛰쳐나갔다.

"그거, 사실인 겁니까?"

뒤를 따라 뛰던 권 형사가 소리쳐 물었지만 최경태는 대답하지 않았다. 권 형사는 10분쯤 전에 최경태에게 걸려온 전화 내용을 말하는 것이다. 영안실 뒤 공터에서 전화를 한 상위 김장규의 녹음 내용을 강력반 사무실에서 커다랗게 틀어놓고 들었다. 듣고 다 웃었는데 영안실 뒤에서 시체가 발견되었다는 보고에 모두 악몽을 꾼 얼굴이 되어 있다.

"조 실장이 와 있습니다."

고윤기의 보고를 들은 강호상이 숨을 들이켰다. 성남의 연립주택 마당에서 강호상이 핸드폰을 귀에 붙이고 있다. 조현철의 전화를 받은 강호상이 서둘러 강남 성심병원으로 고윤기를 보낸 것이다.

"어? 지금 어디 있는데?"

"그 영안실 뒤쪽 공터에 와 있습니다."

고윤기가 말을 더듬었다.

"공터에 사람들이 많아요. 경비가 있고, 사람이 죽어 있다고 합니다."

"누가?"

"그건 가깝게 가지 못해서 모르겠습니다. 조현철이 그곳에 있기 때문에…."

"그 자식이 확인하러 간 건가? 근데 누가 죽은 거야? 혹시…."

"모르겠습니다."

"그럼 응급실에 가봐. 거기 가서 17번, 21번을 확인해 보라고."

"알았습니다, 어라?"

"왜 그래?"

"잠깐만요, 응급실로 사람들이 달려갑니다."

그러더니 고윤기가 서둘렀다.

"좀 있다가 다시 전화 드리지요."

"난 고아예요."

불쑥 유영화가 말한 순간 방안이 조용해졌다. 알고 있는 정연지는
외면했고 박영준은 시선만 준다.

"갈 곳도 없고 연락할 사람도 없어요."

유영화가 혼잣소리처럼 말을 이었다.

"그러니까 신경 안 써줘도 돼요."

박영준이 탁자에 붙어 있는 전광시계를 보았다. 오전 2시 10분, 이야
기를 하다가 집에 연락을 하라고 했더니 유영화가 말을 받은 것이다.
눈을 보면 생각을 읽을 수 있지만 과거나 가족 관계까지 알 수는 없다.
박영준이 입을 열었다.

"경찰이 포장마차에 함께 있었던 사람들까지 찾고 있으니까 날이 밝
으면 몸을 피해야 할 거요."

조금 전에 TV에서는 포장마차 주인의 진술을 받아 셋의 몽타주가
보도되었다. 각각 얼굴이 다르게 묘사되었지만 이 방에 셋이 있는 것을

282

보면 당장 의심을 받게 될 것이다. 이 방은 박영준이 이복남 이름으로 투숙한 것이다. 유영화와 정연지는 숙박부에 기록되지 않았다. 유영화의 얼굴에 웃음이 떠올랐다.

"우리야 괜찮아요, 그쪽이나 조심하세요."

"어떻게 하시려고?"

"날이 밝으면 여기서 나갈게요."

"글쎄, 어디로 간다는 거예요?"

"그건 몰라도 돼요."

그때 박영준은 유영화의 머릿속 말을 읽었다.

'강릉까지 차비가 될라나?'

시선을 돌린 박영준이 정연지를 보았다. 눈이 마주치면서 이번에는 정연지의 머릿속 말이 들렸다.

'집에 갈 수는 없어. 그렇다고 돈이 5만 원도 안 남았는데 어디로 가지?'

박영준이 시선을 떼고는 탁자 위에 놓인 생수병을 들고 한 모금을 삼켰다. 어느덧 마음을 굳힌 박영준이 생수병을 내려놓고 말했다.

"서울을 떠나는 게 나아요."

둘의 시선이 모였을 때 박영준이 가방을 들고 와 탁자 위에 놓았다. 그러고는 가방을 열고 5만 원권 뭉치 2개를 꺼내 각자 앞에 1개씩을 놓았다. 5백만 원씩이다.

"이거 받아요."

박영준이 눈으로 돈뭉치를 가리키며 말했다. 놀란 둘의 시선이 돈뭉치에서 떼어지지 않는다. 박영준이 말을 이었다.

"당분간 도피 자금으로 써요."

"저희들한테 왜 이렇게 잘해 주세요?"

그렇게 물은 것은 유영화다. 유영화가 박영준을 보았는데 얼굴이 상기되어 있다. 유영화의 시선을 받은 박영준의 얼굴에 웃음이 떠올랐다. 유영화의 머릿속이 텅 비어 있었기 때문이다. 놀랍고 황당한 것 같다.

"우연히 얽혔지만 나 때문에 경찰이 찾는 상황이 되었으니까 내가 끝까지 도와준다고 생각 하면 돼."

이제는 박영준이 다부지게 반말로 말했다. 그러고는 똑바로 유영화를 보았다.

"고아로 자라서 피해 의식이 많겠지만 세상에는 바른 사람도 많아. 그렇게 알고 받아들이도록 해."

둘은 입을 다물었고 박영준이 자리에서 일어서며 말했다.

"당분간 서울을 떠나 있는 것이 나을 거야. 어젯밤 사건이 기폭제가 되어서 우리 셋은 중심인물이 될 테니까."

"잠깐 저 좀 보십시다."

최경태가 부르자 조현철이 몸을 돌렸다. 성심병원의 현관 앞, 오전 2시 반이다. 둘 다 눈이 충혈되었고 어깨가 늘어졌는데 지친 모습들이다. 현관 앞은 경찰과 응급환자, 가족, 의료진으로 어수선했다. 최경태와 조현철은 데모 때문에 자주 보아서 미운정이 다 든 사이다. 최경태가 조현철의 소매를 끌고 현관 옆쪽의 담장으로 다가가 섰다. 그때 조현철이 먼저 말했다.

"잘되었어요, 나도 드릴 말씀이 있었는데."

"아, 그래요? 잘되었네, 난 머릿속이 복잡해서 누구한테 물어볼까 궁리 중이었는데 조 실장이 보인 겁니다."

"내가 괴상한 전화를 받았어요."

조현철이 눈을 치켜뜨고 최경태를 보았다.

"무슨 23특수단 소속이라고 말이오."

최경태가 숨을 죽였고 조현철의 말이 이어졌다.

"북한군 상위랍니다, 자기가. 이름이 김장규고 17조 감찰대장이라고 하더란 말입니다."

"영안실 뒤에서 전화한다고 했지요?"

불쑥 최경태가 묻자 조현철이 숨을 들이켰다.

"어떻게 아십니까?"

"나도 전화를 받았거든요."

주위를 둘러본 최경태가 목소리를 낮췄다.

"북에서 파견된 내란 선동위원이라고는 안 합디까?"

"그 말은 못 들었는데 성심병원에 온 건 응급실에 있는 17조 감찰대 소속의 17번, 21번을 살해해서 입을 막으려는 의도라고 했습니다."

조현철이 말을 이었다.

"그래서 17조장 강호상 씨한테 전화를 했지요, 그러니까 그런 사람은 없다는 겁니다."

"강호상이."

최경태가 어깨를 부풀렸다가 내렸다. 응급실에 누워 있던 두 사내는 이제 시체실로 옮겨졌다. 병원 측은 동시에 둘이 사망한 것에 대해서 살해되었는지 의문을 품고 있다. 경찰도 CCTV를 확보해놓고 수사 중이다. 더구나 문제의 영안실 뒤쪽 사내의 죽음까지 겹쳐 내일 아침이면 언론에서 대서특필을 할 것이다. 최경태가 조현철을 보았다.

"조 실장님, 내가 보자고 한 건 그 때문인데요, 그 17조 말입니다."

"17조가 왜요?"

"조장 강호상 씨하고 반장 고윤기 씨를 누가 임명했지요?"

"그거야 운동본부에서…."

"내가 알기로는 집행부장님도 각 조장 임명권이 없다던데, 맞죠?"

"그거야 그렇습니다."

"누가 임명했지요?"

"위에서 내려옵니다."

그때 조현철이 어깨를 부풀리고 최경태를 노려보았다.

"최 팀장, 가만 보니까 그 루머로 우릴 엮을 생각이쇼? 그 북한 무슨 특수단이니 상위니 하는 루머로 말이오?"

"17조장 강호상이 북한군 중좌입니다, 반장 고윤기가 소좌고요."

"에이, 여보쇼."

조현철이 쓴웃음을 지었다.

"그 사람들이 북한군이라니요? 군대생활을 북한에서 했단 말입니까?"

"북한에서 살지 않았어도 한국에서 북한군 교육을 받고 계급장을 붙인 겁니다."

최경태가 길게 숨을 뱉었다.

"내가 조금 전에 국정원에다 확인했어요. 한국 국정원이 노는 곳입니까?"

"그럼…."

"23특수단이 있답니다."

그때 최경태가 바지 주머니에 든 핸드폰이 울렸다. 서둘러 핸드폰을 꺼내든 최경태가 눈을 치켜뜨고 물었다.

"또 뭐야?"

"이것 보십시오."

응급실 담당의 윤기호가 내민 손에는 핀셋이 들려졌고 핀셋 끝에 길이 2센티, 폭 1센티, 두께가 2미리 정도의 얇은 판이 잡혀 있다. 색은 은색, 표면에 피와 기름기가 묻어서 지저분했지만 불빛을 받아 번들거리고 있다.

윤기호는 40대쯤의 응급담당 의사로 후줄근한 가운 차림이었지만 눈빛이 강했고 얼굴이 상기되었다. 이곳은 지하 1층의 시체실, 앞쪽 알루미늄 판 위에 시체 3구가 나란히 눕혀져 있다. 윤기호가 핀셋을 흔들며 말했다.

"이거, 세 명의 머리에서 빼낸 것입니다. 전두엽과 후두엽 사이에 박혀 있었는데 뇌에 작용을 하는 칩 같습니다."

윤기호의 목소리는 흥분으로 떨렸다.

"우리도 의학지에서 미래에 개발될 장치라는 가상설만 읽었는데 실제로 이게 이 사람들 머릿속에 들어 있었던 겁니다."

"그런데요"

마침내 최경태가 윤기호의 말을 잘랐다. 최경태도 흥분해서 얼굴이 누렇게 굳어져 있다. 시 체실 안에는 윤기호와 최경태, 하 형사와 권 형사 넷뿐이다. 윤기호가 병원 안에 있던 하 형사를 불렀고 하 형사가 최경태를 데려온 것이다.

"이 칩을 어떻게 빼냈습니까? 아직 해부도 할 수 없지 않습니까?"

"전화를 받았어요."

윤기호가 번들거리는 눈으로 최경태를 보았다.

"국정원에서요."

"국정원 누구요?"

"비상사태라면서 상황실장 안윤근이라고 했습니다. 시체실에 가서 세 명의 뇌에서 칩을 꺼내 서초경찰서 강력1팀장 최경태 경감에게 넘기라고 했습니다."

"나, 나한테 말이오?"

"그렇습니다."

"그 말 믿으셨고?"

"전화한 사람은 뇌 구조와 칩을 꺼낼 때의 방법까지 알려주었어요, 전문가였습니다. 의사인 나보다 뇌 구조를 더 잘 알고 있었어요."

어깨를 부풀렸다가 내린 윤기호가 말을 이었다.

"그 말을 믿지 않을 수 없었어요, 셋의 시체를 확인한 것이 나였으니까요."

"…"

"그래서 시체실로 확인차 내려와 보았더니 머리칼만 젖혔는데도 흔적이 보이는 겁니다. 그래서 메스와 핀셋만으로 간단히 이것을 뽑아낸 겁니다."

그때서야 윤기호가 핀셋에 잡힌 칩을 알루미늄 접시에 내려놓았다. 모두의 시선이 접시로 옮겨졌다. 세 개의 칩이 놓여 있다.

고속버스 강릉행은 첫차가 6시다. 오전 4시 반, 떠날 준비를 마친 둘이 소파에 앉더니 박영준에게 인사를 했다.

"저희들 때문에 이렇게 되셨어요."

정연지가 대신 말했다.

"괜히 우리들 도와주시려다가요."

"아니, 천만에."

박영준이 정연지의 눈을 지그시 보았다. '말'은 형성이 안 되었지만 부드러운 '호의'가 풍겨 나온다. 그래서 눈빛이 따뜻하게 느껴진다. 박영준이 말을 이었다.

"핸드폰은 버렸으니까 위치 추적은 못 하겠지만 집에 연락을 하면 안 돼. 금방 발신자 위치가 드러나."

"그쯤은 알고 있어요."

"며칠 지나면 둘에 대한 관심은 없어질 거야, 그러니까 사람 많은 곳에 가지만 마."

박영준의 시선이 유영화에게로 옮겨졌다. 유영화는 외면한 채 입을 열지 않고 있다. 박영준의 시선을 느낀 유영화가 머리를 들었다. 그 순간 박영준은 유영화의 눈에서 떠오르는 목소리를 들었다. 시선이 마주친 순간에 목소리가 울리기 때문에 그렇게 느껴진 것이다.

'원장님이 놀라시겠지. 내가 잘되고 나서 찾아간다고 했는데.'

그동안 많이 생각을 했는지 1초도 안 되는 시간에 말이 쏟아졌다.

'주 선생님도 계실까? 연락 안 한 지 6년이나 되었어. 내가 나쁜 년이야. 하지만 어떻게 해? 나도 지난 6년을 죽지 못 해 살았는데, 겨우 하루 벌어서 하루 살았어. 하루에 알바 3개를 뛰고 공부를 하면서 매일 울었어. 그러다가 이게 뭐야? 취직도 못 하고 2년째 거지처럼 살고 있어.'

박영준이 숨을 들이켰다. 그동안 유영화의 머릿속은 비어져 있었던 것이다. 잠깐 스치고 지나는 시간 끝은 차가웠다. 그러다 지금 떠나기 직전에 머릿속에 쌓여 있던 감정이 말로 형성되어서 쏟아진다, 단 1초 동안에.

'날 고등학교까지 졸업시켜준 원장님, 보육원 선생님들, 이 돈을 다 드리고 올 거야. 그동안 모은 돈이라고 해야겠지. 그런데 이 남자는 누굴까? 왜 이렇게 우리한테 잘해주지? 나쁜 남자는 아닌 것 같은데.'

그때 말이 끊겼다. 심호흡을 한 박영준이 머리를 끄덕였다.

"그럼 잘 가, 그리고"

박영준이 미리 준비해놓은 쪽지 2장을 꺼내 둘에게 내밀었다.

"내 전번이야, 무슨 일 있으면 전화해."

정연지가 먼저 쪽지를 받더니 머리를 숙여 인사를 했다.

"네, 고마워요."

유영화는 쪽지를 손에 쥐더니 머리만 숙였다.

"이걸 경찰서로 갖고 가서 보관함에 넣어."

칩을 거즈로 싼 다음에 다시 종이 박스에 넣은 최경태가 권시완 형사에게 건네주었다.

"내가 아침에 보고서를 써서 서장께 보고할 테니까."

"알겠습니다."

박스를 받은 권시완이 주머니에 넣었다가 최경태의 잔소리를 들었다.

"야, 조심해, 잘 다뤄."

"아, 걱정 마십쇼."

머리를 돌린 최경태가 옆에 선 하 형사에게 말했다.

"네가 옆에 붙어서 가."

"아, 예."

"서둘러."

둘이 시체실을 나갔을 때 최경태가 이제는 윤기호에게 말했다.

"선생님, 이 일은 비밀로 해둡시다."

"예?"

이미 사태의 심각성을 깨달은 윤기호가 헛소리처럼 되물었다. 의학적인 사건만이 아닌 것이다. 이것은 인간의 뇌에 칩을 심어서 '테러' 또는 '반란'을 획책할 수도 있다. 그렇다면 엄청난 사건이다. 이 셋의 신원도 불분명한 상태 아닌가? 윤기호가 머리를 끄덕였다.

"예, 알겠습니다."

"국정원에서 연락이 오면 제가 가져갔다고 해주시고 다른 사람들한테는 비밀로 하라는 말씀입니다."

"압니다."

윤기호가 길게 숨을 뱉더니 시체를 보았다.

"저 사람들은 그럼 누가 저렇게 했지요?"

최경태는 대답 대신 어깨만 추켜올렸다.

"시체실에서 최경태가 나왔습니다."

8번의 목소리가 수화구에서 울렸다.

"의사도 나옵니다."

고윤기가 손목시계를 보았다. 5시 10분, 날이 밝아오고 있다. 편의점 벽에 기대선 고윤기가 물었다.

"시체실은 비었나?"

"예, 비었습니다."

"그놈들이 뭐 하러 시체실에 들어갔지?"

"그건 모르겠습니다."

8번은 지금 시체실이 보이는 복도 위쪽의 계단에 서 있는 것이다. 얼굴이 알려져 있는 터라 고윤기는 병원 건너편의 이곳에서 현장을 지휘하고 있다. 이윽고 어금니를 물었다가 푼 고윤기가 말했다.

"작전 개시."

호흡을 고른 강호상이 앞쪽의 벽을 보았다. 창문도 없는 시멘트 구조의 텅 빈 방이다. 강호상은 낡은 소파에 혼자 앉아 있었는데 이곳까지 오는 동안 눈에 가리개가 씌워졌다. 신인간(新人間)들이 데려온 것이다.

30분 전에 갑자기 연락이 왔고 연립주택 앞에서 대기한 승용차를 타고 이곳까지 오는데 한 시간쯤이 걸렸다. 그때 방문이 열리더니 여자와 사내가 들어섰다. 앞장선 여자를 본 강호상이 숨을 들이켰다. 미인이다.

20대 중반쯤 되었을까? 눈을 뗄 수 없을 정도의 미인, 긴장된 상황을 잠깐 잊을 만큼의 미인이다. 파마한 긴 머리는 어깨까지 늘어졌고 잘록한 허리, 둥글고 팽팽한 엉덩이, 그리고 쭉 빠진 다리, 갸름한 얼굴형에 빛나는 눈, 선홍빛 루주를 칠한 입술이 반들거리고 있다.

그 뒤쪽 사내는 40대쯤의 평범한 체격, 평범한 얼굴, 시선을 내리고 있어서 눈도 다 보이지 않는다. 강호상이 엉거주춤 일어섰다. 여자는 감독관, 강호상의 생사여탈권을 가진 인물인 것이다. 지금까지 한 달 반 가깝게 '투쟁 전선'에 투입되었던 강호상은 감독관을 처음 만나는 것이다. 작전 지시는 모두 연락관을 통해서 받았기 때문이다.

"앉아요."

여자가 부드럽게 말하고는 앞쪽에 앉았다. 뒤를 따르던 사내는 잠자코 옆쪽에 앉는다. 여전히 시선을 내린 채 강호상을 보지 않는다. 오전 6시 반이다. 여자가 입을 열었다.

"감독관이 만나자고 해서 긴장하셨죠?"

"예, 그렇습니다."

강호상이 정직하게 대답했다. 감독관은 북한에서 파견된 장성급이다. 강호상 등은 현지에서 투쟁 교육을 받고 임관된 장교로 '현지 인력'인 것이다. 지금까지 강호상이 만난 북한군 장성은 교육관 임하번 하나뿐이다. 그때 여자가 말했다.

"강호상 중좌, 동무의 과업은 실패요."

숨을 들이켠 강호상이 여자를 보았다. 그러나 여자는 여전히 웃음 띤 얼굴이다. 여자가 물었다.

"성심병원 뒤처리는 어떻게 했지요?"

"시체실에 불을 질렀습니다. 그래서 건물 3층까지 전소했습니다."

강호상이 바로 대답했다. 증거를 소멸시킨 것이다. 감찰대 3인의 시신은 재가 되었고 덩달아서 입원 환자 12명도 사망했다. 대사건이다. 하지만 작전은 성공이다. 그때 여자가 다시 웃었다.

"동무, 놈들이 칩을 빼갔소."

"칩을 말입니까?"

엉겁결에 되물은 강호상의 얼굴이 나무껍질처럼 되었다. 불을 질러 시체실을 태운 것도 그놈의 칩 때문이다. 칩의 존재를 감출 의도였던 것이다. 그런데 칩을 빼가다니, 괜히 불을 질렀다. 그때 여자의 얼굴이 순식간에 차가워졌다.

"우리의 존재가 밝혀졌다고 봐야 돼."

여자의 말투도 얼음장 위에서 울리는 것 같다.

"사건은 17조에서 터졌어."

강호상은 숨을 삼켰다. 통일의 초석이 되겠다는 각오로 최선을 다해 왔건만 이제 불명예를 뒤집어쓰고 끝장인가? 만감(萬感)이 교차한 강호상의 얼굴이 일그러졌다. 그때 여자가 물었다.

"강 중좌, 명예를 회복하고 싶은가?"

"예, 감독관 동지."

놀란 강호상이 바로 대답했을 때 여자의 얼굴에 다시 웃음이 떠올랐다.

"그럼 17조 조장에서 물러나는 것이 나아. 이번 사건으로 동무한테 경찰의 이목이 집중될 테니까 말이야."

"그, 그렇습니까?"

"당연하지. 동무의 머릿속 칩도 바로 발견될 테니까. 경찰이 동무를 의심할 거야."

"…"

"반장 고윤기 소좌도 마찬가지야. 동무들 둘은 현장에서 나와."

"예, 감동관 동지."

"나는 동무에게 다른 임무를 맡기겠어."

"이번에는 목숨을 바치지요, 감독관 동지."

"그놈을 잡아."

"그놈이라면 누구 말씀입니까?"

"17, 21호를 폐인으로 만든 놈, 그리고 감찰대장 김장규 상위까지 죽인 놈."

"그, 그러면 그놈이…."

"그놈이야, 그놈이 서초서 강력팀장한테 전화를 해서 강력팀 전원이 그놈 말을 들었다고."

여자의 얼굴이 다시 차갑게 일그러졌다.

"그리고 그놈은 보통 인간이 아냐."

"그러면 우리 같은…."

"아냐."

머리를 저은 여자의 두 눈이 번들거렸다.

"다른 종류야, 그래서"

여자의 시선이 지금까지 딴전만 피우고 있는 옆자리의 사내에게 옮겨졌다.

"강 중좌, 그놈을 대적하기 위해서는 강 중좌의 능력을 업그레이드 해야 돼. 내가 모시고 온 오 박사가 동무 머릿속 칩을 3단계 더 업그레이드시켜주실 것이네."

숨을 죽인 강호상을 향해 여자의 말이 이어졌다.

"이것은 '천리마 급' 능력으로 아직 남조선 전사들에게는 심어주지 않는 능력이야. 지도자 동지께 감사드리게."

그때 사내가 들고 온 알루미늄 가방을 탁자 위에 놓았다. 여기서 업그레이드시키려는 것이다.

머리를 든 박영준의 얼굴에 감동한 기색이 떠올랐다. 오전 7시 40분, 이곳은 한국대학 병원 내 연구실, 텅 빈 연구실에 박영준 혼자 앉아 있다. 박영준은 방금 칩의 분석을 마친 것이다.

현미경으로 본 칩에는 각각 고유 번호와 등급 번호가 새겨져 있었는데 17, 21호의 칩은 5등급이었고 감찰조장 김장규는 4등급의 칩을 머릿속에 박고 있었다. 등급이 다른 칩은 능력도 다르다.

전두엽과 후두엽 사이에 박혀 뇌에서 신체 각 기능으로 능력을 전파시키는 이 칩은 그야말로 북한의 '위대한 발명품'이 될 것이다. 인류 역사를 바꿀 만한 발명품인데 북한은 그것을 공표도 하지 않고 비밀리에 남한의 '내란'을 위해 당장 사용하고 있다.

그러나 박영준이 분석해본 바에 의하면 아직 결점이 많다. 박영준은 4호, 5호 칩의 능력도 파악했지만 결점도 알아내었다. 북한 과학자 수준이 뛰어났기는 해도 박영준의 지식이 더 월등하다는 증거가 될 것이다.

박영준은 3개의 칩을 원래 포장했던 대로 거즈로 싸고 나서 종이박스에 넣었다. 서초서 강력팀 보관함에 넣어져 있던 이 칩을 빼내온 것은 바깥 시간으로 30분쯤 전일 것이다.

지금쯤 서초서 강력팀은 모두 성심병원의 화재 현장에 재출동해서 사건 분석에 혈안이 되어 있는 상황이다. 그들이 서로 돌아와 칩의 보고서를 써 올리기 전에 다시 칩을 보관함에 돌려놓아야 한다.

최경태가 보고서와 칩을 증거물로 갖고 서장 박우근 앞에 섰을 때는 오전 9시 반이다. 이미 성심병원 화재 현장에서 만나 대충 이야기도 나눈 터라 박우근은 서울청 정보과장 강동수도 모셔와 있다.

보고서는 오전에 성심병원의 의문의 화재가 시체실에 넣은 3인의 머릿속에 든 칩을 은폐하기 위한 '내란 선동 세력'의 방화라고 작성되어 있다. 보고서를 읽은 최경태에게 강동수가 대뜸 말했다.

"이 칩이 그 세 명 머릿속에서 나왔단 말이지?"

"예, 과장님."

최경태가 똑바로 강동수를 보았다.

"당신이 빼내는 걸 보았어?"

"예, 과장님."

본 것이나 같았기 때문에 그렇게 말하는 게 낫다. 직접 보지는 않았다고 한다면 말이 길어지고 나중에는 그것이 꼬투리가 잡혀 큰일이 어긋나는 꼴을 여러 번 보았기 때문이다. 최경태는 칩을 빼낸 위치까지 그림으로 그려놓았다.

"그런데 그놈들이 이 칩을 은폐하려고 방화를 했단 말이지?"

"예, 저희들이 칩을 먼저 빼낸 것을 모르고 있었던 것입니다. 저희들이 한 발 빨랐지요."

강동수와 박우근이 이제는 보고서에 스티커로 붙여진 칩이 죽은 벌레나 되는 것처럼 보았다. 그때 강동수가 머리를 들고 최경태를 보았다.

"당신은 이번 국민저항운동 데모가 이 칩이 심겨진 불순분자들의 내란 선동이라고 보는 거지?"

"거기 증거가 있지 않습니까?"

"이 정보를 신원을 밝히지 않는 정보원한테서 들었다고 했는데, 밝힐 수 없나?"

"곧 밝힐 것입니다."

그때 강동수가 박우근을 보았다.

"같이 청장께 보고하러 갑시다."

최경태가 어깨를 폈다. 됐다.

"17조장 강호상하고 반장 고윤기가 사퇴하고 떠났습니다."

국민운동본부 기획실장 조현철이 안치성에게 보고했다.

"그래서 지금 17조는 부조장 이연숙이 맡고 있습니다."

"떠났어?"

기가 막힌 안치성이 그렇게 물었다.

"그냥?"

"예, 저한테 연락도 없었습니다."

"왜?"

"모릅니다만 짐작은 갑니다."

"어젯밤 일 때문인가?"

"좀 이상합니다."

"왜?"

"제가 전화를 받았거든요."

조현철이 안치성에게 어젯밤에 정체불명의 인사로부터 전화를 받은 내용부터 강호상에게 확인한 일, 그리고 성심병원에 가서 사건을 목격한 것까지 보고를 했다. 숨을 죽인 채 듣던 안치성이 말이 끝났을 때 어깨를 부풀렸다가 내리면서 물었다.

"사실일까?"

강호상과 고윤기가 23특수단이라는 것이 사실이냐고 묻는 것이다. 안치성의 시선을 받은 조현철도 심호흡을 했다.

"서초서 강력팀장 최경태도 어제 저하고 이야기를 했습니다. 그 사람도 내막을 알고 있습니다."

결론은 그쪽으로 넘기는 것이 낫다.

칩을 심은 초능력자가 보인다. 말 그대로 '능력을 초월한' 인간들이다. '신인간'이다. 칩을 분석했기 때문에 박영준은 칩이 심어진 '신인간'의 감별법을 창안했다. 각 신인간이 조장 직속 체제로 운용되고 있어서 다른 조직의 신인간을 모르는 상태다. 이른바 점조직을 역 이용한 것이다.

박영준은 귓속에 신인간류와 같은 금속 조각을 넣었다. 그것에 자성을 심었기 때문에 신인간이 30미터 거리로 접근하면 귓속의 자석이 진동을 했고 신인간의 몸은 자극이 번져 푸른 막으로 덮인다. 물론 신인간은 그 막을 볼 수가 없다.

이것이 박영준의 '과학'이다. 칩을 발명한 북한 과학자보다 한 수 위의 수준이다. 박영준이 '김철호 부동산' 사무실에 들어섰을 때는 오전 10시 반이다.

"어서 오세요."

여직원 하나가 자리에서 일어나 박영준을 맞는다. 사무실 안에는 여직원 하나뿐이다. 그도 그럴 것이 옆쪽 강남대로에서 만날 데모가 일어나 최루탄 가스가 쏟아져 오는 터라 누가 부동산을 보러 올 리가 없다.

"조금 전에 전화하신 분이시죠?"

여직원이 자리를 권하면서 물었다. 부드러운 인상이다. 그러나 머릿속에는 생각이 가득 차 있다. 생활에 찌들어 있는 것이다. 20대 초반쯤으로 갸름한 얼굴형에 섬세한 용모의 미인이었지만 부드러운 인상과는 다르게 수심이 차 있다. 그때 시선이 잠깐, 반초쯤 마주쳤고 여자의 머릿속 말이 쏟아졌다. 말의 홍수다.

'오늘 월급은 안 나오겠지? 소장님이 아예 출근 안 한 건 나한테 미안해서 그런 거겠지. 큰일 났다, 카드 값은 나흘 남았는데. 미경이 교복 값 15만 원도 줘야 하는데, 쌀도 내일이면 떨어지고. 윤희한테는 더 이상 못 빌려, 걔도 내가 돈 빌려달랄까 봐 전화도 안 받는데 뭐. 나도 데모나 할까? 데모대 신청하면 일당 준다는 소문이 있던데. 너무 피곤해. 그런데 이 사람 오피스텔 전세로 들어올 사람은 아냐. 요즘 같은 때 이 근처 오피스텔에 들어올 인간이 어디 있어? 빈 곳은 전세 5억짜리뿐인 데 이 사람은 월세 50만 원도 힘들 것 같아.'

그때 박영준이 불쑥 물었다.

"기적을 믿어요?"

시선이 다시 마주쳤고 이제는 바로 머릿속 말이 울렸다.

'뭐야? 교회에서 온 거야?'

"난 교회에서 안 왔어요. 자, 대답해 봐요."

'미쳤나?'

또 머릿속 말이 울린다.

"난 미치지 않았어."

정색한 박영준이 여자를 보았다.

"오피스텔 전세 나온 거 보러 가지."

"나갔어요."

여자가 대번에 말을 잘랐다. 박영준과 거래하지 않으려고 마음을 굳힌 것이다. 쓴웃음을 지은 박영준이 지그시 여자를 보았다. 여자의 머릿속 말이 들렸다.

'미친놈은 아니지만 정상은 아냐.'

'작업 걸려는 거 같아.'

그때 박영준이 말했다.

"난 너한테 작업 걸 생각도 없고 어떻게 할 생각도 없어, 넌 내가 기적을 믿느냐는 말에 과잉 반응을 하는 거야."

박영준의 말이 이어졌다.

"기적은 있어, 믿는 사람에게 기적은 찾아오는 법이야. 그러나 너처럼 부정적이고 비관적인 심성을 갖고 있으면 기적이건 행운이건 다 비껴가는 거다."

이제 여자는 숨만 쉬었다. 반박할 말을 찾지 못한 것이다. 박영준이 똑바로 여자를 보았다.

"난 전세 오피스텔을 보러 왔다가 너를 보고는 문득 기적을 물은 거야. 왜냐하면 내가 기적을 믿기 때문이지, 그렇다고 너한테 강요할 생각은 없다."

박영준이 자리에서 일어섰다.

"어때? 오피스텔 소개하기 싫으면 다른 데로 가지. 전세 오피스텔 나온 것이 없다고 했지?"

그때 여자가 대답했다.

"나온 게 있습니다, 제가 잘못했습니다."

30평형 규모의 오피스텔은 깨끗했고 주방과 욕실 설비도 좋았다. 그러나 바로 강남대로 옆이다. 전장(戰場) 안에 세워진 건물이나 같다. 그래서 입주자 대부분이 집을 비우고 당분간 거처를 옮겨간 상황이다. 방안을 둘러본 박영준이 여자에게 말했다.

"계약하지."

오수연은 숨을 들이켰다. 계약을 하면, 5억 원 계약금에 1퍼센트면 500만 원, 이쪽은 2퍼센트까지 준다고 했지만 지금은 1퍼센트도 감지덕지다. 그러나 소장한테 보고를 해야겠지, 그럼 남는 게 없다. 월급 대신으로 가져가라고 할 리도 없고, 머릿속이 분주하게 움직였을 때 사내가 말했다.

"어디서 할까? 사무실에서 계약할까?"

"제가 집주인한테 여기로 오라고 할게요."

오수연이 마음을 굳혔다. 여기서 계약하고 수수료를 받자, 임대 계약서도 여기서 작성하면 된다. 핸드폰을 꺼낸 오수연이 버튼을 누르면서 말했다.

"잠깐 여기서 기다리시죠. 주인이 가까운 데 사니까 곧 올 거예요."

"어떻습니까?"

고윤기가 묻자 강호상이 씩 웃었다.

"겪어보면 알 수 있겠지. 지금 너한테 어떻게 내보인단 말이냐?"

"그래도 느낌은 있을 것 아니오?"

"몸이 가벼워진 것 같다."

"그뿐이오?"

"머리도 맑아졌고."

"저기까지 뛰어 보시지요."

고윤기가 턱으로 앞쪽을 가리켰다.

"나하고 시합을 합시다."

"시끄럽다, 이 자식아."

눈을 흘긴 강호상이 우뚝 걸음을 멈췄다. 따라 멈춘 고윤기가 건너편의 성심병원을 보았다. 불에 탄 응급실과 3개 층은 아직 검게 그을려 있었지만 옆쪽 출입구로 오가는 남녀가 많았고 응급차가 들어오고 나간다. 병원은 계속 운영 중이다.

오후 7시 반, 이미 주위는 어둠에 덮여 있다. 어느덧 얼굴을 굳힌 고윤기가 강호상에게 물었다.

"혼자 들어가실 겁니까?"

"그렇다니까. 넌 들어갈 필요도 없어, 여기서 기다려."

어깨를 부풀렸다가 내린 강호상이 발을 떼었다.

"병신들이 하는 짓이란."

서초경찰서장 박우근이 손에 들고 있던 핸드폰을 소파 위로 던졌다. 그러더니 일그러진 얼굴로 최경태를 보았다.

"홍보실이야, 홍보실에서 종편 기자한테 성심병원 응급실 의사가 칩을 뺐다고 주둥이를 놀린 거야."

최경태는 시선만 주었고 박우근이 말을 이었다.

"PT 종편은 특종을 한 거지. 이거 조금 후에는 성심병원으로 기자들이 몰려들겠는데."

종편 방송인 PT의 기자가 서울경찰청 홍보실에서 들은 정보를 보도한 것은 한 시간쯤 전이다. 그래서 아직 정보는 다 퍼지지 않았다. 그러나 SNS에서 대폭발을 일으킬 가능성이 있다. 그때 최경태가 입을 열었다.

"응급실 윤기호가 위험합니다. 지금 당장이라도 경호팀을 보내야 됩니다."

"보내."

박우근이 어깨를 늘어뜨리면서 말했다.

"아직 본청에는 칩에 대한 고위급 회의도 소집하지 않았어. 사태의 심각성을 모르는 거다."

"나라가 망하려고 그럽니다."

저도 모르게 불쑥 말을 뱉은 최경태가 몸을 돌렸다. 속이 시원하긴 했지만 박우근이 아무 말도 안 하니까 문을 닫고 나서 꺼림칙했다.

빠르다. 강호상은 순식간에 뒤쪽 공터를 횡단하면서 자신의 능력을 실감했다. 보폭이 넓어졌을 뿐만 아니라 다리 놀림이 두 배는 빨라졌다. 이 속도로 올림픽에 나간다면 세계 신기록이 될 것이다. 아니, 짐승처럼 구부정해진 자세로 인간 취급을 당하지 않을지도 모른다.

병원 벽에 몸을 붙인 강호상이 머리를 들어 위쪽을 보았다. 3층 베란다, 응급실이 불에 탔기 때문에 새 응급실은 별관 2층으로 옮겨졌다. 그래서 강호상은 3층 베란다를 통해 2층으로 내려갈 계획인 것이다.

강호상은 어깨를 늘어뜨리면서 두 다리를 조금 굽혔다. 이제 능력이 향상된 몸에 익숙해지고 있다. 새로 심어진 칩은 뇌에서 몸의 각 부분으로 연결된 운동 기능뿐만 아니라 적응 기능까지 강화시켜주는 것이다. 그 순간 강호상이 도약했다. 단숨에 2미터쯤 뛰어오른 강호상이 2층 베란다 난간을 잡더니 발을 딛었고 다음 순간 다시 도약해서 3층 난간을 움켜쥐었다. 그리고는 몸을 솟구쳐 3층 베란다 안으로 뛰어내렸다. 그야말로 눈 깜박하는 사이에 강호상의 몸은 3층 베란다 안으로 사라졌다.

오피스텔 주인이 부동산 소장에게 연락해서 함께 나타나는 바람에 오수연은 수수료 구경도 못 했다. 소장이 수고했다고 말만 해주었을 뿐이다. 수수료만 챙긴 소장이 다시 사라졌고 오수연은 월급도 못 받고 퇴근 준비를 했다. 7시 55분, 집은 고양시였기 때문에 전철을 1시간 반쯤 타야 한다.

"퇴근해?"

뒤에서 울리는 목소리에 오수연은 기절초풍을 했다. 오피스텔 전세 입주자가 뒤에 서 있다. 불쑥 화가 났지만 고객이다. 소장한테 모처럼 웃음을 선물해준 은인인 것이다. 무려 한 달 반 만에 이루어진 계약이다. 소장은 2퍼센트를 받은 것 같다, 무려 1천만 원.

"웬일이세요?"

오수연이 그렇게 물었다. 입주자가 대개 첫 방문 때 화장실에 이상이 있다든가 전구가 나갔다든가 하는 불평을 하려고 온다. 그때 사내가 다가오더니 앞쪽 소파에 앉았다. 그러고는 똑바로 오수연을 보았다.

"내 일을 도와줄 사람이 필요해."

오수연은 쳐다만 보았고 사내가 말을 이었다.

"하다가 싫으면 언제라도 그만둬도 돼. 난 시장 조사차 서울에 왔는데 이쪽 지리를 잘 알고 내가 시킨 일만 해주면 될 거야."

"…"

"물론 범법 행위를 하는 것도 아니니까 그런 일 있으면 바로 경찰에 신고해도 되고."

"…"

"내일 아침부터 내 오피스텔에서 일해주면 좋겠는데."

그러고는 사내가 주머니에서 5만 원권 뭉치 2개를 꺼내 탁자 위에 놓았다.

"우선 한 달 월급 500을 주지. 그리고 나머지 5백은 책상하고 침대 하나만 오피스텔에 들여놓아 줘. 그렇지, TV나 가전제품도 있어야겠구나."

사내가 500만 원 뭉치 하나를 더 내놓았다. 오수연은 사내 몸뚱이가 금고처럼 느껴졌다.

"윤기호 선생은 어디 계쇼?"

권시완 형사가 묻자 간호사는 안쪽 휴게실을 가리켰다.

"아까 들어가셨어요."

간호사가 바쁘게 사라지자 권시완이 동료 하기동에게 말했다.

"농땡이 까는 모양이구만, 다른 사람들은 바빠서 정신 못 차리는데."

"고참인가 봐."

시큰둥한 표정을 지은 하기동이 오가는 의사, 환자에 치여 벽 쪽으로 물러났다. 따라서 벽에 붙어 선 권시완이 응급실 안을 둘러보았다.

"시발, 이거 어떻게 되려고 이러지?"

"뭐가?"

"좀비 같은 놈들이 나타났잖아?"

"무슨 좀비? 뇌에다 칩을 심은 놈들이니까 인조인간이지."

"넌 무섭지도 않냐?"

"그런 놈도 쏘면 죽잖아?"

"표시가 나지 않잖아, 인마."

"그나저나 그런 놈들이 데모대에 깔려 있다면 문제인데, 이건…."

"세계적인 문제야. 이제 언론에서 떠들면 난리가 날 거다."

둘의 시선이 동시에 휴게실 쪽으로 옮겨졌다. 언론이 먼저 윤기호에게 몰려올 것이기 때문이다

"저 사람을 어떻게 해야 되는 거 아냐?"

이제는 느긋한 하기동이 혼잣소리처럼 말했다.

"인터뷰로 떠들면 나라가 뒤집히겠는데 대책도 세우기 전에 뒤집히면 어떡하지?"

"시발, 시경 놈들. 종편에 대고 어떤 개새끼가 떠들었지?"

그때 휴게실에 들어갔던 간호사가 두 손을 앞으로 내밀면서 뛰어나왔다.

"큰일 났어요!"

간호사가 비명 같은 외침을 뱉었을 때 둘은 동시에 벽에서 등을 떼고 달려갔다. 제일 먼저 휴게실로 뛰어 들어간 것도 둘이다. 안으로 들어선 둘은 동시에 숨을 들이켰다.

"이, 이런."

하기동의 목소리가 떨렸다. 저도 모르게 이를 악문 권시완이 숨을 멈췄다. 피비린내가 진동을 했기 때문이다. 윤기호는 처참하게 살해되었다. 머리통이 절단되어서 테이블 위에 놓였고 몸은 바닥에 눕혀졌는데 몸부림을 쳤는지 피투성이가 되어 있다. 테이블 위에 놓인 윤기호 머리는 눈을 뜨고 이쪽을 보고 있다. 당신들 누구냐고 묻는 표정이다.

"시작되었어."

권시완의 입에서 저절로 터져 나온 말이다.

PT 방송의 보도본부장 이정만은 분장을 마치고 막 방송실로 가려다가 전화를 받았다. 이런 때는 누구 전화도 받지 않는 이정만이지만 받을 수밖에 없었던 것이다. 전화를 건 사람은 국정원 1차장 박형수다.

"아니, 차장님, 웬일이십니까?"

그렇게 물었지만 이정만은 오늘 PT 방송이 보도한 칩 관계 때문이라고 예상했다. 이것은 핵폭탄 급 특종이다. 우연히 발설한 서울경찰청 홍보관이 죽든 살든 알 바 아니다. 이제 6분 후에 이정만은 머리에 칩을 넣은 북한 공작원에 대해서 20분간 방송을 할 예정인 것이다. 그때 박형수가 말했다.

"이 형, 그 칩 이야기 방송하지 마시오."

"아니, 차장님, 지금이 어떤 세상이라고…."

"당신 죽고 싶으면 해."

불쑥 박형수가 말하는 바람에 이정만이 숨을 들이켰다.

"뭐요?"

나이는 박형수가 대여섯 살 많지만 이정만도 언론계에서 20년이 넘게 부대낀 베테랑이다. 공갈에 넘어갈 군번이 아니다.

"지금 뭐라고 하셨소?"

그때 박형수가 차갑게 말했다.

"당신이 방송할 그 성심병원 응급실 의사 윤기호가 20분 전에 머리통이 몸에서 떼어내진 시체로 발견되었어. 그건 그 칩이 박힌 놈들의 짓이야. 그놈들의 다음 순서는 아마 당신일 거야."

머리통 이야기를 들은 순간부터 이정만의 눈동자에 초점이 흐려졌다. 박형수의 말이 이어졌다.

"이미 정체가 드러난 상황이니까 그 효과를 극대화시키려고 하겠지. 그러면 그 타깃이 어디겠소? 신나게 칩을 보도한 당신이 될 거요."

"…."

"그 칩을 처음 빼낸 응급실 의사가 인터뷰하기 직전에 머리통을 잘랐는데 보도를 한 당신을 살려두겠어?"

"…."

"아직 연락 안 받았소? 하긴 거긴 철저하게 통제 중이니까 당신네 기자들이 기어들어갈 구멍은 없었겠구먼."

그러더니 박형수가 던지듯이 말했다.

"난 애국하자 따위의 고리타분한 표현은 안 쓰겠어. 계속 특종 읊어

보시든지."

"아이구, 사장님."
깜짝 놀란 고갑수가 커다란 목소리로 불렀다.
"별일 없으시지요?"
"응, 그래."
어제 전화를 했는데도 고갑수는 목소리를 들을 때마다 놀라고 별일 없느냐고 묻는다. 오후 9시, 지금 정미나하고 통화를 끝내고 나서 고갑수에게 한 것이다.
유진클럽은 이제 특급이 되어서 매일 방 8개를 채우는 장사를 한다. 정미나는 신바람이 나 있었다. 이제는 유진을 아무도 건드리지 못 하는 터라 전주에서도 아가씨 5명이 왔다고 했다. 박영준이 입을 열었다.
"너 용만이하고 내일 서울로 와."
"예? 서울로요?"
고갑수의 목소리가 높아졌다.
"저기, 짐 싸가지고 갈까요?"
"그래, 여기서 일할 것이 있다."
"예, 사장님."
고갑수는 무슨 일이냐고도 묻지 않았다. 유진파는 백근호를 중심으로 성장하고 있다. 백근호는 벌써 30명 가까운 부하들을 모았고 박영준의 지시를 받아 모현동에 가게 두 곳을 임대해서 영업 준비 중이다.
박영준은 당분간 익산의 사업은 백근호에게 맡길 예정이었다. 전화만으로 충분히 상황 파악이 되는 일이다. 고갑수와 장용만을 부른 박영준이 오후에 오수연이 사서 설치해 놓고 간 TV를 보았다.

PT 종편에서는 칩에 관한 보도를 하지 않았다. 특종을 내놓는 것 같더니 후속 보도를 끊어버린 것이다.

그 시간에 서초서 강력1팀장 최경태는 국정원 작전국장 김치열과 작전회의 중이다. 장소는 서초동의 3층 사무실 안, 이곳은 국정원 안가(安家) 중의 하나다.

최경태가 충혈된 눈으로 김치열을 보았다. 김치열은 과장 윤준기와 나란히 앉았고 최경태는 권시완을 배석시켰다. 이들이 이번 칩 사건에 대비한 대한민국 측의 '제1진'이다. 최경태가 입을 열었다.

"이 사건을 조현철 씨에게 제보해준 사람이 나타나면 작전이 탄력을 받게 될 텐데요."

입맛을 다신 최경태가 길게 한숨까지 쉬었다.

"내가 김장규의 제보를 받을 때 장난 전화로 생각했거든요."

김치열도 최경태가 받은 김장규의 녹음된 부분을 들은 것이다. 최경태가 말을 이었다.

"그 사람의 제보로 그 신인간의 존재가 밝혀진 겁니다. 그 사람이 알려주지 않았다면 17번, 21번, 감찰조장 김장규의 존재까지 우리는 지금도 모르고 있었을 겁니다."

"그 포장마차에서 17번, 21번을 때려눕힌 자하고 관계가 있을까요?"

김치열이 묻자 최경태가 머리를 기울였다.

"나한테 전화했던 김장규가 실제로 자수를 할 목적으로 그랬는지, 그러다가 누구한테 살해당했는지 아직 알 수가 없어요. 죽어버려서 말입니다."

"국가비상사태입니다."

김치열이 똑바로 최경태를 보았다.

"대통령께서도 이 문제를 '특급작전'으로 분류하셨습니다. 지금 우리가 이 작전의 선봉대 역할입니다."

눈을 치켜뜬 김치열의 목소리가 더 낮고 분명해졌다.

"국정원에서는 일단 내가 현장 총책이고 여기 있는 윤 과장이 특수팀 3개 조 150명을 편성해 놓았어요. 모두 군 출신으로 해외공작대반에서 활동하다가 차출되었지요."

김치열이 물었다.

"최 형이 편성한 팀은 몇 명입니까?"

"일단 서초서에서 제가 지휘하는 강력1팀과 기동대에서 추린 17명까지 25명입니다."

최경태는 김치열의 '특작반'에 포함된 것이다. 김치열이 머리를 끄덕였다.

"비밀이 가장 중요하니까 일단은 그 인원으로 시작합시다. 아직 놈들의 규모나 목적을 파악하지도 못 했으니까 소수 정예로 움직이는 것이 나아요."

"제 생각도 같습니다."

최경태가 고분고분 대답했다. 국정원 국장급이면 군(軍)으로 치면 소장쯤 된다. 국장 다음에 실장, 차장이니까, 최경태는 소령쯤 될까? 김치열은 50대 초반으로 10여 년 연상이기도 하다. 김치열이 말을 이었다.

"곧 군에서 기무사를 중심으로 특작팀이 구성되어서 우리하고 합류할 겁니다. 그땐 군이 주력이 되겠지요."

그렇게 되면 통합 부대가 된다.

"저놈이 강력1팀이야."

편의점 건너편의 설렁탕집 앞에 서 있는 두 사내를 눈으로 가리키며 강호상이 말했다.

"오른쪽에 서 있는 키 큰 놈."

"어떻게 압니까?"

고윤기가 목소리를 낮추고 물었다. 둘은 그들과 40미터쯤 떨어진 삼겹살 식당 앞에 서 있다. 이곳은 먹자골목이어서 오가는 행인도 많고 소음으로 시끄럽다. 서초서는 뒤쪽으로 2백 미터쯤 떨어져 있다. 강호상의 얼굴에 웃음이 떠올랐다.

"나한테는 저놈이 이야기하는 것이 들려."

"에?"

놀란 고윤기가 숨을 들이켰다.

"지금 말이에요?"

"그렇다니까."

고윤기가 다시 거리를 재었다. 40미터가 넘는다. 더구나 주위는 소음으로 덮여서 옆을 지나는 사내들의 이야기 소리도 들리지 않는다. 그런데 저쪽 이야기가 들리다니.

"오늘부터 비상이라는군."

강호상이 담배 피우러 밖에 나온 시늉으로 담배를 입에 물면서 말을 이었다.

"10시 반에 특작팀 소집이 있다고 한다."

고윤기가 손목시계를 보았다. 9시 40분이다. 강호상의 두 눈이 번들거리고 있다.

"소집해서 어떤 작전 계획을 세우는지 들어야겠다."

"저놈들이 우리 존재를 눈치챘겠지요?"

"당연히."

담배 연기를 뿜어낸 강호상이 흰 얼굴을 펴고 웃었다.

"윤기호를 처참하게 죽였는데도 덮어 버렸어. 9시에 예정되었던 칩의 특별 보도도 증거가 없다느니 하면서 유야무야시키려고 하고…."

"그러면서 우릴 찾겠군요."

"헛수고 하는 거지."

강호상이 번들거리는 눈으로 고윤기를 보았다.

"내 능력을 막을 인간은 없어."

"여보세요."

여자 목소리를 듣기 전부터 박영준은 유영화가 전화를 한다는 것을 알았다. 사람들은 텔레파시를 느낌이나 추측 등으로 여기지만 박영준은 실제로 느끼고 있다. 박영준에게는 보이는 선이다. 유영화가 전화기를 든 순간부터 선이 연결된다. 머릿속의 전파가 작용하는 것 같다.

"응, 무슨 일이야?"

박영준이 부드럽게 묻자 잠깐 주춤했던 유영화가 말했다.

"지금 뭐 하세요?"

"논현동에 오피스텔 하나 얻어놓고 일하고 있어."

"오피스텔요?"

"그래."

"커요?"

"30평쯤 돼."

"무슨 일 해요?"

박영준은 바로 핵심을 찌르기로 했다.

"같이 일하고 싶어?"

"네."

"내가 무슨 일을 하건 간에?"

"그래요."

"이유를 듣자."

"외로워요."

"그것이 이유야?"

"아무도 없어요."

"나도 그렇다."

박영준이 심호흡을 하고 나서 말을 이었다.

"혼자 사는 것에 익숙해야 돼."

그래놓고 말했다.

"이리 와."

최경태가 둘러앉은 특작팀 요원들을 하나씩 훑어보았다. 밤 10시 35분, 서초서 강력1팀 사무실은 10평도 안 된다. 그곳에 제각기 빽빽하게 서 있거나 앉아 있다. 모두 25명, 최경태까지 포함해서 26명이다.

"우리가 경찰의 유일한 특작팀이야. 그걸 알고 있어야 돼."

최경태가 말을 이었다.

"뭐, 천 명도 모을 수 있겠지, 경찰 1만 명도. 하지만 이건 데모 진압하는 게 아냐, 신인간을 잡는 것이란 말이다."

모두 숨을 죽이고 있다. 문은 안에서 잠겼고 창문 2개의 블라인드도 내렸다. 방안에 사람이 꽉 차서 별 냄새가 다 났다. 그러나 모두 숨을 죽이고 있다.

"놈들은 인간이 아니라고 보면 된다. 머리에 칩을 박아서 능력이 엄청나게 향상된 놈들이야, 그런 영화도 봤을 거다. 지금 이 순간에도 그놈들이 천장에 숨어있거나 너희들로 변신해서 끼어 있을 수도 있어."

그러자 특작팀이 서로 마주보거나 수군거렸다가 조용해졌다. 그때 최경태가 말을 이었다.

"그래서 너희들을 3인 1조로 편성한다. 셋이 꼭 뭉쳐 다니도록 하고 서로 보호하도록. 너희들은 8조까지 편성되었어."

그때 권시완이 편성표를 나눠주었기 때문에 잠깐 어수선했다. 26명은 모두 무술 유단자에다 5년 이상의 경력 경찰이다. 온갖 사건을 겪었기 때문에 군인보다 오히려 실전에 유능하다. 손을 들어 조용히 시킨 최경태가 굳어진 얼굴로 말했다.

"잘 들어. 지금 칩을 분석하고 있으니까 곧 대응 방법이나 칩을 꽂은 놈들의 특징이 나올 거다. 하지만 우리는 이미 최고위층의 명령을 받았다."

모두 숨을 죽였고 최경태의 목소리가 이어졌다.

"신인간의 기색이 보이거나 수상한 놈은 현장에서 사살해도 좋다. 설령 그것이 실수였다고 해도 책임을 묻지 않는다. 알겠나?"

모두 끄덕이거나 낮게 대답했는데 눈빛이 강해졌다. 사기가 오른 증거다. 방금 엄청난 특권이 부여되었기 때문이다. 어깨를 부풀린 최경태가 말을 이었다.

"회의 끝나고 바로 창고에 가서 군용 베레타92F하고 소음기, 실탄 5백 발씩을 지급받도록. 명심해라, 우린 지금 전쟁에 투입된 것이다."

벽에서 귀를 뗀 강호상의 얼굴에 웃음이 떠올랐다. 지금 강호상은 위층인 3층 비품실 안에서 아래층 강력1팀 사무실의 회의 내용을 들은 것이다. 소리가 벽에 부딪친 반향만으로 대화를 들을 수가 있다. 엄청난 청력이다. 아래층 벽에 울린 목소리를 위층 벽에 귀를 붙이고 들었다.

비품실에서 나온 강호상이 계단을 내려와 마당으로 나왔다. 강호상은 경찰 제복 차림으로 경사 계급장을 붙였다. 옆을 스치는 경찰들도 무심한 표정들이다. 강호상이 길 건너편 편의점으로 들어섰을 때 구석에 서 있던 고윤기가 머리를 들었다. 다가선 강호상이 얼굴을 찌푸리며 웃었다.

"경찰이 특작팀을 편성했어."

고윤기가 시선만 주었고 강호상이 심호흡을 했다.

"우리를 보기만 하면 사살한다는 거다. 최고 통수권자로부터 명령이 떨어졌다는군."

"그, 그럼 대통령이…."

놀란 고윤기의 표정을 본 강호상이 머리를 끄덕였다.

"당연하지. 이건 전쟁 상황이나 마찬가지 아니냐? 하지만 이미 늦었지."

강호상이 고윤기의 소매를 끌고 편의점을 나왔다.

"검사 끝났습니다."

오후 11시 반, 국과수 분석팀장인 김광수 박사의 흥분된 목소리가 이어졌다.

"이건 인류를 업그레이드시킨 혁명적인 발명체입니다. 이것을 공표

하지 않은 것이 정말 이상합니다! 이건 역사적인 발명입니다!"

"박사님, 진정하시고⋯."

이맛살을 찌푸린 국정원 1차장 박형수가 말을 이었다.

"분석은 다 끝났지요?"

"예, 지금 막 끝났습니다."

"특징과 칩을 심은 인간들의 판별법도 만들어낼 수 있겠지요?"

"시간만 주시면 가능하지요."

"그럼 그 자료를 국정원 컴퓨터로 보내 주시지요. 곧 박사님 컴퓨터로 주소가 전해질 것입니다."

"알겠습니다."

"물론 잘 아시겠지만 기밀을 지켜 주시고요."

"그건 걱정하지 마십시오."

통화가 끝났을 때 박형수가 작전국장 김치열을 보았다.

"국과수 경호는 잘 되어 있지?"

"예, 윤 팀장이 2팀 50명을 보내 안팎으로 경호를 하도록 했습니다."

"그놈들이 칩을 노릴 거야."

박형수가 핏발이 선 눈으로 김치열을 보았다.

"칩을 빼앗기면 안 돼, 그것이 단서야."

"알고 있습니다."

"분석 끝나면 대통령께 보여 드려야 돼."

심호흡을 한 김치열이 말을 이었다.

"전쟁이 이상한 방향으로 흘러가고 있어."

"뭐야?"

핸드폰을 고쳐 쥔 박영준이 벽시계를 보았다. 낮에 오수연이 붙여놓은 싸구려 벽시계가 밤 11시 50분을 가리키고 있다.

"지금 온다고?"

"예."

"아니, 지금이 몇 시라고…."

"11시 50분요."

기가 막힌 박영준이 숨부터 들이켰다. 유영화가 지금 오는 중이라는 전화를 해온 것이다. 10시쯤 전화가 왔을 때 오라고 했더니 바로 출발한 것 같다.

"누가 지금 오랬어?"

박영준이 묻자 바로 대답이 돌아왔다.

"옆에 누구 있어요?"

"그게 무슨 말이야?"

"여자 있냐고요."

"있으면 어쩔래?"

"있어도 괜찮아요."

"뭐라고?"

"내가 애인 하자고 가는 건 아니니까."

박영준의 눈앞에 유영화의 얼굴이 떠올랐다. 목소리만 들어도 얼굴이 떠오른다, 분명하게. 이것도 보이지 않는 선으로 연결되어 있다. TV와 비슷한 것 같다. 유영화의 얼굴은 조금 상기되었고 눈에 물기가 차 있다. 고속버스 안이다. 옆자리는 비었다. 버스가 흔들린다. 차 안은 조금 어두운 편이다. 그때 박영준이 저도 모르게 말했다.

"나 혼자 있어."

그 순간 유영화의 얼굴이 밝아졌다. 눈이 조금 크게 떠졌고 입술 끝이 올라갔다. 외롭게 자라서 그런가 보다. 고아라고 했다. 박영준의 머릿속에 어머니와 유진의 얼굴이 떠올랐다가 지나갔다. 다시 박영준이 말을 이었다.

"밥 먹었어?"

"저녁밥요?"

"그럼 아침밥이냐?"

그때 유영화가 이를 드러내고 웃었다.

"아뇨."

"그럼 여기 와서 나하고 야식 먹자. 근처 야식집이 많더라."

"터미널에서 가까워요?"

"가까워."

"빨리 갈게요."

"버스 안에서 뛰어봐."

그러자 유영화가 짧게 웃었다. 이런 썰렁한 농담에도 웃다니, 제 농담 수준을 아는 박영준의 심장 박동이 빨라졌다.

문이 열리자 오택수는 머리를 돌렸다.

"엇!"

그 순간 오택수의 입에서 놀란 외침이 터졌다. 안에서 문이 열렸는데 아무도 나오지 않는 것이다.

"이거, 뭐야?"

오택수가 소리치자 옆쪽에서 이성규, 장시환이 달려왔다. 밤 12시 10분, 국립과학수사연구소 별관 앞이다. 오택수가 문 안쪽을 들여다보며 말했다.

"안에서 문이 열렸어!"

그때 이성규가 소매에 낀 무전기로 불렀다.

"2조! 어떻게 된 거야? 왜 현관문이 안에서 열렸지?"

그러나 응답이 없다.

"비상!"

재빠르게 상황을 판단한 4조장 이성규가 무전기에 대고 소리쳤다.

"비상! 현관문이 안에서 열렸다! 2조! 1조! 응답하라!"

2조는 현관 안, 1조는 연구실 주위 경비를 맡고 있는 것이다. 그때 셋의 리시버가 일제히 울렸다. 1조, 2조원의 목소리다.

"비상! 연구동의 연구원 피살!"

"비상! 1조장 피살!"

"비상! 연구동의 연구원 2명 피살!"

"비상! 2조 3번 피살!"

셋은 외면했다. 전 대원에게 알리는 공용 신호여서 밖에 있던 대원들이 달려오고 있다.

"안으로!"

4조장 이성규가 결단을 내렸다. 연구원들을 보호해야 한다. 그리고 무엇보다도 칩을 지켜야 한다. 이성규의 뒤를 따라 10여 명이 뛰어 들어갔다.

<2권 계속>